有爱的青春陪伴者

傻了

玫瑰几何 著

江苏凤凰文艺出版社
JIANGSU PHOENIX LITERATURE AND ART PUBLISHING

图书在版编目（CIP）数据

知了 / 玫瑰几何著. -- 南京：江苏凤凰文艺出版社, 2025. 9. -- ISBN 978-7-5594-9858-8

Ⅰ. I247.5

中国国家版本馆CIP数据核字第2025Z04W90号

知了

玫瑰几何 著

责任编辑	王昕宁
特约编辑	周丽萍
责任校对	言 一
责任印制	杨 丹
出版发行	江苏凤凰文艺出版社
	南京市中央路165号，邮编：210009
网 址	http://www.jswenyi.com
印 刷	天津睿和印艺科技有限公司
开 本	880mm×1230mm 1/32
印 张	9
字 数	250千字
版 次	2025年9月第1版
印 次	2025年9月第1次印刷
书 号	ISBN 978-7-5594-9858-8
定 价	42.80元

江苏凤凰文艺版图书凡印刷、装订错误，可向出版社调换，联系电话025-83280257

Contents

目录

第一章 /001
17年

第二章 /027
蝉鸣

第三章 /054
破土

第四章 /079
天光

第五章 /109
知了

第六章 /138
夏天

ZHILIAO

Contents

目录

- 第七章 /162 恋爱
- 第八章 /195 我们
- 第九章 /223 星空
- 第十章 /243 永远
- 番 外 /260 三餐与四季
- 后 记 /279 他们的故事

第一章
17 年

"……它等了 17 年，才等到一个夏天。就只有这个夏天，它从泥土中出来，从幼虫成长过来。等秋风一吹，它的生命就完结了。"

看到这段话的时候，程双宜恰好 17 岁。

那时候，她觉得自己像蝉一样，等到了属于自己的那个夏天。

高二升高三的开学日，准高三学生程双宜站在学校的书店里，翻到了这篇语文阅读练习的文章。

文章的名字叫《蝉》。

程双宜重复默念着这段话，然后把书放下，接着去看其他科目的教辅书。

没人会特意买语文辅导资料，因为语文总是对有些人"温柔"，舍不得成为这类学生的短板。

程双宜也只是忍不住翻看一眼。

好友陶之晴在微信上催促，说"四叔"已经到了，正在点名。

"四叔"是程双宜高三的新班主任何四树。因为二中实施的是"跟班走"的制度，何四树之前已经教过他们两年语文，今年成了他们的班主任。

程双宜发过去一个"嗯"字,然后随便拿了两本数理化方面的教辅书,慢悠悠地离开。

越过小花园,走到连廊,连廊里有高二的值日生正在弯腰拖地,看到她时稍微停顿一下,接着露出一个阳光的笑。

穿堂风拂过,少女校服的胸口处挂着一块长条形的胸牌——

虞阳二中学习部部长
高三(17)班程双宜

快到17班教室门口时,程双宜才象征性地跑两步,装出着急跑回班上的样子。

"程双宜。"

到了17班门口,恰好,何四树正点到她的名字。

"到。"程双宜应答,站在门口喘着气,胸前起伏,好似她这一路跑得很努力,生怕迟到。

程双宜的成绩不错,再加上她怀里抱着教辅书,非常有说服力。老师们总对好学生有特殊滤镜。

何四树没有为难她,只是抬了抬下巴,示意她先进去:"下回别迟到了,先找个空位置坐下。"

程双宜立刻点点头。

她单手抱着书,另一只手扒拉两下因为刚刚跑得快而凌乱的头发,走进教室——

这个时候,班里的学生到得差不多了。因为"跟班走"制度,从高一到现在,班里大部分是程双宜熟悉的同学,她在班里就像在家一样自如。

直到……程双宜看到了一个人。

倒数第二排，靠着走廊窗户的位置。

靠里的课桌上睡着一个男生，寸头，肩膀较宽，身上套着件半袖白衬衣。他整个头窝在臂弯里，肩胛骨顶起衬衣，宽肩轮廓分明，只留给别人一个浑身充满抗拒感的背影。

但程双宜一眼就能认出来，这是贺明洲。

桀骜不驯，永远没人能管得住他。

程双宜压下心里的忐忑，又往四处看，运气有点"爆"，班里居然只剩下他旁边的一个空位。

何四树催促她："双宜，你先坐下。"

程双宜抿唇，装作没什么大不了的样子，低头——椅子在桌子下面。她轻轻地把教辅书放在桌子上，然后，动作非常缓慢地去搬椅子。

她的动作极轻，但贺明洲还是感觉到了，他稍微挪了两下胳膊，继续睡着。

总归是没有醒。

程双宜缓缓地松了口气。

她坐在贺明洲旁边，一颗心"怦怦"跳个不停。

他们这一届，鲜有人不知道贺明洲。

首先是他的长相，实在是过于出众。

贺明洲的长相不是时下流行的精致的日韩风，而是一种非常硬朗、锋利的帅气，剑眉星目，硬汉味儿十足。

其次是关于他的传闻。

躁郁症、混社会的……都不是好的方面。

很奇怪，明明有关贺明洲的传言都是神秘的、危险的，但这丝毫不影响他在学校女生圈子里的受关注程度。

听说，贺明洲的身边只出现过一个女生，但那个女生不是校花、班花一类的风云人物，而只是个长相、学习各方面都普通的女生，叫沐采薇。

想到这里，程双宜垂下头，迅速止住发散的思维，心里的酸涩感却在悄悄蔓延。

第一节课是班会，何四树简单地说了下开学的相关事宜，然后选好班干部，高三的第一节课就结束了。

整整一节课，程双宜都紧张着，一直在纠结——她想提醒何四树还没有安排换位置，但又舍不得放过这样的巧合。

就这样，一直等到何四树离开，她也没有开口。

程双宜缓慢地呼了口气，用余光扫一眼身旁——贺明洲还没醒。

程双宜干脆扭头，光明正大地盯着他看了两秒，怕被发现似的，她迅速收回了目光。

她想，先不找何四树换位置了。

说不定和贺明洲做同桌，是她高三第一件幸运的事。

陶之晴走过来，边走边喊："双宜双宜双宜……"

程双宜抬头看她，食指竖在嘴边，做出一个嘘声的动作，意思很明显——旁边有人在休息，不要那么大声。

然而，陶之晴从来不在意这些。

"贺明洲！"陶之晴直接嚷嚷出声，还顺带拍了一下贺明洲的桌子。

贺明洲挪了挪胳膊，有醒来的趋势。

陶之晴继续看向程双宜："不用管他！他是不是睡了一节课？"很显然，她应该和贺明洲很熟。

程双宜："嗯。"

陶之晴是程双宜高一时认识的同学。陶之晴热情似火、长得漂亮，就像她的名字，一个炽热漂亮的晴天。

性格使然，程双宜从不打听别人的私事，陶之晴认识贺明洲这件事，她也是现在才知道。

"唉，怪我。"陶之晴很快转移了注意力，她坐在前排同学的位置上，捏了捏程双宜的脸。

陶之晴苦恼道："原本我给你占了座的，但没想到上个厕所回来位置就被人占了，你在这儿受委屈了。"

委屈？

这个词用得有点奇怪，程双宜稍感疑惑，然后用右手食指指向贺明洲的方向。

陶之晴认真地说："他这种人，也配和你做同桌？"

程双宜扭头，想看一眼贺明洲，准备合理而客观地反驳陶之晴。

结果，她刚扭头，就发现贺明洲已经醒了。

他半倚着窗台，因为刚醒，眼睛惺忪地睁着，正看过来。

很显然，贺明洲刚刚听到了她们的对话。

程双宜迅速收回目光，耳尖红起来，一颗心胡乱跳个不停。

他都听到了？他会怎么想？

"你朋友？"贺明洲开口。他在问陶之晴。

"嗯，我高中最好的朋友。"陶之晴大大方方地承认，继续介绍起来，"她是咱们学校学习部部长，程双宜，宜是宜室宜家的宜。"

"程、双、宜。"贺明洲缓慢地重复一遍。他声音好听，再加上刚刚睡醒，嗓音带上了一丝磨砂般的质感，显得朦胧又暧昧。

"宜室宜家，这名字不错，听着温柔。"贺明洲评价了一句。

程双宜耳尖的红，马上要蔓延至脖颈和脸颊。她感觉自己要炸，分不清是羞赧还是生气。

贺明洲为什么要说"温柔"？他难道不觉得用这个词形容名字很奇怪吗？

陶之晴皱了皱眉，音量骤然抬高："别欺负我姐妹！"

"我哪儿欺负了？我不是在夸她吗？"

贺明洲挑眉，看了一眼处在话题中心的程双宜，然后看到她发红的耳朵。

乖学生，不经逗。

"陶之晴，你来这儿干吗？"贺明洲转移话题。

"找双宜啊！"陶之晴说着，注意力也回到程双宜身上，"我们中午还要一块儿去吃饭！"

程双宜也很快接话："书还在寝室里，午休时我们去拿？"

"等下午大扫除以后吧，不知道四叔还换不换位置……"

程双宜有一搭没一搭地和陶之晴说着话，余光里，她看到贺明洲打了个哈欠，慵懒、随意，随后又闭上眼睛，重新窝了回去。

程双宜把余光收回，回想起第一次见到贺明洲时的场景——

那天是立夏，程双宜在学校帮语文教研组批改作文，等结束时，已将近晚上十点。

公交车停运，程双宜只好去与学校隔了一条街的地铁站。

从学校南门到地铁站的那条街，主要的客流是学生，因此街边开的大多是餐饮店和书店，偶尔有几个网咖和台球厅。

程双宜出来得太晚，除了台球厅和网咖，整条街上几乎没有人。

她经过台球厅的时候，里面出来几个隔壁职校的男生，说话大舌头，醉醺醺的，不怀好意地盯着她。

程双宜顿时一激灵，像是遇到了阴沟里的毒蛇。

她头皮发麻，几乎是下意识地加快脚步。

不幸中的万幸，在路过网咖时，她见到贺明洲从里面出来——

贺明洲沿着台阶下楼，手里拿着一把黑色折叠伞，咬着根棒棒糖玩，正边下楼边神情专注地……叠伞。

因为"网咖"两个发光大字，以及旁边微弱的路灯，他身上光影交错。

他下台阶时，随意地抬头扫了一圈，看到程双宜身上的校服，停顿半秒，但没说话，只是也往地铁站的方向走。

他离程双宜有一段距离，不远不近，始终保持着这样的距离。

贺明洲身材高大，黑T恤下的肌肉线条流畅，叠伞的小臂青筋虬结，看着便不好惹。

那几个男生有所顾忌，没再跟着。

踏入地铁站的那一刻，电子机械女音响起，程双宜扭头，没见到贺明洲跟来。

他或许只是顺路。

也是那一刻，程双宜觉得，很多时候，听到的传言未必是真的。

比如，有关贺明洲的传言。

再后来的事，听上去就和程双宜有些不搭了。

她在感情方面尤其慢热，平时待人都是清冷得让人难以接近。但那一晚，她只一眼便对贺明洲心动。

毫无预兆。

她细细回忆那晚贺明洲跟在她身后的情景，猜测贺明洲当时的心理。

或许是顺路，或许只是看她身上的校服眼熟，又或许只是因为是她……

十七岁，青春期，正是爱胡思乱想的年纪。

有关贺明洲的一切，她只要稍微想起，就觉得像咬了一口棉花糖，虚无缥缈，但味觉被甜味充斥，整个人如同飘浮在云端，舒服而又甜丝丝的。

上学期期末考试，程双宜帮教研组整理学生的考号，仅仅只是看到贺明洲的名字，她都觉得心动。

她渴望与贺明洲产生一些共鸣，甚至，她偶尔还会主动关注贺明洲的事，幻想他们或许会发生的故事。

可惜，很快她就发现贺明洲和另一个女生有了交集，文科班的沐采薇。听说，贺明洲经常去文科班找沐采薇，很多人猜测他们交往甚密。

程双宜也骤然从幻想中清醒，收起不该有的心思，打算让时间去冲淡心底的酸涩。

可没想到，高三，她竟然会和贺明洲做同桌。

程双宜收回心思，继续和陶之晴说话。

慢慢来吧，她想，把一切都交给时间，"四叔"应该会换位置的。

不经常在一块儿，就会慢慢淡忘。

程双宜的希望很快破灭。

中午，班长韩藤去办公室领了座位表，拿到程双宜这里，让她填写。

现在写座位表，就意味着，起码这一个月是不会换位置的。

程双宜的字好看，一手瘦金体，写的字有字帖的水平，班里的座位表平时都由她填写。

"……都是咱班熟人，不用介绍吧？"韩藤送来座位表的时候，还问她。

程双宜点点头，这个班大部分人之前都是她的同学，除了贺明洲。

但贺明洲是学校的"名人"，没人不认识。

程双宜有些不死心，于是问："四叔真的不换位置了？"

韩藤回答："四叔懒你又不是不知道。"

程双宜无话可说，何四树确实是懒，名校毕业，又有高级职称，但从来不争不抢，教研组、竞赛组什么的从不参与。今年是没办法了，学校规定高三班主任必须由具有高级职称的老师担任，他才硬着头皮当了班主任。

韩藤往旁边看了眼，贺明洲不在。

他打趣道："怎么问这个？你这么不想和二哥做同桌啊？你嫌弃二哥？"

贺明洲被人称为"二哥"，据说是因为他以前说过一句挺狂妄的话——

"我自称一声二哥，你看哪个敢称大哥？"

这句话在学生之间流传度很高,连程双宜和韩藤这种好学生都有所耳闻。

这个称呼是带着戏谑成分的,换个脾气差点的,都不会让"二哥"流传出去。但贺明洲没管。

"……不是,我想和之晴做同桌。"程双宜掩饰般摇摇头,她垂下眼眸掩盖心虚,迅速转移话题,"什么时候贴座位表?"

"越快越好吧,看你时间。"

听到是陶之晴,韩藤也不再逗她,交代了几句便离开。

程双宜浅浅呼了口气,从笔袋里取出一支笔尖较粗的笔,从第一个位置开始填座位表。

贺明洲和他们班其他学生不一样,他从不把学校规定的作息时间当回事儿。

一整个午休的时间,程双宜都没有睡觉,一直在填写座位表。

贺明洲一直没回来。

一点四十,午休铃声响起,班里睡觉的同学陆续苏醒,贺明洲拎着一瓶冰水回到班里。

他的步伐并不快,还有些轻盈。很明显,他知道这时是午休时间,特意压低声音,不影响其他同学。

但程双宜还是能分出神注意到他。

程双宜呼了口气,低头,笔下恰好写到贺明洲的名字。见到贺明洲回来,她立刻停笔,从座位上出来,给贺明洲让路。

贺明洲看她一眼,目光顺着向下,觉得毕竟是同桌,总得打声招呼。于是他没话找话一般,特意看向座位表:"瘦金体?"

"是。"

程双宜迅速而弱弱地回应一句,也不知道贺明洲有没有听见。她的心跳得很快。

和其他一些捣乱的同学相比,贺明洲这个"校霸"其实比较让人省心,他上课安静睡觉或者玩手机,不怎么打扰到别人学习。

至少下午的两节课,程双宜都没有被打扰。

第三节课,开学大扫除。

生活委员安排值日生打扫,程双宜和陶之晴都没有被安排,两个人结伴去操场看男生们打篮球。

"……我听体育部的人说,这次是文理科之战,赌得还挺大。而且公平起见,文科班可以找外援。"陶之晴说。

"外援?"程双宜问,"什么外援?"

"咱学校体育部的,或者外面职校的啊。"陶之晴不以为意。

暑假补课期间,虞阳二中管理比较松散,有张学生证就可以自由出入,隔壁职校和二中的学生一直有来往。

文科班男生少,不让人找外援确实没法打。

两个人说话的工夫,已经走到篮球场。

篮球场上,正开始5V5比赛厮杀。

理科班穿的是蓝色马甲,文科班是橘红色的。文科班那一队全是头发染成各种颜色的高个子男生,很显然都是职校的。

陶之晴"哟"了一声,吐槽道:"知道的清楚是我们文理科之战,不知道的还以为是二中打职校。"

程双宜对篮球一知半解,但观察了一会儿,也能明显看出,职校那边的小动作很多,他们理科这边的篮球队连体育生都吃了几个闷亏。

又过了一会儿,有个球衣号码为"6"的蓝色马甲男生被撞翻,场上气氛顿时紧张起来了。

6号被撞倒后,小腿就开始抽搐,有个黄毛职校生还趁机踩了他一脚。

理科班这边有人直接不干了。

"打球还是打人?懂不懂什么是篮球?"理科班这边为首的男生

开口。

"不好意思。"黄毛嬉皮笑脸,显然不当回事,"篮球场上嘛,难免磕磕碰碰的,对吧?"

职校还有文科班那边,立刻有人附和黄毛。

"篮球赛一开始不是你们定的规矩吗?"

"别欺负我们文科班没人啊!"

"一开始你们不都说了吗,篮球场上磕磕碰碰的很正常。"

…………

程双宜低头看着那个6号,感觉他状态不太好。

但球场上的人都在互骂,没人在意6号。

程双宜戳了戳陶之晴,让她看地上的6号。

陶之晴的火暴脾气上来,立刻拨开人群,虽然她身高有一米七,在一众打篮球的男生中间也不免显得娇小,但她气势很足:"吵什么吵,李卓诚都快不行了,还吵?"

陶之晴也比较有名,职校那几个见状,立刻换了脸色。

黄毛笑得谄媚:"原来是晴姐,您也来看打篮球?"

陶之晴直接朝他翻白眼,然后指了指自己班的两个男生:"你们俩过来,先送李卓诚去医务室。"

"打到哪儿了?"陶之晴问旁边的裁判。

裁判是文科班的一个男生,看着文弱白净,还戴着眼镜。

裁判推了推眼镜:"10比10,刚好平局。"

陶之晴冷笑一声:"他们几个搞小动作,你眼瞎没看见?"

裁判咳嗽了一声,没说话,脸红得厉害。

陶之晴一把夺过裁判的口哨和挂牌,还顺手推了他一把,把他推得趔趄几步:"这裁判你别当了。"

裁判还想说两句什么,但对上陶之晴,他一句话也不敢说。

陶之晴在学校几乎是类比女版贺明洲的存在,脾气暴躁,性格强势,并不好惹。

陶之晴挂上裁判挂牌，才想起他们理科班少了一个队员。

她立刻冲人群里的程双宜喊道："双宜双宜，你去班上喊你同桌过来！"

程双宜也知道这是正事不能耽误，顾不得害羞。

她立刻转身，快跑着离开。

程双宜身体不好，有轻微哮喘，容易低血糖，平时都很少跑步，但这一次，她跑得很快，几乎是不要命地在跑。

她到17班门口的时候，还在很急促地喘息。

她低头拍着胸口，正准备缓一口气，然后去班里喊贺明洲。

下一秒，她闷头踏进班里，迎面撞上一个结实有力的胸膛。

撞得鼻梁发酸，她整个人也向后仰了下，然后很快被人拉住胳膊。

"对不起。"程双宜赶紧道歉，这确实怪她没看路。

"没事。"

好听、带着磁性的声音在头顶响起。

程双宜抬头，是贺明洲！

程双宜立刻准备开口，旁边又响起另一个女生的声音。

"明洲，我们快走吧？"

程双宜偏头，这才注意到还有人。一个长相清雅文静的女生站在贺明洲旁边，她梳着低马尾，校服里面穿着一件刺绣款的仿制汉服，书卷气很浓，眉毛浅淡，整个人如同从古代仕女图里走出来的。

可以跟在贺明洲身边的女生，只有沐采薇。

程双宜到了嘴边的话，有些说不出口了。她本能地缩到一边，等他们先过去，不知道该怎么开口叫住贺明洲。

她哪里来的面子，把贺明洲从沐采薇身边带走？

贺明洲跟着沐采薇离开。程双宜听到他们的对话。

贺明洲："最后一次，下不为例。"

沐采薇："我知道,但这真的对我,还有我们班很重要。你肯定不会拒绝我的,对吧?"

贺明洲："嗯。"

他们的语气熟稔,内容都是些无关紧要的日常。

但这一字一句,都在向程双宜表明——贺明洲是名草有主的,你不该肖想不属于你的东西。

他们或许才是一对。而你,只是一个最微不足道的旁观者。

程双宜站在门口走廊,不知道是因为身体的疲惫,还是心里的麻木,她一动不动,脑子放空,整个人如同雕塑。

过了好一会儿,值日生在走廊拖地,拖到她旁边,才唤醒她。

"部长,你在这儿干吗?想题吗?"拖地的值日生问她。

程双宜看向值日生,回答:"在想一道很难的题。"

难,且无解。

她甚至不知道自己为什么会陷入这样的怪圈里,一次又一次,像主动找虐一般,刺痛自己的心。

值日生笑着回答:"对部长你来说都很难,我们就更别想了。"

"别灰心。"程双宜鼓励了一下值日生,然后拖着沉重的步子离开,再次回到篮球场。

篮球场上的人已经散了,陶之晴坐在台阶上等待程双宜。

程双宜刚准备说自己为什么没叫来贺明洲,陶之晴却先开口:"你说贺明洲看上沐采薇什么了?"

程双宜沉默着,不说话。

说起来内心有些卑劣,她也很想知道,贺明洲喜欢沐采薇什么。

陶之晴继续控诉贺明洲:"你去班上的时候,沐采薇已经过去找贺明洲了,是吧?"

程双宜点点头,她恰好撞上贺明洲和沐采薇一起走出教室。

"呵，我就知道。"陶之晴向右偏，把脑袋靠在程双宜的肩膀上。

"双宜，我真的好生气啊！你知道吗？刚刚贺明洲帮着文科班的篮球队打我们。他怎么这么重色轻友？他到底是哪一方的啊？"

程双宜身体猛地颤了一下，她也没想到，贺明洲竟然可以为沐采薇，连阵营战的立场问题都不管了，真是……

他一定很喜欢沐采薇吧？

程双宜和陶之晴平复好心情，两个人一起回班里。

大扫除已经结束，同学们大多在搬书和整理桌子，乱乱的，十分热闹。程双宜刚进班，习惯性地看向自己的位置。

然后她蹙眉。

沐采薇坐在她的位置上，正仰着头和贺明洲说话。贺明洲单手支着头，不知道说了句什么，沐采薇笑得很是甜蜜。

明明什么亲密举止也没有，但这一幕刺得程双宜眼睛疼。

程双宜低头，拉了拉陶之晴的校服衣摆，小声开口："之晴，我去你同桌那边坐会儿吧。"

陶之晴顺着看去，也看到了贺明洲和沐采薇。因为刚刚篮球比赛的事，她心里本来就有气，如今看到他们，更是气不打一处来。

她直接拉起程双宜的手腕，步伐很快，大踏步地向前走："我们凭什么让着他们？真是欺负人欺负到家门口来了！"

陶之晴这两句话没有刻意避讳，仿佛就是说给贺明洲和沐采薇听的。两句话的工夫，她已经走到贺明洲的位置前。

她还拉着身后的程双宜。

班里安静下来，不少同学都面面相觑，除了去看篮球比赛的同学，其余的同学并不清楚怎么了，"大小姐"为什么这么生气。

陶之晴大力推了把贺明洲的桌子，没推动。

贺明洲搭了条胳膊在上面。

他掀了下眼皮，不以为意："不就一场比赛，陶之晴你哪儿来的火气？"

"一场比赛？"陶之晴重复了一遍，然后冷笑一声，"李卓诚因为这场比赛刚被120接走，去医院打石膏，文科班因为这场比赛请了职校一支队伍的外援，本来就是文理科之战，对我们当然重要。你觉得不重要，那你别帮她啊！"

贺明洲闻言才抬头，他微微蹙着眉，目光看向旁边的沐采薇。

篮球赛是文理科之战，他显然刚知道。

他问沐采薇："是这样吗？"

沐采薇脸上闪过一丝心虚，她低着头，没有立刻回答贺明洲。

她确实骗贺明洲这只是一场小比赛，不重要，所以贺明洲才会答应帮她。

她希望贺明洲能因为她而改变立场，这是每个渴望被爱的女生共有的心理。

——每一个女生，都希望能有一个人无条件地偏爱自己。

沐采薇心虚过后，便是理所应当的理直气壮。她是真觉得自己没有什么错。

贺明洲才来到他们班几天，凭什么一定要帮他们？

陶之晴还在继续说："我让双宜过来喊你，你倒好，直接跟沐采薇走了。那么想帮文科班，你当初怎么不报文科啊？！"

贺明洲偏头，看向跟在陶之晴后面的程双宜。陶之晴对篮球赛的愤怒，他确实理解不了，只是一场比赛而已，学生之间小打小闹，能有什么关系？

但陶之晴让程双宜来叫他，他是比较意外的。

——意外这种乖学生，竟然真的来找他。并且，还让他去参加篮球比赛。

这种感觉贺明洲以前从来没有过。他印象中的学校，属于另一个世界——大部分都是程双宜这样的学生，听话、顺从，生活中只有学习知识这一件事。他艳羡这个世界的纯粹感，他自己却融入不进去，只能远远观望。

他认为自己是不属于这个世界的。

但现在，有个属于这个世界的学生主动来找他了。

他还把人家忽略了。

这让贺明洲有些后悔。

贺明洲挑眉，回应："我还以为我同桌这样的，根本不会和我说话。"

"你确实不配！"陶之晴依旧冷语相向。

两大风云人物争吵，没几句，班上同学就明白了是因为什么事，只是他们一时也分不清谁对谁错，陶之晴在意的是整个理科班的荣誉，而贺明洲也只是在帮他的朋友。

好像都挺有道理的。

在别人班里被这么盯着，沐采薇坐不住，立刻站起来："明洲，我先走了啊。"

贺明洲"嗯"了一声，然后摆摆手。沐采薇这才离开。

程双宜站在陶之晴身后，沉默地看完这一切。

再一次，她看到贺明洲和沐采薇的关系是如此亲近，他们通过一句话、一个眼神，就能明白对方是什么意思。

心已经从刺痛变为麻木——她要是不喜欢贺明洲就好了，那么现在她肯定会和之晴一样，狠狠地说贺明洲两句。

他刚刚说的话，真的令人感到失望。

二中学生半走读半寄宿，高三学习紧张，程双宜申请了住宿，这会儿和班上其他住宿生一起上晚自习。

班里不是很安静，程双宜在低声背英语单词。

余光里，贺明洲正拿着手机在玩游戏，顶级 CV 的声音从手机里传出来。他皱着眉，一副无法理解的样子，看着似乎是在学习里面的男主说话。

程双宜其实不太理解这种跟着游戏学习的行为，但她想，贺明洲这么做，一定有他的道理。

程双宜继续背单词。

没一会儿，一个短发男生从后门进来。

"二哥。"短发男生开口。

"干吗？"贺明洲卡关了，正在充钱。

短发男生继续说："我刚刚回班上，听说你和沐采薇又开始了？"

"也不算吧。"贺明洲不以为意，"我们一直都那样，不远不近的。"

短发男生找了个没人的位置坐下来，一脸八卦。

贺明洲摁完指纹付款，给游戏充完钱，这才抬起头，他仔细想了想，说："我以前喜欢她的时候，好像不是这样。"

想听八卦的短发男生一脸无语："二哥，别打哑谜。"

"没打哑谜，也不算什么大事，就因为王尔德。当时我挺喜欢她写的王尔德语录……"

贺明洲正准备展开说一下，忽然意识到，旁边还有个正在背书的好学生。

不随便打扰好学生，这是贺明洲对自己最基本的要求。

"出去说。"

贺明洲使了个眼色，让短发男生先出去。前排两个位置都是走读生的，这会儿位置空着，他直接踩着桌子翻出去，没麻烦程双宜让开。

然而，程双宜也没有背进去多少单词，刚刚她的心思都在听贺明洲说话上。

她听到贺明洲亲口说他和沐采薇一直都是那样。

她听到贺明洲是怎么喜欢上沐采薇的。

心脏像是被一把钝刀磨着，一点一点地被凌迟。

明明难受，她却依旧固执地要听完。

不到黄河不死心。

……王尔德。

原来是因为王尔德。

她也很喜欢王尔德，可惜她不是沐采薇。

贺明洲甚至从不认识她。

贺明洲和短发男生宋致一起出了教室，两个人习惯性地往天台走。

"真的假的啊？因为什么语录，一句话让你迷到现在？"宋致又提起刚刚的话题。

"用瘦金体写在便利贴上的，就那句特别经典的仰望星空。上学期放假之前，班里停电那次，我去图书馆蹭空调，正好瞧见那张便利贴夹在书里。"

贺明洲回忆着，目光倒是染上了一丝温情，他是真的很喜欢当时写那句话的沐采薇。

宋致不理解："便利贴在书里夹着，你怎么确定写它的人是沐采薇？"

"我拿着书找管理员问了，近一个学期都有谁借过那本书。借书的人还挺多，但只有沐采薇经常写瘦金体。"

贺明洲说完这句，突然想到他们班的座位表，那是程双宜写的，也是瘦金体。

"行吧，不说这个了。"

宋致听完八卦，感觉有点没达到心理预期，他总觉得，二哥喜欢的好像不是沐采薇，而是那张便利贴。

但这话他也只能在心里想想，贺明洲认定的，他可不敢反驳。

宋致继续说起别的:"对了二哥,你怎么到这个班了?"

"嗯,家里非让我过来的。"贺明洲回答,"说是准备安排我出国,改一下作息和学习习惯,总不能继续在末等班混日子。"

宋致对贺明洲家里的情况有所了解,闻言也只是祝福他:"你家那情况,能离开也是好事儿。"

"嗯。"贺明洲显然不太喜欢过多地聊这个话题,他说起其他的,"我同桌,天天和陶之晴一块儿玩的,你认识不认识?我总觉得她有点眼熟。"

"你说学习部部长程双宜?"宋致立刻来了兴趣,"你觉得眼熟是正常的,我平时看见美女也觉得眼熟。"

贺明洲拍了一把他的后脑勺:"少废话,我不是那意思。"

"好好好,行行行。"宋致立刻说别的,"学习部的人天天自习课在各班晃荡,主要管学习。程双宜这种学习好,长得也好看的,更是老师们的宠儿,咱学校宣传栏上面就有她的照片。咱们天天在学校里,肯定觉得她眼熟啊!"

"这样?"贺明洲若有所思地应了声,"我还以为我在什么地方见过她。"

"二哥,"宋致无语地看着他,"现在早不流行这种搭讪方式了。而且吧,晴姐对程双宜,就跟护崽子似的,之前她就警告过我们,谁也不准打程双宜的主意,否则别怪她不客气。"

贺明洲没忍住笑了声:"她管得还挺宽。"

"确实,晴姐就是太凶了。也不知道这两人是怎么玩到一起的。"宋致感慨了一声。

陶之晴是晴天里的骄阳,美得明艳刺目,但随处可以让人感受到温暖。

程双宜却恰好相反,她是仲夏夜的星空,璀璨耀眼,随意得令人抬头就可以看到,却可望而不可即。

这两个人，关系却很好。

好到陶之晴尽全力保护程双宜，不允许他们圈子里的任何人招惹。

"不过我觉得晴姐这么做也有道理。"

一块糖被咬得稀碎，宋致上头，感慨道："程双宜那种好学生，就不该跟咱们混在一块儿。我、晴姐，还有老六他们几个，以及二哥你——我们都招惹不得那种乖学生。我们真的，惹不得，赔不起，不然良心会被狗叼走的。"

"嗯。"

贺明洲抬头，站在天台上，仰头便是星空。

贺明洲想起便利贴上用瘦金体摘抄的王尔德语录——

"我们都在阴沟里，但仍有人仰望星空。"

不知怎的，明明是看过许多次的句子，但他在那张便利贴上看到时，却感受到了强烈、直白的冲击，让他仿佛真的在那一瞬间看到了璀璨星空。

"……征文大赛啊，我们班参加这个没意思。

"语文教研组都整理好了，只在理科普通班和文科班里挑选优秀作文。

"我们理重班的，费劲巴拉地写一篇作文，又选不上，费这劲儿干吗？"

…………

何四树的办公室里，程双宜站在何四树的办公桌对面，看着他抱着保温杯，摇头，摇头，又摇头。

虞阳市近几年一直着力于城市文化建设，几乎每年都有以虞阳市情为大题材的征文比赛，奖金也很丰厚。

高中生往往是这类活动的主力军，再加上程双宜打探到的消息，他们二中的死对头，一中那个常年稳居第一的男生，因为"白月光"转学变得颓靡，放弃了这次征文比赛。总而言之，这次冲击一等奖，他们二中的学生是很有希望的。

程双宜家境不错，不缺这几个钱花，但他们班还有其他同学。

这样一棍子打死、剥夺他们的参赛权叫什么事？

但何四树懒，不争不抢已经是常态。

这次教研组把他们理重班所有人的作文都打退下来，何四树也不想据理力争。不仅如此，他还想劝程双宜不要瞎折腾。

于是就有了办公室这一幕——

年轻的学生穿着校服，眼神坚定地要争取参赛机会，而班主任却一再阻拦。

程双宜沉默地听完何四树的懒人言论，最后没说一句话，转身离开办公室。

办公室外面，陶之晴和另外一个女生在等程双宜出来。

陶之晴是陪程双宜来的。

另外一个女生叫李佳佳，是贫困生，内向腼腆，但语文成绩很好，她也参加了这次征文大赛，如今跟着来这里，应该也是想问问怎么回事。

"四叔怎么说？"陶之晴立刻过去问。

程双宜摇摇头："四叔不管。"

李佳佳原本跟在她们旁边，听到这句话，急得眼泪都要出来："那怎么办？听说这次出校奖励就有一百块，一等奖有一万块奖金，他们怎么这样啊？"

陶之晴也跟着骂："什么玩意儿。是怕我们班的成绩比他们好，所以干脆剥夺我们的参赛权？什么重文轻理思维？"

程双宜沉默了一会儿，下楼梯时，她突然开口："四叔不管，我管。"

程双宜连续三年担任学校的学习部部长，再加上她成绩不错，经常往教研组那边跑，校领导对她的印象颇为深刻。

如果她使一使劲儿，说不定这件事他们还真的能讨个公道。

毕竟也没有其他办法了，只能死马当活马医。

大课间过后是自习课，相对自由。于是，程双宜让李佳佳和陶之晴先回班上，顺便和学习部副部长交代一声。然后，她一个人去了语文教研组办公室。

推开办公室的门，程双宜居然再次撞见沐采薇。

沐采薇抱着一摞作文纸，捋了捋头发，抬头看她一眼，然后急匆匆地低头离开。

出于某种习惯，程双宜扭头，看了一眼沐采薇的背影。沐采薇低着头，跑得很快，安静的走廊传来她嗒嗒的脚步声，好像在躲着什么。

程双宜记得，沐采薇也是文科那边的语文课代表，和语文教研组老师们挺熟。

那么她出现在这里，也不奇怪。

压下疑惑，程双宜走进办公室。

教研组组长是文重班的班主任，看到程双宜——学校有名的几个优秀学生之一，他先笑了下："双宜啊，上着课呢，你怎么来了？"

"老师，我们班为什么不可以参加这次征文比赛？"程双宜单刀直入地说明来意。

教研组组长脸上的笑容消失，变得严肃正经："双宜啊，你们班参加这个，真没意思。你们都是咱学校最优秀的理科生，脑子好使，逻辑思维能力强。这种征文考的是文学素养，你们把握不住的，别浪费这个时间了。"

程双宜稍微皱了下眉，文理分科以后，她最常听到的偏见，就是文科生逻辑思维差劲，理科生必然没什么文学素养。

她讨厌这种偏见。

程双宜思索了一下，摆出事实依据："上学期期末考试，我记得理科和文科的语文试卷是一样的，理科班的语文最高分是138分，文科班的最高分是135分。获得语文最高分的同学就在我们班，为什么她不可以参加征文大赛？"

教研组组长闻言变了脸色。

老师们考虑事情的角度和学生们不一样，程双宜只是据理力争，想说明理科班并非所有人的文学素养都很差劲，但这话到教研组组长的耳朵里，就变了味道。

学生们看每一位老师都是平等的，但老师们之间却存在着竞争关系。

教研组组长眯了眯眼，语气生冷起来："程双宜同学，你想说明什么？"

"我想说明，我们班并非……"

"你想说明，你们班何老师的教学质量，比我这个教研组组长还要好吗？"

教研组组长抬高声音，直接打断程双宜的话。

程双宜愕然，没想到教研组组长会这么理解。她也没想到，何四树那种不争不抢的性格，也会有人看他不顺眼。

"我不是这个意思。"

程双宜低头，教研组组长的语气已经很凶了，她其实有点想退缩。但程双宜想到李佳佳，想到班里那二十多篇征文，她只能硬着头皮继续说："我只是希望我们也有公平竞争的机会。"

"怎么没给你们公平竞争的机会？不是全部打退回去了吗？"教研组组长继续说。

程双宜的心凉了半截，不是，不对，不应该这样。

以前就没见过二十多篇作文全部被打退的情况，这摆明了是教研组一言堂。

而且程双宜也参与过这种征文选拔，了解具体的评判标准，她知道他们班很多人的作文水平都不错，都是很有希望拿奖的。

"我们班一共二十四篇征文，全部不合格吗？"程双宜不死心地又问。

"是的，内容假大空，辞藻浮华，代表不了我们虞阳二中的水平，也不符合二中低调、踏实的校训，全部不合格。"教研组组长的语气已经平稳。

"我们班李佳佳，编号为0136号，她的作文以城市的基础设施建设为素材，内容平实质朴，她去年就是二等奖。如果她不符合，那么全校一共八百多篇征文，大部分恐怕都不会符合……"程双宜的语气已经无法保持平稳，但她仍然坚持继续往下说。

"那又怎么了，不符合就是不符合。"教研组组长看着她，但没有要解释的意思，只继续拿着旁边的教案，开始打印。

程双宜盯着教研组组长那不以为意的眼神和动作，忽然觉得很失望。

她呼了口气，抬手，摸到校服左胸口处别着的"学习部部长"的胸牌。她平静地摘下胸牌，放到桌子上，往前一推。

"很抱歉，老师，这学习部部长，我不能再当了。"说完这句，程双宜转身，头也不回地离开。

程双宜一路沉默地回到教室里，第一次没有主动去注意贺明洲在做什么。她只是趴在桌子上，拿着笔在教辅资料的扉页上涂涂画画，一句话也不想说，头也不想抬。

有点难受，也有点想哭。

想申请一个参赛的权利都那么难……

自习课的下课铃声响起，参加这次征文比赛的学生全围了过来，你一言我一语地问程双宜怎么回事，为什么他们的作文都不合格。

"双宜双宜，我听佳佳说，你去教研组问了，教研组的老师怎说啊？"

"四叔怎么不据理力争一下啊？"

"我们凭什么没有参赛权，教研组组长是不是有点过分了？"

……

程双宜没有回答，她刚直起腰，韩藤就立刻问她："双宜，你的胸牌呢？"

四周骤然安静下来。

刚刚还在讨论着的学生们都不说话了，学习部部长的胸牌都没有了，可见这件事比他们想象中的还要严重。

陶之晴挤开人群过来，大手一挥："你们都先回去，我问问。"

其他人见是陶之晴，也不敢乱说什么，依次离开了。

陶之晴拉着李佳佳，韩藤也没走，靠在走道对面的桌子上。

贺明洲刚刚被吵醒了，一边捏着鼻梁让自己清醒，一边把目光移向程双宜。

"双宜，怎么回事啊？"陶之晴先开口问。

原本程双宜的情绪已经平静，但陶之晴这么一问，她便有些哽咽，觉得委屈。

她尽量放稳声音："我去找教研组组长了，我问他为什么我们班的同学没有参赛权，他一开始跟我说是理科班不合适，后来又说我们班的作文都不符合二中校训，全部不合格。"

"佳佳的作文去年仅次于一中那个学霸顾然，这都不合格，还有什么合格！"陶之晴直接骂出声。

韩藤也跟着皱眉："我听说教研组组长好像和四叔有点矛盾，会不会是趁机公报私仇？"

"那、那他有本事去找四叔打架啊！拿我们开刀干吗呀！我们只是学生，又没有做错什么。"

李佳佳的语气有点急。征文大赛的奖金对她来说很重要，莫名被取消了参赛资格,她也不清楚教研组那边的事,只觉得难受。

韩藤又看向程双宜之前挂胸牌的那个位置,问:"所以你的胸牌?"

"我觉得我当不了学习部部长了。"程双宜轻声开口,但声音还是有些发颤。

这事儿,放到谁身上都觉得委屈。

程双宜也不例外。

"唉,不当就不当,不当才好,还轻松。"陶之晴是不怎么在意其他的,就觉得程双宜现在难受,她得说点什么让程双宜不那么难受。

"呵。"浅淡的一声轻笑从旁边传来,是贺明洲。

但因为是贺明洲,李佳佳不敢吭声。

韩藤张了张嘴,最后什么也没说。

陶之晴反问他:"你现在还笑?"

"多大点事?委屈成这样。"贺明洲从位置上站起来,然后让前排男生出去,他依旧踩着桌子,迅捷地从桌子上翻过去。

不知道出于一种什么心理,贺明洲突然很想管这件事。

他的心底一直有一个声音——

"或许,这是你离那个纯粹的学生世界最近的一次。"

于是,贺明洲站在程双宜面前,语气坚定地说:"我在呢,能让人欺负到家门口?"

第二章
蝉鸣

贺明洲说出那句话后就离开了教室，接着，一整个下午，他都没有出现在座位上。

程双宜其实没有把贺明洲的承诺放在心上。

毕竟他们都只是学生，想做什么事，即便有想法，能力也有限。教研组组长想卡他们的作文，自然有无数个理由。

但贺明洲说出那些话，很明显是要为她出头，她还是有一点动容的。

一直到第二天中午。

像往常一样，程双宜等陶之晴做完最后一道题，二人去食堂二楼吃饭。

因为昨天作文的事情，陶之晴还在绞尽脑汁宽慰程双宜："二楼新开了一个窗口，做鱼的，听说厨子是南方来的，我们去尝尝？"

"嗯。"程双宜应了一声。

她和陶之晴认识两年多了，陶之晴想什么，她都能猜得到，也正因为如此，她觉得其实没什么大不了。

当不了学习部部长就不当了。征文大赛的事又不是完全没办法，校投不行，他们还能通过社会渠道以个人名义投稿，总会有办法的。

陶之晴安慰她，怕她伤心。但其实她也没有很脆弱。

二楼的新窗口，菜品的味道大约真的很不错，排队的人很多。程双宜和陶之晴混在人群里，小声聊天。

"哎，你听说了吗？"

"什么？"

"就贺明洲的事啊。"

…………

在窗口排队的时候，程双宜听到前面两个女生在说话。敏锐的听觉让她准确无误地捕捉到"贺明洲"这三个字。

她的心快速跳动。

陶之晴也注意到了，她的性格很外向，立刻拍了拍前面一个女生的肩膀："你们说什么？"

女生被吓了一跳，一扭头，发现是陶之晴和程双宜。

陶之晴和程双宜在学校都是很有名的，不过是两种极端的有名——陶之晴性格爽朗，朋友多，和谁都玩得开，几乎每个班都有认识的人；程双宜则是安静内敛，学霸里的佼佼者，政教处的学习部部长，带着"学习好，管得严"的标签，谁看了都想打个哆嗦。

这两个人是好朋友，大家觉得很意外，但也不是不能接受。

那女生紧张得说话声音都变了："没、没什么。"

陶之晴挑眉继续问："贺明洲什么，你们说清楚。"

程双宜也看向那两个女生，因为不想让别人知道自己的私心，她换了个方式问："你们刚刚在说什么事？"

一句也不提贺明洲。她想，这算不算此地无银三百两。

程双宜的声音平静，像是古潭表面，看不见底下的涟漪。

这种平静让女生壮起胆子，如实说道："是这样的，贺明洲上午来我们班，拿了一张大大的白纸，让我们每个人在上面签字。"

说完，女生又悄悄看向程双宜，补充道："部长，我们是在课间完成的,没有耽误上课!"

"什么白纸?"陶之晴迅速追问,"贺明洲让你们写就写啊?你们都不怕他把你们全卖了?"

"呃……这应该不会吧?"女生这才有点后知后觉,她抿了抿嘴,回想起当时的情况——

当时贺明洲是拿了一张白纸来,但好像还说了什么?

"对了!"女生叫起来,"贺明洲还说了……"

女生说到这里,声音小了一点,脸颊上也带点红晕:"他还说,这是关于理重班征文的事,我们帮他签个名表个态,算他欠我们的人情。"

陶之晴立刻就受不了:"贺明洲这么二?还欠人情?"

陶之晴这么一说,那女生也有点不好意思,只好看向程双宜:"部长,我们也听说了,就是你们班参加征文比赛的事儿……"

"谢谢你们。"程双宜迅速开口。她垂下眼眸,也不知道自己在做什么,突然很想打断这些——这些有关贺明洲的事。

和女生聊完后,程双宜没了吃饭的心思,随便对付了几口,便和陶之晴一起回教室。

"哎,双宜,你说贺明洲要别的班的学生签名,他想干吗啊?"回教室的路上,陶之晴突然问。

程双宜摇摇头。

她好像可以猜测到一点,但不知道对不对。

可以肯定的是,贺明洲是在为了他们班能参加征文比赛这件事而努力。

可是这也只是她的猜测。

程双宜甩甩头,告诉自己还是不要乱想了。

毕竟,她想,就算是为了班上的其他人,比如李佳佳,贺明洲大概率也会这么做的。

下午大课间,何四树突然来到班上:"双宜,你出来一下。"

程双宜起身,习惯性地看一眼贺明洲的位置。算上午休时间,贺明洲已经离开一整天了,一直没有回来。

程双宜经常和老师们打交道,像老师找她这种事,平时都很普遍——大多数是把她叫到办公室里,询问一下最近的教学进度,以及班上同学们的学习情况。

所以程双宜一开始并没有在意。

直到她跟着何四树离开教学楼,接着去办公楼,逐渐走近校长办公室。

这明显和平时不太一样。

程双宜这才感到疑惑,问:"老师,我们这是去干吗?"

何四树扭头,意味深长地开口:"你真不知道啊?校长有事儿找你。"

程双宜更蒙了。

虞阳二中的教务处和政教处分权管理,校长基本上不怎么管事,连程双宜这种和老师关系很近的学生,都没怎么见过校长。

校长找她干吗?

压下心头的疑虑,程双宜跟着老师来到校长办公室。

刚推开门,无孔不入的冷气最先袭来,紧接着,何四树往旁边站,程双宜看清楚了校长办公室里的人——

校长坐在办公桌后面,语文教研组组长头顶冒着虚汗,拿着眼镜布一遍一遍地擦着额头,办公室里还有一个人——贺明洲。

贺明洲把一沓纸扔在校长的办公桌上,微扬起下巴,语气也正经了起来:"校长,理科班一共十八个班级,除17班外,所有学生的签名都在这儿了。"

校长瞄了一眼办公桌上的纸,接着转移目光,透过老花镜,看了一

030

眼贺明洲，以及刚进门的程双宜。

程双宜顿时明白了贺明洲要干什么。

何四树立刻把班上的情况说了："这两个学生还是同桌呢！"

校长的目光继续在贺明洲和程双宜身上来回流转，且意味深长。

程双宜不怎么害怕校领导的揣测，尤其是和贺明洲有关，她更加没有担心的必要。

她行得正坐得直，和贺明洲连话都没说过，关于这次征文比赛的事情，大家都知道的，她根本不怕。

校长瞎想也没用。

"跟我同桌没关系。"贺明洲先开口，"现在是理科班十八个班级的学生都觉得，不让我们班参加征文比赛，这非常不公平。"

校长再次把注意力放在贺明洲身上。

校长自然也是知道贺明洲的，从入学开始就是有名的刺头，很难想象，有一天贺明洲愿意给班上同学出头，并且，还搞了这么大的阵仗。

一天时间能搞来所有理科班学生的签名，看来这学生刺头归刺头，在学生心里还是有一定影响力的。

只是，之前没见贺明洲为了哪个班级出头。

"行了，知道了，不会剥夺你们班参赛资格的。"校长呛了贺明洲一句，接着看向程双宜。

程双宜，同样很有名——出身于书香世家，从省厅到高校，都有这姑娘的亲戚。当然，这学生也是很好的学生，成绩好，还能协助老师批改作业，在教务处和政教处都很有名。

校长很会因材施教，对上好学生，语气立刻温和不少："双宜啊，你回去把你们班的征文整理整理，直接交给我就行，不会有人再为难你的。"

"嗯。"程双宜回应。

等走出校长办公室，那些无孔不入的冷气消散，她才彻彻底底地意

/ 031

识到，征文比赛这件事，居然这么轻易地解决了。

贺明洲收集了除17班之外所有理科班学生的签名，用半引导的方式，让全高三理科班的学生站队表态。虽然方法有点极端，但闹到校长那里，教研组也确实不能再一手遮天。

好像，事情就这么被贺明洲解决了。

程双宜鼻子一酸，顿时，昨天受委屈的感觉再次涌上来，泪眼迷蒙，却又有一点释然的感觉。

别人好像很难理解这种释然。陶之晴是她最好的朋友，当她受到委屈时，陶之晴的第一反应往往是先带她离开痛苦的根源。

虽然这样很好，陶之晴也很好，但程双宜心思敏感，遇到不公平的事总会多想，并且还会在心底留下后遗症。

这是第一次，有人主动去解开她的心结。

第一次，她感觉到，其实一直坚持着某些底线的，不止她一个，总会有其他人一起。

虽然很巧，但又是贺明洲。

"咔嗒！"

忽然，身后校长办公室的门再次被打开。

程双宜习惯性地扭头，看到是贺明洲。他应该也刚和校长说完话，正准备离开，他们恰好碰上。

"喂，同桌……"贺明洲刚开口，却没来得及说完接下来的话。

程双宜突然有点不知道怎么面对——她好像没法做到若无其事，没法像普通同学一样和贺明洲打招呼，并且感谢他这次的帮助。她肯定会紧张，会羞赧，会一句话也说不出口。

尤其她还想到，自己刚刚情绪上头，眼眶里似乎还有泪花，更不合适。

纠结不过半秒，她转身迈步，头也不回地迅速离开。

贺明洲站在原地一愣。

对于这件事，学校处理的速度异常迅速。

到下午吃饭的时候，陶之晴和程双宜一起去食堂，在学校公告栏看到了新的告示。

"语文教研组组长就这么换了？"

她们还没挤到前面，就先听到这一声惊呼。

紧接着，程双宜挤到前排，抬头一看，公告最上面是一排大字，是公告的核心内容——

有关语文教研组组长职位变动一事的安排。

因为前语文教研组组长违反职业操守，语文教研组组长一职暂时由何四树老师代理。

程双宜惊讶不已，这反转居然还有后续！

知晓这么大的事，两个人都没什么心思吃饭，随便垫了两口，立刻回教室，看看班上同学都有什么反应。

班里大部分学生都在议论这件事，猜测、惊喜、欢呼……总而言之，还是开心占据多数。

他们小声地议论着贺明洲。这两天贺明洲办的事，大家都有所耳闻。

韩藤站在门口，见到程双宜回来，他立刻和程双宜说："刚刚四叔找我，说让我在咱们班找一下，看谁没参加征文，挑几个人去办公室帮他整理参赛作文。"

听到这个消息，班里一下子炸开了锅，纷纷拍着桌子起哄："四叔接手组长了？终于出息了一回！"

程双宜也露出笑容，她知道这些大多可能是因为贺明洲，于是更开心了。

韩藤又补充："对了，双宜，四叔说你已经把作文交了？"

程双宜立刻点头："嗯，下午的时候直接交给校长了。"

送走韩藤，程双宜从桌子里取出点名册，准备挑选没有交作文的同学。她低头时，看到自己课桌角落里还放着另外一些东西——

学习部部长胸牌，还有一张便利贴。

程双宜立刻抬头，等四下无人，她才小心地把胸牌和便利贴取出来。

便利贴上的字迹飘逸，龙飞凤舞，内容很是随意：别那么轻易失望，这些事都不值得。

便利贴没有署名，但第一时间，程双宜想到了贺明洲。

她小心地朝旁边的位置探头，看了一眼贺明洲摊在桌子上的作业本。

作业本上，有贺明洲之前抄写的证明题题目。

对比一下字迹，立刻清楚明了。

是他的字迹！

这张便利贴是贺明洲写的，那么学习部部长胸牌也一定是他要回来的！

程双宜整颗心雀跃起来。

这张便利贴是贺明洲写给她的！胸牌也是他帮忙要回来的！

她心里又默念了一遍这个事实，几乎一瞬间，心里的阴霾一扫而空，整个人如同飘浮在云端，欢愉不已。

午休的时候，程双宜被一阵又一阵的啜泣声吵醒。

她揉着眼睛起来，见窗户外面，贺明洲和沐采薇相对而立，贺明洲一副懒散的样子，而沐采薇低着头，声音一抽一抽的，看着委屈得厉害。

窗户没关，再加上午休很安静，除了蝉鸣再无噪声。阵阵蝉鸣声的间隙里，程双宜可以零星地听到外面的声音。

"明洲，这件事是我做错了，你要骂就骂，别这样不理我好不好？"沐采薇抽噎着哀求。

贺明洲看她一眼，没骂她，但后退半步，像是本能反应一样，远离哭啼的沐采薇。

沐采薇继续说："我真的什么都没有做，你干吗帮理重班，还不理我？是不是讨厌我了？"

贺明洲淡漠地看她一眼，有些奇怪她居然能把话题扯到这上面。

"你到底想怎么样？你想打回理重班的作文，我是理重班的，帮自己班天经地义，怎么了？"

"我……"沐采薇低头，轻咬着嘴唇，似乎很难启齿，她只说起别的，"明洲，你以前从不关心班里这种事的，你这次怎么了？"

"沐采薇，我是理重班的，不是文重班。"

贺明洲掀起眼皮，语气不重，但足够让沐采薇不敢再问下去。

两个人僵持了一会儿，最后是贺明洲先开口："就这样吧，我做什么事，没有义务向你报备。教研组的事，我压根儿没管，我只是把这件事传达给了校长，请学校领导们评理。你要说理去找他们，我不插手这种事。"

沐采薇仍咬着嘴唇。

理是这个理，但贺明洲这几天格外高调，这根本不符合他以前的行事作风。

这一次，他亲自下场，非常高调地帮理重班讨回公道，闹得尽人皆知，连班上最内向的学生都听说了。

但最令她难以启齿的是，她来求贺明洲，他竟然一点忙都不帮。

她在贺明洲心里，到底算什么呢？

明明以前不是这样的，以前的贺明洲，哪会有"我是理重班的"这样的概念？他明明是独来独往的，不会被任何团体所羁绊。

"还有就是——"

贺明洲朝班里看了一眼，正好瞧见偷听的程双宜，程双宜迅速收回目光，脖颈发红。

"不要再在午休时间来找我，不要咋咋呼呼，打扰到我们班同学休息了。"

贺明洲说完这句，又看一眼已经趴在桌上的程双宜，然后头也不回地回到自己班里。

沐采薇神情恍惚，也往教室里看了一眼，看到贺明洲的同桌程双宜，像是吞了千斤的委屈，抹着眼泪离开。

贺明洲从正门进班，程双宜动作轻微地站起来，给他让路让他进去。

贺明洲看她，目光向下，移至她左胸口处的学习部部长的胸牌，微微挑眉。

几天过后，征文比赛有了进展，能代表二中参赛的作文名单出来了。他们17班有十五个同学上榜，其中包括程双宜和李佳佳。

代表学校参赛的学生，每人可以获得学校奖励的一百块补助金。

夏末，程双宜拿到了奖金，立刻请全班同学吃雪糕。

此时的虞阳依旧酷热难耐，知了在树上鸣叫着，像是在奋力燃烧它们最后的生命。

午休之前，韩藤和体育委员许胜帮忙把两大箱雪糕搬到教室里，程双宜站在讲台上，让同学们随便拿。

张罗完这些，她低头，看到贺明洲坐在座位上，左手支着头，右手拿着手机捣鼓，眉头紧皱着，约莫又在玩游戏。

想到这次征文比赛，他们班差点没有参赛资格，她就不由得想起贺明洲的帮忙。

程双宜怀揣着一半私心、一半真心实意的感谢，拿了一支雪糕走下讲台。

然后她忽然有点后悔。

这支雪糕和班里其他同学的都一样，但贺明洲又确确实实帮了她的忙，这么一支雪糕，会不会有些随便？显得她故意晾着贺明洲似的。

但后悔也来不及了,她已经走到了贺明洲面前。

程双宜所有的话都堵在喉咙里,她这才惊觉,从开学到现在,这么长的时间,她和贺明洲坐在一起,却几乎没主动和贺明洲说过话。

或许是怕贺明洲看出什么。

又或许,是因为沐采薇,以及自己的懦弱。

程双宜拿着手里的雪糕,正犹豫着以什么方式开口,脑海里却忽然闪过一篇文章——开学那天看到的,名叫《蝉》。

她好像……有点像那只蝉。

班里同学们在抢雪糕吃,不算安静,窗外的蝉鸣更甚,像给这乱糟糟的班级增加了背景音乐。

而掩饰不住的蝉鸣,很像她内心深处对贺明洲掩饰不住的心动。

"贺明洲,"程双宜鼓起勇气主动开口,把雪糕递过去,尽量让声音显得随意而平稳,"贺明洲,你知道蝉的其他名字吗?"

贺明洲闻言抬头,目光从手机屏幕转移到她手里的雪糕上。

说实在的,他有些惊讶。

好学生的善意,在他看来,就是奇怪的存在——

给支雪糕,还要问一个莫名其妙的问题。

女孩的声音都发颤,紧张得不行,但还要装得四平八稳。

贺明洲接过雪糕,语气不以为意地回答:"知了,怎么了?"

"没事。"

程双宜快速回答,还配合着肢体动作,摇头,紧张又羞涩。

她把雪糕递给贺明洲以后,立刻转身回到讲台上,一颗心跳得飞快,脸颊也发烫。

转身后,她突然有点庆幸,蝉的另一个名字,是知了。

刚刚贺明洲回答的时候,她甚至在脑海中幻想过,"知了"是贺明洲听到她内心呼唤时的回答。

知了,是蝉的另一个名字,也是知道了的意思。

这个词,再配上她那点不为人知的秘密,便有些说不清道不明的旖旎。

如同饮鸩止渴。

明明旖旎,却是一场彻头彻尾的幻想。

雪糕分得差不多了,程双宜收拾箱子,趁机偷偷看一眼贺明洲。

他撕开了雪糕的包装袋,咬了一口,目光依旧盯着手机屏幕,随意而又洒脱,根本没有把刚刚那个莫名其妙的问题放在心上。

偷偷喜欢一个人真的奇怪,怕他发现,又怕他像根木头似的没发现。

程双宜说不上是幸运还是苦涩,她沉默地收拾完雪糕箱子,回到座位上,拿着一本薄页试卷册子当扇子,呼呼地扇风,假装自己刚刚脸红是因为天气很热,与任何人、任何事都无关。

晚上自习课,程双宜戴着耳机,正在听英文广播培养语感。

班里乱糟糟的,留在班里自习的同学们正在讨论高一新入学的学生,程双宜倒是不参与此类讨论。

贺明洲又换了个游戏,CV 大差不差的,也不知道为什么玩得这么起劲。

程双宜听广播正听得上头,忽然,有人捏住她的下巴,用小指一勾,扯掉了她的耳机。

程双宜茫然地抬头,看向左边的贺明洲。

贺明洲换了左手玩手机,右手刚刚捏住她的下巴,还扯掉了她的耳机。

他好像不懂什么叫界限。

程双宜略带询问地看着他。毕竟,贺明洲平时比较安静,也不会轻易动手动脚。

贺明洲抬了抬下巴:"往另一边看,有人找你,推了好一会儿桌子了。"

原来是有正事。

程双宜这才看向另一边，是上次打篮球崴到脚的李卓诚。

李卓诚的脚显然已经好了，站得很平稳。他见程双宜扭头看他，立刻红了脸，拉着前面的椅子坐下，先喊了一声："部长。"

"叫我名字就行。"

程双宜自从征文比赛那事儿以后，已经不怎么看重这些虚的了。

她现在更希望别人叫她的名字。

"双……宜？我可以这样喊吗？"李卓诚又问。

程双宜应他："可以。"

"双宜。"李卓诚又叫了一次她的名字，感觉轻松不少，但接着，他很快又吞吞吐吐起来，"我……你，双宜，你喜欢什么样的人？"

程双宜一愣，倒也没想到，李卓诚来问的是这种问题。

下意识地，程双宜目光向左——

贺明洲收起了手机，单手支着头，眉毛微微上挑，一副要看好戏的样子。

完全局外人的心态，丝毫不在意。

程双宜收回心思，抬头，再次看向李卓诚："你成绩怎么样？"

"啊？"李卓诚一愣。

程双宜尽量给他一个微笑："我喜欢成绩好的男生。不说第一了，最起码，也得比我好。"

李卓诚脸涨得通红，下意识地辩解："我……我是替我一个朋友问的，他成绩不怎么样，唉，我回去安慰安慰他。"

"那希望你的朋友好好学习。"程双宜顺着他的话说，倒也给了李卓诚足够的面子，没有拆穿他。

李卓诚挠了挠头，然后离开。

班里安安静静的。

无论是讨论布朗运动还是高一军训的同学，他们没再说话，都把目光投向这里。

显然,刚刚程双宜和李卓诚的对话,班里人都听到了。

学生在情感八卦方面都异常敏锐,对各种狗血消息有天然的好奇心。

他们自然地把刚刚的小插曲当作晚自习的乐子之一。

程双宜却若无其事——

因为是搪塞的,因为是假的,因为是她编出来骗自己的,所以她并不觉得这些谎话有什么好令她害羞的。

她重新戴上耳机,继续听广播。

满腔的酸涩,被她重新咽回去。

班里不知道谁咳嗽了一声,又恢复热闹。

程双宜又悄悄看一眼贺明洲。

贺明洲收起了手机,双臂交叠着,窝在桌子上睡觉。很显然,刚刚的事,他只当作晚自习的一段小插曲。

他从不在意。

尽管他们坐得很近,但他从来都看不见她。

次日上午大课间,宋致再次来到17班找贺明洲。

"二哥,你这次真的和沐采薇绝交了?"

宋致刚进门,就大大咧咧地开口,搞得整个17班都能听到。

陶之晴正坐在程双宜前面,在聊一些女生之间的话题。她听到宋致的话以后,立刻附和:"不错呀,贺明洲你一夜之间恢复视力了?"

贺明洲被搞得很无语。

宋致转眼间已经过来,还和女生们打招呼:"晴姐,部长,上午好啊!"

陶之晴回他一个白眼。程双宜微微点头,她不认识这个短发男生。

宋致自来熟,很快自我介绍:"部长你好,我是文重班的宋致,和沐采薇一个班。"

程双宜抬头，看向宋致。

陶之晴在一旁说："别理这傻小子！"

宋致还是嬉皮笑脸的，没有因为陶之晴骂他而生气。

程双宜想了想，回他："你好，我叫程双宜。"

宋致立刻笑得更灿烂："哎，我知道！咱们算认识了啊，以后学习部别扣我分。"

程双宜也忍不住笑了下，她没想到宋致想说这个。

不是什么大事，她点点头："嗯。"

宋致还想继续说点什么，贺明洲站起来，直接拍了一下他的头："你来我们班干什么？废话这么多？"

宋致这才想起正事，他让陶之晴让让，坐在陶之晴里面，贺明洲的前面。

"就是沐采薇早上找我啊，她让我给你捎句话。"宋致说。

提到沐采薇，贺明洲按了下眼角，显然有点厌烦的意味。

"她又想干吗？"贺明洲开口。

陶之晴在一旁"啧啧"两下："还理会？看来这眼瞎还没治好。"

程双宜和他们不太熟，只沉默地低头练字，没再插嘴说话。

她练字从来不覆着字帖练，而是用米字格纸对照着字帖上的字练习。

字帖上的字，大多是古今中外的名人名言，手里的王尔德精选，她已经练了很多遍。

这会儿她还在练，却心不在焉。

"她就让我跟你说，'我们都在阴沟里，但仍有人仰望星空'。"宋致说。

"呵。"贺明洲搡了下桌子，向后一靠，疲惫地揉着眉心，"她赢了。和她说，不绝交也行，但昨天我说的话，她得遵循。"

陶之晴语气里尽是不可置信:"就因为这一句话?你就又搭理她?我看你不只是瞎了眼睛,还坏了脑子啊!"

"嗯,大概?"贺明洲懒得多解释。

程双宜机械地在米字格内写着瘦金体,却越来越没有瘦金体的章法。

怎么会是这句话?为什么会是这句话?

贺明洲很喜欢这句话吗?

甚至,因为这一句话就被沐采薇吸引?

这句话是王尔德的《温德米尔夫人的扇子》第三幕里的名言:"我们都在阴沟里,但仍有人仰望星空。"

程双宜低头,她恰好也写到了这句经典语录。

这句话给人很大的希望,让人即使身陷囹圄,也能保持对美好的憧憬。

这句话是除《快乐王子》中的句子,程双宜最喜欢的王尔德语录。

她在许多地方都写过这句话。

高中以后,程双宜对写字便更加有兴趣。

单纯的楷书过于平庸,簪花小楷、瘦金体这一类的字体更合她心意。

书本的扉页、草稿纸、书签,甚至包括图书馆随手送的便利贴,她都会用来练字。

而写得最多的,就是一些她喜欢的名人名言。

这句话她写过无数次,她从来没想过,竟然真的有人会因为这样一句话而被别人看到。

后来几天,沐采薇确实没再来过17班,但宋致过来得多一些。

宋致偶尔拿来些曲奇饼、小蛋糕,或者奶茶饮料一类,外包装粉粉嫩嫩的,一看就是女孩子准备的。

贺明洲却很少吃。有次,他甚至把奶茶推到程双宜这里,说他牙疼,不能吃太甜的。"

程双宜见状，倒也没多想，只是帮他把奶茶扔到垃圾桶里。

贺明洲看着她，似乎是想说什么，但最后什么也没说。

程双宜前排坐着一个女生，叫刘欣怡。某个中午，宋致在午休时间过来，拿着一袋鲜草莓。因为是塑料袋装着的，动静闹得有些大。

午休时间宝贵，尤其是对高三学生来说。

刘欣怡被吵醒，有点烦："你们文科班都不睡觉吗？天天往我们班跑？"

宋致双手合十鞠躬："对不起啊，这位姐，我不想吵你的，实在是二哥的好朋友催得急……"

程双宜也没休息，在帮何四树整理教案。她见状做了个噤声的动作，让他们不要吵，班里大部分人还在休息。

然而，刘欣怡也许是心情不好，没有听程双宜的，只吵得更大声："她自己怎么不过来？和贺明洲做朋友很牛吗？连送东西都得让别人代劳？"

这么两句，倒是把班里其他同学全吵醒了，大家心情都不太好。

有起床气的人甚至大声骂了一句："刘欣怡你犯病了？"

"对，我就是犯病了，怎么了？"刘欣怡更起劲儿了。

程双宜一个头两个大，也微微提高了声音："都别吵……"

结果她一句话还没说完，政教处主任急匆匆地从班级正门走进来。

"吵吵吵，吵什么？整栋楼就你们17班特殊！走廊里都是你们班的声音！"

政教处主任叫冯建业，人送外号"疯子""疯主任"，声音大，脾气臭，当过兵，收拾学生特别有一套，最刺头的学生在他那儿也捞不着好。

他一来，倒是彻底让17班安静下来。

冯建业看向程双宜，学习部归政教处管，他直接质问自己手下的兵："程双宜，怎么回事儿？午休时间，破坏学校纪律，该怎么办？"

"罚跑十圈。"程双宜站起来，小声地回答。

她的目光在班里转一圈，然后平静地揽下全部责任："冯主任，是我管理不当，我自愿替我们班受罚。"

说完这句，程双宜从座位上起来，离开教室。

陶之晴也想站起来，被她用眼神制止。

冯建业就是新学期照常来立个规矩，如今人也罚了，规矩也立了，他也就没什么好说的了，只又骂了两句就离开了。

班里再次安静下来。

陶之晴的位置最先发出"咯吱"一声，她用小腿推开椅子，起身离开。

走到门口时，她还是一肚子火，冲着贺明洲直接骂："贺明洲，你继续瞎吧！看你搞出来的恶心事！"

说完这句，她转身出了教室，去找程双宜。宋致把草莓放下，又给刘欣怡和整个17班赔礼道歉，然后才离开。

贺明洲让人把草莓分了，盯着旁边的空位。

事情的起因是他不想再见到沐采薇。

所以沐采薇才会不断地托宋致给他送东西。

再加上他没有提前告知宋致，中午，大家都在午休，这个时候其实并不适合送东西。

纠结这么多，一切都是因为他。

但现在，一个跑两步都会喘不上气的女生在替他受罚。

贺明洲都觉得自己挺不是人的。

程双宜独自来到操场，她知道现在是新学期，他们班暂时还没犯错，冯建业需要一个立威的契机，所以她主动揽下责任，做那被杀来儆猴的鸡。

更何况，班里现在的气氛，对她而言有些压抑，她也很想出来散散心。

沐采薇每天都让人来给贺明洲送东西，而贺明洲牙疼，吃不了太甜的，但也没见他拒绝。

程双宜默默地想，原来他喜欢一个人的时候，会这么照顾一个女孩子的情绪。

想到这些，程双宜心里有些发酸，她尝试着驱散这些思绪，于是弯腰系了一下鞋带，然后开始在操场上跑步。

中午依旧炽热，程双宜听着耳边呼呼的风声，感受着阳光透过校服闷在皮肤上的感觉……她想用身体的疲惫，挤掉自己脑海里不断闪过的贺明洲。

陶之晴很快赶到操场，她身体素质好，几步就跟在程双宜旁边，两人并排跑步。

"我和你一块儿！来的时候我和疯子说了，他没反对。"陶之晴说。

程双宜眼角微弯："谢谢你，之晴。"

女生相处起来是很纯粹的，她们能顾及对方的心思。此时此刻，她们都不说话，一起往前跑，感受着脚底的塑胶跑道，以及头顶的大太阳，谁也不多说一句。

这一段路似乎也并没有那么难跑了。

她们两个刚并排跑了半圈，刘欣怡、韩藤，还有许胜、贺明洲，一群人也一起过来了。他们跟在程双宜和陶之晴身后，陪她们一起跑步。

"我们陪你一起跑。"韩藤和许胜扬起手，挥了挥。

程双宜点点头，她和陶之晴一起对他们比了一个大拇指的手势。

刘欣怡道歉："对不起，双宜，我中午心情不太好，说话有点冲。"

"没事的。"程双宜也没放在心上。

"事情起因在我。"

贺明洲立刻借体型优势，挤开旁边的陶之晴，变成离程双宜最近的那个人。

"同桌,"贺明洲主动喊了一声,向她认错,"对不起。"

程双宜闻言抬头,看他态度诚恳,想到这是他第一次和自己正经说话,心里却更加难过。

他主动道歉了。

但他是为了沐采薇而来的。

自那以后,宋致过来的次数也减少了。

每次来送东西,也都是趁着大课间这种人多比较热闹的时候。

因为贺明洲上次送草莓的举动,大家吃人嘴软,倒也不再对此心存不满。

步入高三后,程双宜桌子上的书摞得越来越厚。某个大课间,贺明洲从旁边经过,手机开着,大概在和谁连麦,不小心把程双宜的书给碰倒了。

"先挂了,我这边有点事。"贺明洲挂掉电话,立刻扶稳剩下的书,"不好意思啊,我刚刚在打电话没看见。"

贺明洲的动作不算慢,但还是碰掉了几本书。

"没事,捡起来就好了。"

程双宜不想多说他什么,主要是不想知道他在和谁打电话。

她只是蹲下来,一本一本地捡书。

虽然有点自欺欺人,但她确实不太想知道贺明洲的任何事情了。

贺明洲把桌子上的书推整齐,然后也跟着弯下腰,半蹲着,帮她捡书。

两个人同时拾起最后一本——《王尔德童话》。

书脊处还有虞阳二中图书馆的编号,是程双宜在学校图书馆借的。

贺明洲挑了下眉,这本书他很熟悉,沐采薇写的那张瘦金体便利贴就是在这本书里夹着的。

但他没想到好学生也喜欢这种书。他以为，程双宜和他第一天见到的一样，只会买教辅资料。

于是，贺明洲随口问："你也借了这本？"

程双宜的心因为这一句话，又"怦怦"直跳。

她尽量压抑内心的惊喜，问："你也借过这本？"

"不是。"贺明洲回答，"是采薇也借过这本。"

一瞬间，从天堂到地狱，不过如此。

程双宜如同在炽热的夏季被人兜头泼了一桶冰水，她整个人凉到极点。

她以为是某种注定的缘分。

没想到，这只是他想起别人的契机。

程双宜夺过书，没再说话。她把自己的书先放在桌子上，然后拿起那本《王尔德童话》，头也不回地离开教室。

程双宜的动作很快，她怕自己再慢一些，眼泪就会跑出来。

看着程双宜的背影，贺明洲动了两下自己空着的手，回想起刚刚自己说的话，默默闭上眼。

他刚刚，好像有点过分。

程双宜抱着书，图书馆在行政楼隔壁，何四树现在是语文教研组的代理组长，平时都在行政楼办公。

程双宜经过行政楼的时候，真的有一瞬的冲动，她想去找何四树，让何四树安排换一下位置。

她再也不想离贺明洲那么近了。

真的……好难。

瞒着所有人，悄悄喜欢贺明洲，真的好难。

但在行政楼前几经犹豫，程双宜还是没有走进行政楼的大门。

她转身去了图书馆。

大课间的下一节课是自习，程双宜不想回去，主要是不想见贺明洲，尤其是被沐采薇吸引的贺明洲。

程双宜来到图书馆，先去了前台，把那本《王尔德童话》还了。

然后走进借阅区域，不知不觉，她又走到西方童话的书架附近。

王尔德的童话总是通过小孩子、小动物的口吻去讲一些故事，所以被归到西方童话这一类别。但实际上，那些故事所讲述的道理却从来不像一般的童话那样圆满美好。

她想到那本《王尔德童话》，不由自主地又想起上学期的一些事。

上学期快要期末考试的时候，有次教学楼停电，她和陶之晴一起来到图书馆蹭空调。

程双宜给陶之晴讲了半天的题，有些疲惫，就给陶之晴留了半张卷子，让她独立完成。

程双宜自己从书架上拿了本《王尔德童话》垫着，准备练字静心。

当时练字是临时起意，没带米字格纸，于是，程双宜在图书馆前台要了几张便利贴，一张便利贴上练习一句话，内容都是她平时练的名人名言，写的是十分板正的瘦金体。

结果，那些便利贴被陶之晴用来贴满了王尔德的书。

想到这里，程双宜低头，书架上有很多本《王尔德童话》，她一本一本地翻看着。

她记得其中有一本，上面贴着的便利贴写着"我们都在阴沟里，但仍有人仰望星空"。

而那张便利贴，还真的鼓励到了别人。

"我们都在阴沟里，但仍有人仰望星空。"

"阴沟里的人也配看星空？"

"当然，不信你抬头。"

第一句和第三句，都是程双宜写的。

她写完第一句离开，因为愧疚，第二天偷偷过来，准备悄悄处理掉陶之晴贴的便利贴，结果看到这句话下面多了一句，于是她没有拿走这张便利贴，而是接着写了第三句。

再后来，考试结束，他们放假，新学期开始又一直忙，她也没过来。

她当时有些想鼓励写第二句话的这个人，除了写下第三句话，她还在"阴沟"这两个字上面画了一颗星星。

王尔德的这句话，让很多人即便身陷囹圄也不放弃希望。

她希望那个人也是。

一整节自习课，程双宜找遍了这里所有的《王尔德童话》，都没有找到那张便利贴。

最后，她安慰自己，那个人一定是抬头看到了他自己的星空。

程双宜在自习课结束后回到班里，贺明洲不在，她的桌子上摆放着一杯全糖奶茶，上面贴着一张便利贴。

> 刚刚，对不起了。——贺

看到这个，程双宜也说不上是什么感受。

贺明洲为什么要这样？这样招惹她，还不如完全无视她。

两个人完全没有交集的时候，她还能粉饰太平自我安慰。

现在的贺明洲，竟然会因为一句话而给她道歉。

为什么要道歉？

和沐采薇之间，是他自己的事。他看到熟悉的东西，从而想起沐采薇，多么正常。

她因为心里那点不能说出口的情愫而有点别扭，这和他又没有关系。

所以，为什么要道歉？

上课铃声响起,这一节是何四树的课。程双宜取出今天要讲的复习资料,一颗心麻麻的。她很想不再去想贺明洲,但又总是抑制不住地想到刚刚他蹲下来帮自己捡书的画面。

贺明洲,你就不能有些距离感吗?

程双宜心里很乱。

因为他的一句话、一个举动,令她兵荒马乱。

炎热的时节刚过,学校就迎来了另一件大事——

秋季运动会。

"……韩藤、许胜,你们俩和其他班干部商量商量,确定好运动会方阵举牌和参赛的人员名单,到时候直接让双宜交给体育部。记住啊,今年咱们学校重视学生的全面发展,每一项比赛咱们都得出人。"

班会课最后五分钟,何四树才来到教室里,简单地说了一下运动会的一些安排,然后踩着下课铃离开。

"好,下课吧。"

何四树话音刚落,班里瞬间炸开锅。

"双宜双宜,"陶之晴最先走到程双宜身边,立刻说道,"这次有女生3000米长跑没有?先给我报一个。"

程双宜也不知道:"这个,我们一起问问许胜吧。"

体育委员许胜那边已经围了不少人,都在讨论报什么项目。

程双宜没什么运动细胞,运动会的比赛她都是能躲多远躲多远。但很惨的是,如果一个班级比赛人数凑不够,她经常被拉去当替补。

比如上半年的春季运动会,她就被拉去替补了女子3000米。那段时间,一直是陶之晴陪着她练习跑步。最后也没练成,因为她的脚崴了,比赛还是陶之晴替她参加的。

正说着,程双宜抬头,发现许胜和韩藤一起往她这边来。

程双宜顿了顿,感觉有点奇怪,好像从这个学期开始,一旦班里有什么事，韩藤和许胜总会到她的位置上来找她。

不过很快，程双宜就反应过来，大概率不是因为她，而是因为她身边的贺明洲。

贺明洲这样的人，很容易成为区域的中心、集体的领导。之前，他还帮班里解决了征文比赛的事情。

果不其然，韩藤还没走到他们的座位前，就先嚷嚷着开口："二哥，你有没有兴趣参加一两项啊？"

贺明洲挑挑眉，没回答。

韩藤也没怎么在意，毕竟贺明洲冷脸是常态。他把比赛的项目表铺在程双宜的桌子上，又问："这次项目还挺多的，有几个还是男女混合赛，啧，真绝。你们看看有没有感兴趣的？"

程双宜低头去看，这次运动会果真是大改版，除了雷打不动的女子800米和男子1000米，别的都改成了团队赛，比如男女混合4×100米、2×200米，五人四足，等等。

许胜说："听说咱们学校准备借鉴别的学校那种小组式学习模式，就是四五个人划分成一个小组，好学生带后进生，集体进步。这次搞这么多合作，应该也是给小组式学习预热。"

程双宜愣了一下，这件事她没注意。最近她在帮何四树忙征文比赛的统筹工作，没注意到学校要推行新的学习模式。

小组式学习，新的学习方式，意味着要调整座位，但又是好学生带后进生。

她算好学生，但贺明洲不算。

程双宜卑劣地想，就算是小组式学习，她想做点什么手脚，让贺明洲和她一组，也不是什么难事。

但是，程双宜觉得，自己如果真的这样做了，那她一定会心虚。而且，她做不出这种事。

这边陶之晴又继续问："真的假的？我们都高三了还搞这个？"

/ 051

许胜耸耸肩:"难说,学校有这个意思,但咱四叔是真的懒。"

陶之晴立刻道:"其实弄那个也没事,我成绩又不好,到时候我要和双宜一组。"

说完这句,她又瞪向贺明洲:"和我做同桌,肯定比某些人强点。"

贺明洲这才回答:"请问和我做同桌怎么了?"

程双宜耳朵发热。

这话其实有点巧妙,感觉是在对陶之晴提出反问,但又好像……是在对她说。毕竟,现在她才是贺明洲的同桌。

"咳。"

抑制住自己的胡思乱想,程双宜转移话题:"不说这些了,你们看看想报什么比赛项目,到时候如果缺人手,我给你们补位。"

下午,程双宜照旧去给何四树送考勤表。

课间的行政楼比较热闹,程双宜拿着考勤表,一路上听到不少老师在讨论小组式学习。

程双宜是常年在老师堆里混的,很容易从老师们的三言两语中得到信息。等到了何四树的办公室门口,她已经把有关小组式学习的相关信息了解透彻了。

小组式学习从今年新入学的高一新生中开始正式实施。

但因为是特意从其他学校借鉴来的学习经验,又经过校领导多次调研,算是比较有效果的学习经验。所以,高二和高三年级,如果有感兴趣的,也可以效仿。

站在办公室门口,程双宜的内心忽然有些踌躇。

她很明白,像小组式学习这种新的学习方式,何四树大概率是不会采纳的,因为很麻烦,所以用不着她提醒。

但是不说,她又会很在意这件事。

程双宜缓缓松了口气。她很清楚,她究竟是因为什么而内心不定。

这个学期开学时，她能和贺明洲做同桌，对她来说已经是非常难得的幸运之事。她知道，下一次换位置，可能就没有这样的好运气了。

她是有一点害怕的。

程双宜又呼口气，敲门："报告。"

"进。"门内响起何四树的声音，一如既往地安静。

程双宜却有些紧张，心脏"怦怦"直跳。

推门而入，冷气飒飒的，扑在皮肤上，程双宜隐隐起了些鸡皮疙瘩。

"双宜？"何四树抬头，紧接着又说，"来送考勤表啊？"

"嗯。"程双宜动作有些机械，把考勤表交给何四树后，她又咬了下嘴唇。

"四叔，我们班搞那个小组式学习吗？"程双宜问。

语速有点快，声音也有点轻，和她平时说话完全不一样，很显然，她在紧张。

如果换一个细心一点的女老师，就能发现她的紧张。

"咱们班搞那个干吗？不搞。"何四树回答。

心底好像突然响起"砰"的一声，悬着的石头落在地上，随后寂静无声。

"嗯，那我先回去了。"程双宜说着，语气是显而易见的轻松，她推开门直接离开，甚至忘记给何四树关上办公室的门。

离开了行政楼以后，程双宜才想起来，自己刚刚好像过于兴奋了，甚至没注意到底有没有给何四树关门。

然后她又有点难过——她居然会因为没有实施小组式学习而兴奋。

第三章
破土

距运动会举办的时间越来越近了。

陶之晴个子高,长得也很漂亮,和以往一样,她成为班级方阵举牌的代表,还和程双宜商量穿什么礼服。

另外,班级方阵前面还要有一个扛旗的男生,往常这种情况,都是韩藤和许胜两个人商量着来,但这次韩藤推荐了贺明洲。

贺明洲起初还有点兴趣,后来一听说举牌的是陶之晴,立刻表示拒绝。这事也就不了了之了。

陶之晴听说了以后,气得连续骂了贺明洲三节课。

参加市里征文比赛的作文全部整理完毕,程双宜也终于空闲下来,和其他班干部一起商讨怎么把比赛项目的参赛人数凑够。

毕竟,这次比赛项目还是很多的,而且大多是团队赛,不能再找那些练体育的人一人参加十项。

依旧是在程双宜的位置上商讨比赛。

"一共是十二项团队赛,咱们班四十五个人,四个人一组,最后再凑一组班干部,怎么样?"许胜询问。

韩藤说:"那我们怎么分?"

陶之晴直接说:"遵循班里同学的意愿?要不我们先自发组一下队?"

贺明洲在一旁,闻言立刻开口:"不能吧,陶之晴,你想和我同桌一组,算盘珠子都崩我脸上了。"

程双宜脸颊微红。

其实贺明洲的表达没什么问题,"我同桌"大概是学生时代最普通的称呼,她以前的同桌也经常这样叫,没什么大不了的。

但说这话的人是贺明洲。于是,她心里总会生出一些旖旎的色彩。

明知道这样很不好,可是,她忍不住。

贺明洲是她喜欢的人,她总想在日常的相处中找出他们有可能的蛛丝马迹。

这边,陶之晴还在怼贺明洲:"我说的怎么了?一个小组的同学关系亲近一点,难道不是更有利于比赛?"

说完这句,她又低头看向程双宜:"你说对不对啊,双宜?"

程双宜咳嗽一声,放平心态,认真解释:"对的。可是,如果都按照同学们的个人意愿参加比赛,那些体育比较好的同学,比如你和许胜,大家都争着和你们一组怎么办?"

陶之晴扬起下巴:"女生嘛,我照单全收,男的我来者全拒。"

许胜也举手发表自己的看法:"我这儿男女平等,广纳贤士,谁都可以。"

韩藤和程双宜都笑起来。但是,大家也都知道,只凭同学们的意愿组队,是难以施行的。

陶之晴贴过来:"双宜,你有什么好办法没有啊?"

程双宜的心"怦怦"跳,她微扬起头,装作在观察班里的座位情况。过了几秒,她才像很公正的裁判一样开口:"我们前后桌四个人一组吧。"

她这话一出,韩藤、许胜,还有贺明洲,他们都把目光投了过来。

陶之晴问她:"前后桌四个人一组?"

"嗯。"程双宜尽量让自己的语调平稳,"我记得,我们班一开始是自由选择座位,所以,基本上能做同桌的,关系应该都不错。我刚刚看了一下,前后桌四个人一组,基本上都能保证一个组有男有女,这样我们参加那些男女混合赛的项目时也不会吃亏。"

程双宜说完这些,才转动目光——韩藤若有所思;许胜眼睛放光,很显然比较赞成;陶之晴是唯一噘起嘴的。

程双宜最后才去看贺明洲——他半挑起眉,看向她,像是带着审视的意味,像欣赏,像赞成,没有半分旖旎。

程双宜只看了一眼就收回目光。

陶之晴这边还有点想挣扎:"为什么要这样分组啊!万一……万一我和我同桌关系不好呢?"

程双宜回答:"开学这么久了,咱们班里基本上没发生过大的矛盾,说明起码咱们和身边的同学关系是可以的,而且……"

说到这里,程双宜停顿一下,垂下眼眸,像是在撒谎:"我们都和自己同桌相处了那么久,关系肯定都很不错了,不是吗?"

"我赞成!"韩藤第一个表态。

许胜也说:"我也赞成双宜说的。"

陶之晴不太情愿,但也妥协:"好吧,但我参赛的时候,你要给我加油,还要给我买我最喜欢的饮料。"

程双宜立刻点点头:"放心吧!"

丁零丁零——上课铃声响起,基本上已经确定参赛模式,大家都比较兴奋地回到自己座位上。

程双宜若无其事般低头,在抽屉里翻出这节课需要的课本和教辅资料。

"同桌——"贺明洲突然开口。

程双宜一颤,差点抽错书本。

贺明洲也低头,借着课桌上摞起的书本遮挡,忽然靠近她:"你刚刚是不是说错了?"

程双宜不习惯贺明洲的突然靠近,她迅速抽出课本,抬起头,装模作样地表示疑惑:"嗯?"

贺明洲一笑:"你刚刚说和自己同桌关系不错,这是真的吗?"

程双宜的谎言被戳破,耳根开始泛红。

贺明洲看到了,但哼笑一声,带着逗弄的意思:"咱们俩做同桌这么久了,说话次数掰手指头都能数得过来吧?"

"这种也算——

"关系不错吗?"

许胜把程双宜提出的分组方式告诉了何四树,何四树看都没看,立刻就同意了。于是在下一节体育课上,许胜直接公布了分组名单。

"……陈恒、刘欣怡、贺明洲、程双宜,你们四个人一组,负责男女混合 4×100 米。"

程双宜在听到许胜念这一组的名字时,心底一颤。

刘欣怡已经先凑过来:"双宜,你跑步怎么样啊?"

程双宜回答得很实诚:"100 米还行,但我跑得不快。"

陈恒和贺明洲也走了过来。

陈恒是刘欣怡的同桌,坐在贺明洲前面,平时不怎么爱说话,是性格偏内向的男生。

程双宜脑海中对他的印象,也只是"人还不错但没怎么接触过"。

陈恒开口:"我和刘欣怡都是走读生,可以一起训练的时间短,这样,我们定个时间,反正是每个人跑 100 米,规定一下每个人要达到的时间,最后我们相加。"

程双宜没明白:"每个人跑 100 米的时间?"

刘欣怡立刻帮陈恒解释:"就是我们不用每天一起训练,大家计一下自己跑 100 米的时间,到时候加起来。"

程双宜明白了:"就是平时训练都当作百米跑来练习。"

陈恒点点头。

最后,他们又看向贺明洲。

贺明洲比较特殊一些。程双宜原本想,她和贺明洲不算很熟,可是她看看刘欣怡和陈恒,相比较之下,好像她和贺明洲还熟一点。

于是,程双宜呼了口气,看向贺明洲,叫他:"贺明洲。"

贺明洲"嗯"了声,又说:"我没意见,这个方法挺好的。"

程双宜又把话题带到比赛上来,她说:"那我们今天先计个时打个样?"

贺明洲再次说话:"我最后一棒,你们差多少,我补回来。"

这话说得仗义,不等程双宜开口感谢,陈恒和刘欣怡都立刻点头。

刘欣怡还鼓掌:"这也太好了!"

四个人一决定,立刻就实施了。程双宜请体育老师帮忙计时,他们四个人分别站在400米标准跑道的不同位置上,每个人相隔100米,模拟正式比赛时的情况,陈恒第一棒,刘欣怡第二棒,程双宜第三棒,贺明洲第四棒。

"预备——开始!"

体育老师喊了一声,陈恒立刻飞奔出去。

程双宜站在跑道另一侧,看到陈恒跑得飞快。她对男生跑步没什么概念,只觉得大家平时都在一起跑操,应该差不多。这是她第一次直观地感受到男生跑步的速度,真的很快。

很快,第一棒就交接给了第二棒,刘欣怡和陈恒击掌,然后也迅速往前跑。

程双宜的心开始狂跳,她本来就不太擅长运动,这次也不例外,甚至还更加紧张——刘欣怡和陈恒就算了,大家都在一个班里两年多了,算得上很熟悉,对她的身体素质都很了解——她怕贺明洲觉得她拖后腿。

不容程双宜多想,几乎没多久,刘欣怡就跑到程双宜面前,程双宜迅速和她击掌。女生的手掌都软软的，两人的手迅速一碰，然后她转身，开始往贺明洲的方向跑。

她感觉到自己的步伐迈得比以往任何一次都要大，呼吸比以前每一次都要急促。她往前的位置向阳，下午的阳光恰好给贺明洲勾出一个轮廓，程双宜看得清晰。

越来越近，越来越近……最后，三步并作两步，程双宜迈步到贺明洲面前，伸手——贺明洲已经伸手等待很久了，程双宜没多想，只当他等得急了，于是快速和他碰了一下手掌。

双手接触的感觉转瞬即逝。在阳光的暴晒下，程双宜感到自己的手掌就像碰了一块烙铁。

贺明洲接过最后一棒，快速向前跑去。程双宜喘着气，看着他的身影越来越远。

一组 4×100 米，跑的时间并不长，才用了 64 秒。

体育老师告诉了他们每个人的跑步时间，然后又着重说了一下他们各自存在的问题，就去忙其他组的比赛了。

他们四个人在草坪上复盘商量。

"我 14 秒，刘欣怡 19 秒，程双宜 20 秒，贺明洲 11 秒。"陈恒开始复盘时间。

刘欣怡还挺满意的："这个成绩不错吧？我们又不是运动员。"

陈恒严肃一些："你们女生能不能跑到 20 秒以内？"

程双宜跑得最慢，有点羞愧，她立刻道："我练练，到时候应该就好了。"

贺明洲挑了一下眉，他看向陈恒，语气有点冷："陈恒，少埋怨别人，你自己可以再快一点。"

因为贺明洲的这句话，第一次复盘险些不欢而散。

贺明洲说完那句话就离开了，显然没把陈恒放在眼里。程双宜迅速出来打圆场，表示自己会多加练习，刘欣怡也急忙表示。两个女生再三保证，气氛才稍微缓和。

体育课结束，陶之晴正训练得热火朝天，程双宜也不好打扰她，只好先和刘欣怡一起去小卖部买饮料。

"哎，双宜。"下课后小卖部人很多，刘欣怡抓紧了程双宜，基本上和她贴在一起。

程双宜直奔冷饮冰箱，刘欣怡紧跟着她："双宜，你觉不觉得你同桌和传言里的不一样啊？"

程双宜正在给陶之晴扒拉她爱喝的饮料，闻言一滞，但还是装作若无其事："没觉得，你怎么感觉的？"

"就刚刚体育课啊，"刘欣怡的语气很轻快，毫不掩饰她的喜欢，"他居然让陈恒多提高自己，少埋怨别人。他这算不算替我们说话？他人还怪好的。"

他就是很好。

程双宜当然知道，但是她没法像刘欣怡那样敞亮地表达自己的感受。

她带着私心，见不得光。

虞阳二中正在转型，学校显然是有心要办好这次运动会，体育课都安排得多了一些。

运动会还有一周就要举行。

这可苦了程双宜。她体质本来就不太好，有轻微哮喘，还容易低血糖。每次上体育课之前，她都要先给自己做心理建设——

往好处想，起码在体育课上，她还有一次短暂的、能和贺明洲击掌的机会。

然而到了操场，程双宜已经单独练了3组100米，贺明洲还没有出现。

其实这也算比较平常的事，贺明洲文化课都经常旷课，体育课他能来两次，已经很不容易了。

程双宜还是稍微有点失落。

刘欣怡不明所以，在多跑了1组100米以后，来问程双宜："双宜，你同桌没来吗？"

"嗯。"程双宜应一声，有点心不在焉。

贺明洲不来，她基本上默认他是去找沐采薇了。毕竟贺明洲其他的事，她并不清楚。

"我们去找一下他吧？"刘欣怡建议，"一会儿我们还得练习4×100米，少一个人怎么练啊？"

"我们……"程双宜停顿一下，有点想拒绝，"我们去哪里找他啊？"

"我们可以问一下之晴啊，感觉他们俩挺熟的。"刘欣怡说着就要起身招呼陶之晴。

陶之晴报了两个比赛，一个是个人赛的女子800米，另一个是和小组一起的四人三足。

800米在陶之晴眼里就跟玩儿似的，她随便跑跑就是前几名。四人三足需要团队配合，陶之晴又是个急性子，训练得火气直冒。

"哎呀，错了错了。"在练四人三足第五次摔倒以后，陶之晴再次发火，她真的有点想换个比赛项目了，不然再练下去，她的三个组员都会被她骂。

"之晴！"不远处的刘欣怡喊。

听到有人叫自己的名字，陶之晴立刻循着声音看去，发现是刘欣怡，她身边还站着程双宜。

别人就算了，一看到是程双宜，陶之晴立刻要解开绑在脚踝的绳子："怎么了啊？"

陶之晴以为是程双宜有事，跟自己的组员们说了一声，然后就去找程双宜。

"怎么了？"陶之晴飞快地跑过来。

程双宜没开口，刘欣怡先问："之晴，你知不知道贺明洲在哪里啊？"

一听是找贺明洲，陶之晴顿时拉下脸："谁知道他跟谁鬼混去了。"

刘欣怡就坐在程双宜前面，对陶之晴和贺明洲的关系也大致有数。

于是她赶紧说明缘由："我们要练习 4×100 米，贺明洲不在，我们没法整体练。"

陶之晴这才稍微认真点："我还真不知道，我发个消息问问他。"

三个女生走到树荫下，陶之晴拿出手机，划拉到贺明洲的微信聊天框，打字问他。

晴天：你在哪儿？你们组等着你训练呢。

然而过了好一会儿，贺明洲都没有回复。

陶之晴自然不会干等着，立刻又给宋致发消息。

晴天：贺明洲在哪里知道不？

宋致的消息很快发过来。

宋致：哦，我们在体育馆。

宋致：我们这节也是体育课，二哥在我们这儿，陪沐采薇呢。

宋致：[视频]

陶之晴点开视频。

视频里是贺明洲和沐采薇。沐采薇也参加了比赛，大概是跑步一类。贺明洲站在终点位置，手里拿着计时器，等着沐采薇到达，他摁下计时器，沐采薇走过来，两个人凑在一起讨论。

体育馆是全封闭空间，声音嘈杂无比，他们也只能根据视频画面大致猜测他们在干什么。

陶之晴顿时就火了，她当即就拨通了宋致的语音通话，准备将他们痛骂一顿。

程双宜心底一片冰凉。果然，贺明洲不在的时候，都是在陪沐采薇。

刘欣怡见状也有点不好意思："我是不是不该问贺明洲啊？人家陪自己朋友呢……"

刘欣怡的话还没说完，宋致的语音已经接通。

"喂？晴姐，有什么事吗？"宋致的声音从那边传来。

"贺明洲呢？把电话拿给他。"陶之晴直接吩咐。

"哎，好，晴姐你稍等一下哈。"

宋致的话说完，对面一片杂音，很显然，宋致正在朝着贺明洲的方向去。

"算了。"程双宜忽然开口。

她真的不想再知道有关贺明洲和沐采薇的任何事了，他们或许是很正常的关系，但在她眼里，就是刺眼的存在。

程双宜不知道宋致有没有走到贺明洲身边，她只知道自己这一次又要做逃兵了。

她认真地对陶之晴和刘欣怡开口："就这样吧，贺明洲不来，我们自己还要练的，我们不等了。"

说完这句，对面忽然一片寂静。

紧接着，是贺明洲的声音响起，带着几分试探性的紧张："同桌？"

体育馆内。

因为运动会临近，最近每个班级的体育课也相应增加。因为文科班女生偏多，学校总会给一些特殊照顾，比如给她们安排在体育馆练习，防止太阳直射。

沐采薇在班里是语文课代表，再加上与贺明洲的这层关系，她很容易地行使了一点特权，给自己安排了 4×100 米的项目。

但是就这样，还不够。

她又从宋致那里打听到，贺明洲也参加了 4×100 米，并且同一组里还有两个女生，其中一个是程双宜。

在好学生圈子里，程双宜基本上是女神级别的存在，学习好，长得漂亮，每次活动都有她的名字。

对于这样优秀的女生，沐采薇从第一次知道贺明洲的新同桌是程双宜时，就产生了危机感。

于是，她特意在体育课上叫走了贺明洲，央求他帮自己提高一下跑步水平，最好再告知一些跑步技巧。

这是正事，贺明洲果然没有拒绝。

"……100米是短跑，不用保留实力，刚开始就可以跑快。"

贺明洲站在终点线位置，手里拿着计时器，简单说着沐采薇跑步时的问题。

沐采薇的脸因为跑步而有点红，她从口袋里取出湿巾，擦拭着汗水，小声说："明洲，你好厉害。"

"嗯。"贺明洲心不在焉，他看了一眼手腕上的机械表的时间，四点十分，已经上课十分钟了。

根据前两次体育课的惯例，开课二十分钟后，他们小组会进行系统的练习。一会儿他还得赶回去。

"二哥！"宋致叫了一声，接着，举着手机走过来，"晴姐电话，说找你。"

"陶之晴？"

贺明洲还有点意外，毕竟陶之晴那个性格，和他属于炮仗对烟火，谁也看不惯谁。

不过他很快反应过来，应该是别人托陶之晴联系他。

宋致很快来到贺明洲身边，然后做出一个嘘声的动作，接着他打开免提，让贺明洲可以直接听到。

接着，学习部部长程双宜的声音清晰地响起——

"贺明洲不来，我们自己还要练的，我们不等了。"

这样简单的一句话，其实也没什么，但贺明洲莫名产生了一种紧迫感,就好像他小的时候在幼儿园,其他小朋友都完成了作业,只剩他还没有完成——一种被群体抛弃,即将变得孤苦无依的感觉。

条件反射地,他的语气有些紧张:"同桌?"

陶之晴挂断了电话,程双宜也转移话题:"欣怡,我们自己练习吧?你帮我计时,我也帮你计时。"

刘欣怡点点头,虽然不太清楚发生了什么事,但她能感觉到程双宜的心情不太好。

不过她很快反应过来,程双宜这样的好学生,看不惯贺明洲这种明知道有集体活动安排,还要去别的班找别人的行为,这再正常不过了。

于是刘欣怡默认了程双宜讨厌贺明洲。

"那我们开始吧?我先来。"程双宜现在急需通过身体上的劳累让大脑变得空白,她真的不想再知道贺明洲的事。

"好,我给你计时。"刘欣怡回答。

程双宜呼了口气,站在起跑线上。听到刘欣怡对自己喊出"开始"的信号,她盯紧跑道,快速地往前跑。

其实也没什么,沐采薇和贺明洲两个人在一起再正常不过了,没什么大不了的。

没什么大不了的。

这是程双宜跑得最卖力的一次,她感受到了自己越来越急促的呼吸,越来越沉重的步伐;她感受着身体上的疲惫,像濒临死亡的鱼,快速冲过终点——

"十五秒。"她听到刘欣怡的声音。

陶之晴急忙拦下她:"你不要命了?你自己身体什么样你不清楚啊?小心再跑吐血。"

接着是陶之晴关切的指责。

程双宜跑得确实急促,但这也是她最好的一次成绩。她抬起头,刚要去问刘欣怡要计时器,就看到贺明洲也在。

贺明洲的呼吸，倒是和她一样急促。

只不过她只跑了100米，而贺明洲是从体育馆到操场，跑了大半个学校。

程双宜稍微偏过脸，招呼刘欣怡过来："欣怡，我有点累，先帮你计时吧？我先不跑了，歇一下。"

刘欣怡看看贺明洲，这么大个人杵在这儿，程双宜愣是当没看见。很显然，程双宜这次应该是真的生气了。

刘欣怡肯定是向着程双宜的，于是，她也装作没看见贺明洲似的，快速跑到程双宜面前："好，我多练两组，你多休息一会儿。"

程双宜站在终点处的草坪上，呼吸平复得差不多了，正准备喊"开始"。

"同桌。"贺明洲的声音传来。

程双宜不吭声。

贺明洲又说："同桌，你也帮我计时呗？"

程双宜有点受不了了。

"开始！"她先喊了一声，表示她在给别人计时，她很忙，以此暗示性地拒绝贺明洲。

贺明洲却有点不依不饶："同桌，我想着到时候直接赶上小组训练，没想旷课。"

程双宜忍住，她等刘欣怡跑完，把计时器给刘欣怡，然后扭头。

贺明洲比她高一个头，她得仰起脸才可以和他对视。

程双宜仰起脸，莫名的火气在她心口炸开："你如果不想参加比赛，一开始就和我说，我不强迫你参加比赛，也不和你组队。你在体育课上想找谁就找谁，不用跟我们一样每天上课考勤！"

一口气把她想说的话说完，程双宜的眼眶开始发涩。

自从她和贺明洲成为同桌以后，她一直压抑着自己，这是她第一次失控。

然而更尴尬的是，周围一片寂静。

贺明洲在学校很有名，程双宜也是。今天在操场上上体育课的不只是他们班，还有其他的班级。

程双宜说话的声音不大，但她的情绪是出了名的稳定，能包容很多事情，这是许多学生第一次看到她发火。

大家在一旁看热闹。学生的好奇心大多旺盛，尤其这两个还都是学校里有名的人，这么一闹，他们都很好奇最后会怎么收场。

程双宜发完火，也并不后悔，当断不断，反受其乱。她如果再不能正视自己的内心，恐怕就要把自己憋出毛病来了。

今天以后，无论是什么样的结果，哪怕是贺明洲讨厌她也好，她都受着。

贺明洲沉默片刻，最后轻声开口："对不起。"

程双宜在体育课上吼了贺明洲这件事，很快在学校里传开了。

当天下午在食堂，程双宜就碰到了沐采薇。

当然，不只是沐采薇，她身边还站着一个高大的女生，像是学校排球队的。

"部长。"

程双宜正在和陶之晴吃饭，忽然就被沐采薇叫住了。

沐采薇端着餐盘过来，坐在程双宜身边。

陶之晴皱眉："你来干什么？"

"晴姐。"沐采薇对着陶之晴笑笑，带着一点讨好的意味。

陶之晴直接翻了个白眼："我可受不起你这句姐。"

陶之晴不待见自己，沐采薇也不再热脸贴冷屁股，她继续看向程双宜："双宜，我听说，明洲惹你生气啦？"

程双宜"嗯"了声，回答得大大方方："他耽误我们小组训练了。"

"部长你就是比较重视团队荣誉，才会那么生气。"沐采薇呵呵笑了下,说起其他的,"唉,其实那节课都怪我。我跑步不行,才让明洲去帮我看看我跑步的情况。"

"嗯。"程双宜依旧是回了一个字。

"唉,对不起啊,我先替他给你道歉。"沐采薇又说。

"不用,"程双宜扭头,直接看她,"他已经道过歉了。"

沐采薇的脸色登时一变,脸上的笑再也挂不住了。

运动会在一周后举行。

在此之前的体育课,贺明洲再也没有缺席,小组四人都保持着一种微妙的平衡——大家都按时来训练,男生之间互相计时,女生之间互相计时,男女之间互不干扰。

运动会来临,韩藤举旗,陶之晴举牌,班级方阵会演,都是正常的流程。

4×100米男女混合接力赛在最后半天举行,程双宜在观众席加了两天半的油,终于轮到她上场比赛了。

"加油啊,慢慢跑,跑不了第一就怨贺明洲,反正跟你没关系。"开跑之前,陶之晴安慰程双宜。

程双宜听到这一句有点哭笑不得,但也领会了陶之晴的好意:"嗯,我尽力而为。"

贺明洲跟在她们身后,闻言倒是插了一句嘴:"没事儿,还有我呢。"

陶之晴第一次认可贺明洲:"对,你别紧张,有贺明洲兜底。"

这话有点偏袒,但贺明洲也没反驳。

程双宜耳朵微微一热,心想:算了,也这么多天了,贺明洲只是做了大多数朋友会做的事,也不是什么原则性错误,没必要一直揪着不放。

等这次跑完步,他们就和好吧。

"贺明洲,"她转身,抬头,"不用非得拿第一。"

说完这句,她也不管贺明洲是什么想法,径自转身离开。

她自认为这句话公正敞亮,就算不是贺明洲,是刘欣怡或者陈恒,她也一样会说类似的话。

无关任何,只是出于最普通的同学情谊。

到了操场,程双宜才注意到,沐采薇参加的也是 4×100 米,并且很巧,和她一样都是第三棒。

两个人并排站在同一起跑线上,沐采薇还与远处的贺明洲打招呼。

程双宜低头,把鞋带解开,重新系上,假装自己正在做其他事情。

比赛很快开始。

为了这次比赛,他们准备了很长时间,程双宜也比较重视,她紧紧盯着前两棒,观察着自己组和其他小组的差距。

"程双宜。"沐采薇的声音骤然响起。

程双宜扭头看她,目光里表示很不理解——她们都是第三棒,马上就轮到她们了,沐采薇怎么还有心思聊天?

于是程双宜选择以最简单的方式应对——她没有理沐采薇。

程双宜仔细盯着逐渐向她靠近的刘欣怡,一旁的沐采薇或许又说了什么,但她没听见。

第三棒很快开始交接,程双宜接过接力棒就拼命往前跑,把一切都抛之脑后。

程双宜的身体素质在同龄人里应该算中下等,没过一会儿,沐采薇就追上了她。

但奇怪的是,沐采薇没有急着往前继续跑,她选择和程双宜并排。

程双宜在跑步时,基本上是全神贯注的,她最多能感受到自己急促的呼吸,以及前方陶之晴的加油声。

直到右边一股推力撞向她。

程双宜趔趄两下,在塑胶跑道和人工草坪的交界处,草坪湿滑,她登时摔了下去。

"啊——"

程双宜本能地叫了一声，紧接着，天旋地转，她重重地摔在草坪上。

周围一片哗然。

程双宜心里一凉，坏了，她耽误小组比赛了。

紧接着，手臂和脚踝火辣辣地疼。

陶之晴的声音最先传来："你干什么，沐采薇你给我玩心眼儿？"

其他同学迅速围过来，问程双宜怎么样。

陶之晴没有围过来，而是直接冲到沐采薇面前，一把抓住她的胳膊，质问起来："你在我眼皮子底下耍什么心眼儿？"

这个位置离下一棒不远，本能地，沐采薇想去求助贺明洲。但她抬头，发现贺明洲早已经不在第四棒的位置。

陶之晴还在骂她："你看什么看？别找贺明洲，今天谁来了也保不住你……"

"陶之晴。"贺明洲的声音传来。

陶之晴扭头，发现贺明洲和其他同学一样，也围在程双宜身边。

贺明洲半蹲下身子，扶起程双宜的胳膊，目光投在她擦破皮的手臂上。

陶之晴不太明白贺明洲叫她一声又什么也不说是什么意思。

她直接问："贺明洲你干吗？"

其他同学都屏住呼吸。贺明洲和沐采薇的关系，在同学们之间并不是秘密，大家都猜测，贺明洲这是要给沐采薇求情。

然而很意外，贺明洲开口："我送我同桌去医务室，这儿交给你了。"

陶之晴一挑眉，倒是有点意外："行啊，我处理得合不合适，你可别管。"

"嗯，你随便。"

随便应付一声，贺明洲转身，低头看向程双宜："我背你。"

程双宜也看着他，同样有点意外。她以为，贺明洲会先去处理沐采薇的事，而不是这样直接来找她。

赎罪吗？替沐采薇赎罪。

程双宜挣扎一下："我应该可以自己走。"

贺明洲却没给她机会，直接将她背起。

"我带你去医务室。"贺明洲又说。

程双宜没有办法拒绝。

从操场到学校医务室并不远，贺明洲走得也不快。两个人一路上都没有说话，也没有其他同学上来搭话。

到医务室了。

不幸中的万幸，程双宜身上的伤只是看着严重，检查后确定都是一些皮外伤。

贺明洲就在一旁陪着她，没有因为谁而提前离开。

学校医务室的医生是个年轻的女人，用棉签蘸了双氧水，给程双宜的手臂消毒。

"有点疼啊，忍着点。"医生估计是新来的，不认识程双宜和贺明洲。

贺明洲终于出声："没有碘伏？"

比起双氧水和酒精，碘伏擦起来没那么疼。

"碘伏效果没有双氧水好，而且那个会有颜色，不太好看。"女医生说。

程双宜也不怎么在意，她忍痛能力挺强的，双氧水她之前也擦过，不算太疼。

"擦吧。"程双宜直接开口。

女医生看了一眼贺明洲，继续手上的动作。

刚把手臂擦完，医务室里来了另一组人，是一个男生崴到了脚，需要女医生过去。

"剩下的你帮她擦吧？"女医生看向贺明洲，把手里的棉签递给他。

程双宜怕晒，裤子都是九分的，擦伤的位置也不过是在脚踝，她够得着。

而且，贺明洲给她擦药，这听起来就让人难以接受。

她立刻道："不用，我自己来。"

"你自己怎么来？"贺明洲直接接过棉签，稍微加重了语气。

这还是他和程双宜认识这么久以来，说话最重的一次。

女医生见状，也很识趣地离开了。

贺明洲蹲下身子，扶住程双宜的小腿，慢慢举到合适的位置。

他擦得专注，比学校大扫除擦玻璃时还要认真，一点一点地擦。程双宜感受着冰凉的触感，以及一阵又一阵的刺痛。

"疼不疼？"贺明洲问。

紧接着，她的脚踝传来一股轻微发麻的感觉。

她微抬起头，看到贺明洲对着她的伤口，轻轻吹了吹。

"不疼。"程双宜赶紧回答。

贺明洲收回动作，抬头，他一直是半蹲在地上的。

程双宜趁机迅速收回脚，说起别的："真不疼，我小时候经常涂这个，真没感觉多疼。"

贺明洲见状，也收回棉签，扔到垃圾桶里，顺着程双宜的话聊下去："真的？你小时候经常涂双氧水？"

这些就是随便聊聊，程双宜顺着就说了："嗯，我没什么运动天赋嘛，容易摔着碰着，怕感染，就涂点双氧水。"

"你还挺坚强。"贺明洲说着，眼神忽闪，说起自己，"我小时候也涂过双氧水，那滋味我到现在都忘不了。"

因为双氧水这个话题，程双宜觉得，自己和贺明洲居然有了点共同之处。

不过她又反应过来，这可不算什么共同点。

小孩子受伤是常态,程双宜没有继续问下去。

但是经过这次有关双氧水的闲聊,她觉得,自己好像离贺明洲近了一点。

晚自习的时候,程双宜的伤口,只要不刻意去碰,已经不疼了。

然而快上课的时候,沐采薇带着几个高大的女生,风风火火地来到17班。

当时刘欣怡正在抄笔记,从前门看到她们进来,吓得笔都摔到地上。

沐采薇闹出的动静不小,班里顿时安静下来。韩藤正在擦黑板,见状皱了皱眉:"教室里都有监控,你们想干吗?"

沐采薇恍若未闻,没有理他。

程双宜抬头,看向一边。贺明洲也刚抬起头,眯了眯眼,显然并没有比他们先知道这回事。

沐采薇走到程双宜桌子边。

"对不起,程双宜同学。"沐采薇第一个开口解释,"我……我不是故意的。

"……我平衡力很差,跑步经常东斜西歪,所以才……总而言之,都是我的错,我给你道歉,你原谅我好不好?"

沐采薇的一番道歉,歉意没听出来多少,倒是把自己撇得清清白白——程双宜摔倒是个意外,和她一点关系都没有。

程双宜放下笔,看向沐采薇,只见她道歉以后第一时间往贺明洲那边看。

程双宜顿时就明白了。

沐采薇的道歉不是真心实意的,只是来做样子给贺明洲看。

程双宜接着想到之前运动会的事。

贺明洲在这段感情里,应该处于主导的位置。

比如,沐采薇撞倒她之后,贺明洲并没有第一时间去到沐采薇的位置,甚至陶之晴去找沐采薇,贺明洲都没有多管。

贺明洲好像不是很在意沐采薇。

分析完这些,程双宜抬头,做出了她这十几年来最勇敢无畏的尝试:"你不用道歉。"

接着,她扬起下巴,脸上微微带着几分虚伪的笑:"毕竟,贺明洲已经带我去过医务室了。"

说完这句话,她微垂下眼睑,悄悄观察其他人的状态。

沐采薇的脸涨得通红,但一句话也反驳不了,因为程双宜说的是实话。

沐采薇身后的几个女生倒是蠢蠢欲动,但因为是在别人班上,以及面对的是程双宜,她们一句话也没敢说。

陶之晴就站在自己座位上,她让沐采薇光明正大地来道歉,自然要看着,防止沐采薇整什么幺蛾子。

而贺明洲本人坐在座位上,在听到程双宜那句话时,也只是微微挑起眉,没有反驳。

程双宜观察了所有人,更加肯定自己的猜测——

好像,贺明洲真的不是很在意沐采薇。

他们的关系,并没有她想象中的那么好。

自那以后,贺明洲如同变了个人。

他不再经常待在班里,沐采薇的名字不再和他一起出现,取而代之的,是有关他的无数的风言风语。

哪个班的谁谁和贺明洲一起去餐厅,哪个班的谁谁在操场给贺明洲送水,又有哪个班的谁谁怎样怎样……这些有关贺明洲的传言,每次都有不同的女主角。

某天中午,程双宜和陶之晴在食堂吃饭时,恰好看到贺明洲和一个女生一起,贺明洲看到她们后,立刻转身,头也不回地消失在人群里。

那个女生急忙跟着他一起离开。

"看吧,我就说,他这人就这样。"陶之晴评价。

程双宜没有附和,端起旁边的蛋花汤喝了一大口,吞咽时热汤烫到喉咙,她像是吃药一般,极力想压下什么东西。

"慢慢喝,别呛着。"陶之晴帮她拍了拍后背。

程双宜平静以后,又问陶之晴:"贺明洲以前就这样吗?"

问完,怕陶之晴看出什么,她又迅速补充:"四叔最近喊我过去,说贺明洲缺勤太多,想知道怎么回事。我没别的……意思。"

"以前他也经常翘课,也确实有一些乱传的绯闻。但也没出现现在这种情况,这么频繁,几乎一天换一个女主角。"陶之晴说。

"……哦。"

程双宜原本还想问,那沐采薇呢?沐采薇算什么?

她现在感觉,对贺明洲来说,沐采薇好像也不算什么,她甚至并不算贺明洲的好朋友。

但这样的问题过于直白,程双宜怕陶之晴看出什么,只能把这个问题吞回肚子里。

大概,贺明洲就像一只不知疲倦的鸟,永远不可能为任何人停留。

临近国庆节,班里的板报又要换新。

陶之晴是文艺委员,黑板报向来都是她全包,这也就意味着,程双宜必须得帮忙。

下午的体育课,程双宜和陶之晴向体育委员许胜请了假,一起待在教室里画板报。

陶之晴设计好模板,程双宜先画着板报边缘的素材。陶之晴翻着手机,思考一会儿要写什么字。

教室后面的黑板有点高,程双宜搬了自己的椅子,用废弃的草稿纸垫着,站在椅子上,开始画星星。

"嘎吱！"

后门被人大力推开，贺明洲站在门口，刚打完电话，看到她们两个，愣了下。

陶之晴抬头一看，发现是贺明洲。

"我记得你画画不错。"陶之晴开口。

今天是周三，周四就是学校文宣部检查各班黑板报的日子。时间紧任务重，陶之晴现在是逮到什么壮丁就用什么壮丁。

"最近被诅咒，眼睛瞎了，不太会画。"贺明洲抱臂，靠在后门。

"疾病不能通过诅咒传播。"陶之晴说完，立刻说起缘故，"双宜不会画一笔画的星星，你看她画的星星多丑啊！"

国庆主题的板报，星星是必备素材。但程双宜不会一笔画，画出来的星星五个角总是不均匀。

"真的很丑吗？"程双宜从椅子上下来。

贺明洲抬头，正在看她画的星星。

星星的画法一般有两种：一种是一笔画，均匀好看，但里面的线交叉着，像五边形接了五个角；另外一种是只描外边的线，简洁大方，但五个角总是不均匀。

第一种星星的画法是很常见的，简单而且好看，五个角均匀。但程双宜习惯的画法是第二种。

"喏，你去前面拿黑板擦，把双宜画的星星擦了，重新画一下……"

陶之晴抬头，发现没人理自己。贺明洲只盯着那颗星星，眼底似有暗流涌动。

"贺明洲？"陶之晴叫了下贺明洲的名字，然后把书卷成筒，戳戳他，"你在干吗？"

贺明洲这才骤然回神，偏头先看了一眼程双宜。

陶之晴加重语气："你看双宜干吗？就算星星画得丑，你也不准说她！听到没有……"

"我觉得不丑。"贺明洲突然开口。

程双宜被他这一句话说得微微低下头,有点不知道怎么回答。

她一直都是这么画星星的,连陶之晴都说,她画出来的星星很丑。这次要不是因为时间太紧张,陶之晴根本不会让她画。

……所以贺明洲在违心夸什么?

贺明洲去前面拿黑板擦,回来时又问:"你一直都是这么画星星的吗?"

"嗯。"程双宜应了一声,低着头,自顾自地解释,"我觉得一笔画的那种不好看。"

陶之晴在一旁说话:"宝,你觉得不重要啊,咱们文宣部那个负责人是双鱼座,五个角不均匀她要扣分的……"

贺明洲的个子足够高,不用踩椅子就能够到黑板上面。

他拿着黑板擦,擦掉刚刚程双宜画的那几颗星星。过了一会儿,他又开口:"这个星空,我觉得很好看。"

陶之晴气得跺脚:"那不是星空!只是几颗星星!还有,你别说她画得好看了,要不然她都纠正不过来了!"

程双宜接着去写字,心里有些乱。

她刚刚明明没有画星空,只是几颗星星,贺明洲为什么说是星空啊?

而且星空这个词……程双宜不知怎的,又想到《温德米尔夫人的扇子》里,那句非常有名的"在阴沟里仰望星空"。

贺明洲……是想到了什么吗?

晚上,宋致出现在贺明洲座位旁的窗户外面。

"二哥,你叫我啊?"宋致喘着气,显然是一路跑着过来的。

"嗯。"

贺明洲拿出一沓便利贴,和图书馆前台的一样。

"给我画个星星看看。"贺明洲说。

"啊!"宋致一脸无语,"这种事……"

"少说废话,赶紧画。"

宋致觉得太奇怪了,他二哥真是太奇怪了。但贺明洲都提出要求了,他只能答应。他立刻拿笔,在便利贴上一笔画成了一颗星星。

贺明洲一直盯着他。

宋致试探性地问:"二哥,怎么了?"

"没事。"贺明洲把那张便利贴撕下来,扔掉。

"大部分人是不是都是像你刚刚那样画星星的?"贺明洲问。

"嗯,对啊!以前上幼儿园的时候,老师特意教的。"宋致回答。

"你帮我一个忙。"

贺明洲把那一沓便利贴递过去,交给宋致,然后交代他:"你去看一下,沐采薇是怎么画星星的,是你刚刚那种一笔画的,还是……总而言之,让她画个星星,或者你亲眼看她画个星星,然后回来复制给我。"

"二哥,你怎么了啊?上次运动会后,你不是和沐采薇闹掰了吗?"宋致接下便利贴,眼底还满是疑惑。

"我没事。"

贺明洲想到心底的那个猜测,就觉得一切不合理都变得合理起来。

毕竟,无论是从长相、人品、还是成绩,又或者是待人的感觉,程双宜都更像那个在便利贴上画星星的人。

璀璨耀眼,聪明通透,眉眼之间,仿佛让人窥见星空。

第四章
天光

"我们都在阴沟里,但仍有人仰望星空。"

"阴沟里的人也配看星空?"

"当然,不信你抬头。"

第二行的"阴沟"两个字上面画了一颗星星。星星不是一笔画,只有外面的线,五个角虽不均匀,但简洁大方。

次日上午,贺明洲站在天台,这张便利贴被他拿在手里,四个角有些起毛,被他用手摩挲了很多遍。

"二哥,二哥。"宋致急匆匆地赶来,看到贺明洲以后,立刻说起贺明洲给他安排的任务。

"沐采薇画星星的方式和我一样,都是一笔画……"

听到这话,贺明洲发现自己并没有惊讶。

他只觉得"原来如此"。

想到这些,他突然觉得陶之晴说得对,他就是个瞎子。

便利贴上的字,带着积极向上的感觉,充满希望,真的是程双宜才会给人的感觉——字如其人般温柔耀眼,让人如同窥见星空。

是她在他最颓靡的时候拉了他一把。

他忽然想到他感受到的"活着"的时刻：一次是他帮他们班讨回公道，让班里的同学能正常参加征文比赛；一次是运动会，他和其他同学一起训练。

这两次"活着"，都是程双宜拉了他一把。

这种"拉一把"甚至不是主动性的——

星空什么也不用去做，只遥不可及地存在着，就足够让他在抬头的那一瞬间感受到美好。

至于沐采薇……完全给不了他这种感觉。

贺明洲在心底又骂了一句。

"二哥，你……"宋致有些迟疑，但还是叫住了贺明洲。

贺明洲双手撑着天台栏杆，那张便利贴被他握在手里，他身子半垂着，显得颓丧萎靡。

就算贺明洲现在从这儿跳下去，宋致也不会感到意外。

"没事。"贺明洲起身，把那张便利贴重新铺展开，整理平整，然后小心翼翼地放回口袋里。

"走吧，下去。有些账还没算。"他的语气已然平稳。

中午，程双宜和陶之晴取快递回来。

"双宜，你妈妈还不让你买课外书啊？"陶之晴开口。

程双宜点点头，她紧了紧怀里抱着的方形盒子，里面是她前几天在网上买的《快乐王子》精装版，虽然是偷偷摸摸买的，但她很开心。

程双宜的父母对她管教很严，这种和学习无关的书，平时是压根儿不允许她碰的。

她是自今年高三住校以后才有了买书的机会。

陶之晴知道她家里的情况，一直帮她打掩护。

"唉，上大学就好了，上大学我们就自由了。"陶之晴出声安慰。

程双宜"嗯"了一声。

"上大学就自由了"大概是很多人熬过艰苦的高三的精神支柱。虽不知道真假,但总归有一个念想。

两个人说了几句话,便一起走进教室。刘欣怡正站在教室的后门口,看到程双宜和陶之晴进来,立刻拉着她们两个出去。

"我们去外面。"刘欣怡说。

17班旁边是一间空教室,平时用来放杂物和多余的书,他们经常称这是他们的"附属教室"。

刘欣怡带着她们去了"附属教室"。

"出大事了!"刘欣怡一脸严肃,但眼底透出闪烁的光,看得出她很激动。

"怎么了?"陶之晴配合地问她一句。

程双宜也看向她。

刘欣怡战术性地咳嗽两声,然后故作严肃地开口:"贺明洲和沐采薇彻底闹掰了!"

"真的假的?"

最先出声的是陶之晴,她惊讶极了,毕竟她和其他发小,之前几乎天天劝贺明洲,说他和沐采薇不适合做朋友,最好早点掰,但贺明洲从来不把他们的话当回事。

没想到贺明洲突然一下子醒悟了。

"真的。"刘欣怡认真地点头,然后描述了一下当时的情况。

"今天中午,贺明洲正趴那儿休息,沐采薇过来,哭哭啼啼好像说了什么,贺明洲没听,还直接让她滚。"刘欣怡说着,眼睛里透着兴奋。

"直接让她滚",确实有点狠。贺明洲这人虽然有点浑不吝,但他骨子里还是有教养的,不会这么说别人。

尤其对方还是个女生。

这甚至让陶之晴也愣了下,重复问道:"真的假的?"

程双宜垂眸,她觉得自己应该是有点情绪的,无论好还是坏。但很快，她发现自己像在听故事，心里没有很强烈的波澜。许久以来的自我欺骗，好像真的成功了。

蝉鸣结束，她想，她也该放下属于夏天的炽热心动。

陶之晴摸了摸下巴，又问："我觉得他一般不会对女生说这种话吧？"

"对啊！"刘欣怡也点点头，然后说出自己的见解，"所以我觉得，贺明洲刚和沐采薇闹掰，他心情可能真的超烂。"

"所以你是在门口等双宜？"陶之晴猜测。

"嗯。"刘欣怡回答，"刚刚班长来找我，让我和佳佳分别在前后门守着，如果看到部长回来，先拦着，别回去触贺明洲的霉头。贺明洲刚刚……总而言之，别让贺明洲凶到双宜。"

刘欣怡说完这句，看向程双宜。陶之晴也看向程双宜。

程双宜垂眸，没有立刻做出回答。

陶之晴立刻劝她："双宜，要不中午你先以学习部部长的身份去别的班转转？咱们什么时候不能学习啊，别去触他的霉头。"

刘欣怡跟着一起说："对啊，刚刚他骂得真凶。就那一个字，那压迫感，我真的害怕他会发火。"

"嗯。"半秒后，程双宜答应。

程双宜把《快乐王子》交给陶之晴，请她帮忙带回教室。程双宜不想回去，其实回去一趟，把书放下也没事，贺明洲总不会因为这个发疯。但她不想回去。

她现在不是很想看见贺明洲。

尤其，还是为了其他女孩疑似心情不好的贺明洲。

决定不回教室以后，程双宜也没有以学习部部长的名义去巡视班级，她一个人沿着楼梯上楼，从三楼到七楼，一直走到天台。

爬楼梯累得气喘吁吁时，程双宜大脑放空，只剩下一个念头，她应该是有点小气的。

她刚刚是在赌气，气自己根本没资格。

单方面的喜欢，如同埋在地下17年的蝉，不能见光，不能宣之于口。

而暗恋的人，是没资格赌气的。

所以她才更生气，她气自己的不争气。

和贺明洲做同桌这么久了，她心里也很明白，没有沐采薇，她也不一定能靠近贺明洲。

他们不像一个世界的人。以前贺明洲身边出现过很多女生，但没有一个是她这种类型。

贺明洲，大约不是很喜欢她这种女生。

正是这种认知，让她感觉到很无助。

她气自己为什么那么不争气，为什么要被贺明洲吸引呢？

天台上面有一个废弃的水箱，可以遮挡住大部分阳光，在一面形成一片背光的区域。有同学在那儿摆了一些老条凳，平时学生们心情不好，又或者打电话，想一个人静静的时候，都来这里。

程双宜把条凳搬到阴影和阳光的交界处，坐下，胳膊搭在栏杆上，看到如同3D建模一般的校园。

虽然她知道自己毫无资格赌气，但生气这种事，真的难以控制。

她不断告诉自己她没生气，但实际上她比谁都更生气。

她想到了沐采薇，还有无数个围绕着贺明洲的女生。贺明洲从不属于她，从不会多看她一眼。

只有自己单方面喜欢，一个人的兵荒马乱。

一个人的独角戏，最后注定一个人黯然神伤。

她在他面前卑微、无措，事情发展到现在，她也不知道该怎么办了。

"嘎吱！"

天台的铁门发出声响，程双宜扭头。

"你在这儿啊?陶之晴还说你代表学习部巡逻去了,这骗子。"

贺明洲站在门口,指节敲了敲铁门,示意自己也要过来。

程双宜下意识先摸了摸脸,刚刚情绪复杂,她自己都不知道有没有流泪。

她装作不在意地问:"你找我有什么事吗?"

"嗯。"贺明洲抬步走过来,到水箱后面搬了一条凳子,坐在她旁边。

程双宜感受着不可抑制的心跳,问他:"你怎么了?"

"不知道,大概心情不好。"他回答。

程双宜想到他可能是因为其他女孩,心跳变得更加紊乱。

贺明洲扭头,又问:"我心情不好,你作为同桌,就不打算表示点什么吗?"

程双宜:"噢,那真遗憾。"

贺明洲有点无语,继续说:"就这?"

程双宜点头,这下连"噢"也说不出来。

她想,她的心情也不是很好,怎么安慰别人?

两个人静默了一会儿,然后同时开口。

"让我说什么?"

"你买了新书?"

两个人同时说话,彼此都觉得尴尬。

程双宜的脸颊迅速涨红,她看向栏杆下的校园,装作不经意地开口:"算了,你先说。"

在程双宜不敢抬头看的时候,贺明洲倒是光明正大地一直认真地看着她。

然后他问:"同桌,你特别喜欢王尔德吗?"

"嗯。"程双宜回答得坦荡。

她所热爱的一切,除了贺明洲,其余的她都可以自信而骄傲地和别人谈起。

"我看你买了《快乐王子》的书,你喜欢这个吗?"贺明洲又问,语气依旧随意。

"嗯,这个故事是我小时候看的,印象深刻,每次读都有不同的感受。"程双宜回答。

贺明洲挑挑眉,继续问:"你能跟我讲讲,你小时候还有现在,是喜欢快乐王子的什么吗?"

"这个……我小时候最喜欢浑身珠宝华丽的王子;后来喜欢快乐王子被抛弃焚烧后剩下的铅心;现在最喜欢祈求燕子帮忙,把自己浑身珠宝送出去时的王子……"

谈起这些,程双宜的胆子逐渐大起来,她不再把贺明洲当作贺明洲,而是当作同好,谈论自己所热爱的事物,且双眼放光。

她热情地讲解着她喜欢的《快乐王子》。

贺明洲一直看她,没有如先前所说的"因为其他女孩而烦躁",反而一直耐心地做一个聆听者。

聆听她讲《快乐王子》的故事。

程双宜的语言并不晦涩,她语气平淡,认真地讲出了那个在燕子的帮助下把浑身珠宝送给穷人的快乐王子,也认真表达了她喜欢那种充满奉献精神的人物形象。

如同她自己,耀眼而又善良,内心永远坚定。

令人着迷。

程双宜其实并不知道贺明洲为什么来找她,等她讲完《快乐王子》的故事,一扭头,她看到贺明洲在看她,而且……目光很热忱。

"……贺明洲?"程双宜喊了一声他的名字。

贺明洲迅速"嗯"了一声。

这句回答是即时的,即刻的,说明他真的一直在听。

贺明洲继续问:"你刚刚说,你最喜欢燕子帮快乐王子把珠宝送出去的那一段,对吗?"

"嗯。"程双宜的脸微红。

贺明洲看着不是会对王尔德和《快乐王子》感兴趣的人,但他没有因此而敷衍。他竟然记得她刚刚说的她最喜欢的片段。

这其中的原因,程双宜不敢细想,她迅速低下头,说起别的:"现在几点了啊?午休是不是快结束了,我该回去上课了。"

程双宜是小心谨慎的,她用了"我"而不是"我们",她从不觉得,贺明洲会因为任何人而变得规矩。

贺明洲听到程双宜的话,立刻撩开校服的袖子,看了一眼手腕上的机械表的时间:"还有三分钟午休结束,一起回去?"

程双宜一愣。

两个人竟然一起回去。

一路上,程双宜好几次想说点什么,缓解一下自己的紧张,但她只要看向贺明洲,就会不由自主地想起,刚刚她在天台和贺明洲说起《快乐王子》和王尔德。

很越界,很尴尬。

她居然会和贺明洲说这么长时间的话,她这是怎么了?

她难道不怕贺明洲看出来吗?

程双宜让自己静下心来,不去想自己的尴尬,她换了一种角度去想,冷静而悲观——

等她年纪大了,回想起自己的十七岁,也不会后悔自己没有对初次心动的人采取行动。她勇敢过、主动过,她和她第一个喜欢的人,分享过这世上最动人的童话。

这就够了。

贺明洲不属于她,但她可以在很久以后,每次翻阅起《快乐王子》时,都想起贺明洲,想起自己的十七岁。

她不贪心，这就够了。

国庆节后，学校安排了第一次月考，课程也逐渐紧张起来。

因为是高三第一次比较正式的考试，连何四树也稍微重视了一些，一到晚自习时间，他就叫学生出去谈话。

国庆假期前最后一个晚自习，程双宜被何四树叫了出去。

"双宜啊，这一个多月过得怎么样？适应不适应？"何四树问。

程双宜谨慎地抬头，一般考完试就要换座位，何四树这是想要换位置了？还是犯懒不想换，所以问问她对换不换位置的看法？

心里麻麻的，程双宜半真半假地回答："还好，班里都是熟悉的同学，坐哪里都一样。"

何四树一副了然的样子："我就知道是这样。你这孩子踏实，在哪儿学习都不耽误事儿，主要咱们都高三了……"

眼看着何四树有要开始长篇大论的趋势，程双宜赶紧打住："老师，怎么了啊？有话您直说。"

"咳咳。"何四树尴尬地咳嗽两下，然后说，"主要是你同桌，贺明洲。你们应该都知道他怎么样吧？"

贺明洲的形象标签对学生来说比校规都耳熟能详——刺头，不务正业，但又很有名。

程双宜点头，表示自己知道。

何四树继续说："那什么，咱校长发话了，说贺明洲估计得出国，他的英语……总而言之，你给看着点，不至于出国就变成哑巴。我也跟英语老师打过招呼了，着重给贺明洲补习一下口语……"

一番谈话下来，程双宜被何四树安排了两个任务：第一个，国庆假期给贺明洲恶补一下知识点，临时抱佛脚；第二个，长期监督贺明洲的英语学习。

程双宜知道自己不该接这个任务，但她没有拒绝。

回到班里时，恰好下课铃声响起，陶之晴坐在刘欣怡的位置上，看到程双宜回来，立刻扭过来说话。

"双宜，刚刚四叔找你干吗啊？"陶之晴问。

程双宜看一眼里面正在抄作业的贺明洲，轻声回答："四叔说，贺明洲年后要出国，让我帮忙监督一下他的英语学习。"

"哈哈哈……"陶之晴笑得很大声。

贺明洲挑了挑眉，倒是不怎么意外，他还问程双宜："同桌，你同意了没？"

陶之晴抢答："肯定不同意啊！双宜凭什么帮你？"

"我同意了。"程双宜轻声回答。

陶之晴止住笑，差点没反应过来："啊！"

程双宜解释："四叔那么懒，我要不管的话，他肯定还要找其他学生……与其这样，还不如我来。我有空一些，不耽误其他同学。"

这句解释声音很轻，陶之晴未必能听到，倒更像程双宜在给自己解释。

整个过程，程双宜一直低着头，没看任何人一眼，生怕自己那点拿不上台面的私心被别人识破。

国庆假期很快来临，足足有三天半，对于高三学生来说，足够长了。当然，老师们也没客气，留了许多作业，生怕学生们在家休闲一秒。

程双宜刚到家的时候，手机因为连上家里的Wi-Fi而振动了一声，此刻手机在背上背着的书包夹层里——

她立刻回想起在学校里，贺明洲要了她的微信号，说等她到家就能收到好友申请。

奇怪，明明是普通的微信好友申请，程双宜却有些心虚。

有点主观上认为的"见不得光"。

这是贺明洲在主动靠近她啊，她怎么反而忐忑不安起来了？

程双宜和母亲一起把行李放到房间里，手机贴在后背，她心乱如麻。

程双宜害怕被看出端倪，立刻拦住准备给她收拾书包的母亲："妈妈，我要换衣服了，你先出去。"

说着，程双宜推着母亲往外走。

程母"嘿"了一声，语气古怪："你哪儿妈没见过啊？换衣服还让妈妈出来……好好好，妈妈出去，真是女儿大了不由娘。"

程双宜笑了一下，然后关上门。她靠在门上，听到母亲下楼的脚步声以后，才浅浅松了口气，蹑手蹑脚地坐回床边。明明在自己家里，她却小心谨慎，不敢张扬。

她从书包夹层里取出手机，指纹解锁，心跳如雷，打开微信——

贺。请求添加你为好友。

验证消息：我是贺明洲，同桌快加我。

异常欢快的感觉在心底炸开，她压不住嘴角弯起的弧度，立刻点击"同意"。微信系统弹了一下，弹到她和贺明洲的聊天对话框。

贺。：我是贺明洲，同桌快加我。

程双宜：我们已经是好友了，赶快来聊天吧。

程双宜的心"怦怦"直跳，她立刻打开对话框——

该说点什么？

纠结片刻，程双宜摁下键盘。

程双宜：。

她只发过去一个标点符号，证明她已经看到了。

贺明洲这样的人，一定加过很多女生的微信，也有很多人愿意给他发各种好听、有趣或者吸引人的开场白。

她没必要在这方面花心思。

在人际交往这方面，她是无趣的，还不如就按照她自己的风格来，在贺明洲面前做真实的自己。

次日是假期第一天，程双宜的父母打算出去玩，家里只有程双宜一个人。

"……不许给陌生人开门，吃饭点外卖，或者去楼下老杨师傅那里，和你小时候一样，有什么事给妈妈打电话，好好在家写作业，知道吗？"

在一声声这样的叮嘱中，程双宜把父母送出家门。关上门，她后背贴着大门，慢慢拿出手机，开机，指纹解锁。

贺明洲一大早就发了消息过来。

贺。：定位 [东湖公馆]

贺。：我今天一天都在家，你过来提前跟我说一下。

程双宜一颗心跳得很快，她抬头看一眼时间，这两条消息是早上五点多发的。

贺明洲起这么早？

以前在学校，六点钟的早自习从来没见过贺明洲。他总是迟到、旷课，最好的表现也不过是踩铃进教室。

程双宜想，出国、学英语，这些对贺明洲来说，应该真的很重要。他有属于他自己的坦荡前途。

想到这里，程双宜慢慢平复情绪，贺明洲本来就不属于她，所以贺明洲出国，也没什么大不了的。

不如好好帮他学英语。

他们本来就不像一个世界的人，贺明洲有他自己的天地，而她，也有自己的路要走。

一次偶然，让他们有机会接触，比起之前的毫无交集，已经很不错了。

程双宜告诫自己，收回自己的小心思吧。

贺明洲必然有更大的森林，而她，只是他前行道路上曾经遇到过的小树苗。谁会为了一棵树放弃整座森林呢？

不是一个世界的他们，结局注定是分道扬镳。

正常地、如同何四树所希望的那样，站在一个普通同学的角度，帮他学英语，帮他提高自己。

不要掺杂一点点私心。

慢慢从这段暗恋里抽离出来。

……及时止损。

上午九点钟左右，程双宜出发去东湖。她是打车过去的，在路上，她接到了陶之晴的电话。

"喂？双宜你没在家啊？"陶之晴问出声，跺脚的声音很大，应该是走在走廊里。

"我来你家了，没人欸。"

"嗯，我没在家。"

去给贺明洲补习英语，这没什么好骗人的，程双宜大大方方地承认："我去东湖了，去找贺明洲。"

"你真过去了？"陶之晴说得很大声，语气有些激动。

听她那边的脚步声，很显然，她在快速地奔跑。

陶之晴很紧张。

程双宜不理解陶之晴紧张的点，问她："之晴，你怎么了？"

"你怎么能去找贺明洲啊！他那个人那个样子……"

陶之晴就此打住，立刻说起别的："你先别急，我马上过去，你先别进去，我马上就过去找你，别害怕啊！"

通话被迅速挂掉。

程双宜有些疑惑，为什么陶之晴不让她去东湖，不让她去找贺明洲？陶之晴甚至还让她"别害怕"。

这是为什么？去找贺明洲又不是去闯龙潭虎穴，有什么危险的吗？

程双宜压下疑惑，但也把陶之晴的话听进去了。她点开贺明洲的对话框，和他简单说了一下。

程双宜：贺明洲，之晴要和我一起过去。

贺明洲没有立刻回复。程双宜耐心等了半分钟左右，对方还是没有回应。

程双宜怕贺明洲会介意，她想了想，继续发消息解释。

程双宜：之晴经常和我一起学习的，她做题时很安静，不会吵到你。

程双宜：……或者你要是介意，我先把之晴安顿好，然后再去找你。

程双宜想了两个办法，陶之晴家也在东湖，如果贺明洲介意，她就先把陶之晴安顿好，最后再说贺明洲的事。

贺明洲没有回答，车却已经到了目的地。

司机打表出票，程双宜心事重重地付钱下车，她有点怕自己的自作主张让贺明洲讨厌。

东湖公馆出入限制很严格，程双宜拿手遮在额前，半挡着阳光，她四处张望一圈，很快，她看到贺明洲拿着一柄黑伞从公馆门口出来。

虞阳在国庆节也有夏天的感觉，贺明洲罕见地穿了黑色T恤。

程双宜这才想起来，在学校里，贺明洲好像很少穿半袖的衣服。

贺明洲逐渐走近，程双宜也靠近他。程双宜这才看到，贺明洲的右臂上包着一块长条形的纱布，纱布洇着丝丝血迹。

程双宜明白了，刚刚贺明洲一手拿着伞，另一只手受伤了，应该是真的没有空看手机。

那这些话只能当面说了。

程双宜走近，主动说起："贺明洲，之晴一会儿也要过来。"

"嗯。"贺明洲倒是没多少介意的意思，他把伞递过来，"今天还比较热，你先撑着。"

程双宜接过伞，有些疑惑。

贺明洲这是不介意吗？

不过，这也正常，他们聚在一起就是为了学习，目的单纯而明确，无论是多一个人还是多一群人，确实没什么需要介意的地方。

程双宜撑开伞，一手握着伞柄，另一只手拿出手机看消息。

陶之晴还没发消息过来。

贺明洲站在她旁边，嗡嗡地发了消息。

贺。：*知道啦。*

紧接着，耳边有一声浅淡的轻笑。

程双宜只觉这一声是贺明洲在笑，她想抬头，借着余光去看，但黑色的遮阳伞挡着，她什么也看不见。

她早已经习惯用余光去看贺明洲，不知道怎么扑到贺明洲面前，看清他到底笑了没有。

陶之晴很快过来，车刚停下，她就飞速下车，快速奔到程双宜面前，拉着她的手就要离开。

"之晴……"程双宜出声。

陶之晴止步，扭头，脚向前迈了半步，挡在程双宜面前，她目光紧紧地盯着贺明洲。

"贺明洲，你有点没意思了。"陶之晴出声。

贺明洲敛起脸上的笑意，收起手机，目光发凉："你怕什么？"

"你说呢？"陶之晴说着，目光向下，看到贺明洲手臂上的纱布。

"毒蛇咬到自己了？贺明洲，你蹲守什么样的猎物，不关我的事，但别惹到我的头上。"

陶之晴说话也锋利起来，完全没有在学校时那种大大咧咧的样子，她的话就像一柄开刃的长剑，毫不客气。

两个人沉默地对峙着。

程双宜被陶之晴拉着，她的手攥得极紧，手心里都是冷汗。

陶之晴的紧张很明显。

在阳光下对峙不是长久之计，程双宜叹了口气，她拍了拍陶之晴，示意陶之晴先放松，然后慢慢抽回手，收伞，叠伞。

程双宜的沉静,缓解了有些剑拔弩张的气氛。

她像是天生会抚慰别人,一连串的轻缓动作,让陶之晴和贺明洲都镇定下来,认真思考当下的局面。

陶之晴最清楚贺明洲的家庭情况,所以她谨慎地开口:"贺明洲。"

贺明洲低头:"怎么了?"

陶之晴语气认真起来:"你妈她……在家吗?"

"在。"贺明洲回答着,目光稍微偏移,避开所有人的直视,"但她现在很好。"

陶之晴目光向下,紧盯贺明洲受伤的手臂,咬牙切齿:"你自己看看你的手臂,你信你说的话吗?"

程双宜不是很明白他们话里的意思,但她也确确实实地感受到,她和他们相隔甚远,不是一个世界的人。

他们说的话,她听不懂。

"怎么了?"程双宜试探性地问出声。

"没事。"贺明洲抚摸着自己的手臂,简单回答,"手臂是我自己伤的,和我妈没关系。"

"那好。"陶之晴退让一步,"我要和双宜一起去,如果有什么不对的地方……"

陶之晴说着,又看向程双宜,并抓紧她的手:"我立刻就要带双宜离开。"

"可以。"贺明洲回。

从东湖公馆门口到贺明洲家的别墅,一路上,没有人说话。

程双宜的手被陶之晴紧紧抓着,二人跟在贺明洲身后。

气氛是紧张的。

这种气氛也感染到了程双宜,她不知道该怎么形容当下的氛围,陶之晴不再插科打诨地要贴贴抱抱,贺明洲也是安静的。

空气中好像有一根被拉得很紧的弦，稍微一松手，就会伤害到人。安静的气氛一直到贺明洲家门口才被打破。

"到了。"贺明洲开口。

程双宜也仿佛因为这一句话而松懈，周围的空气似乎没有那么紧张了，她抬头——

贺明洲的家没什么特殊的，和周边其他别墅差不多，装修得板正，门口种着花草。

"走，我们先进去。"陶之晴开口。接着，她拉着程双宜踏上台阶。在这期间，她一直紧抓程双宜的手。

贺明洲见状无言，他用指纹解锁，开门，先进去了。陶之晴带着程双宜紧跟其后。

"谁啊？"

声音从楼上传来，程双宜应声抬头。

"吴妈，我同学过来了，我们一块儿写作业。"

贺明洲说得随意："你做点好吃的，一会儿送到书房。"

"哎哎，好好好！"

吴妈是贺明洲家里的阿姨，她听到贺明洲这么说，情绪竟然激动起来，急匆匆地下楼，脚步甚至踉跄了两下。

贺明洲没什么表示。

陶之晴倒是扬起下巴，等吴妈下来时，问贺明洲："你妈呢？"

没等贺明洲开口，吴妈先急着回答："太太去医院复检了，不在家……"

"我没问你。"陶之晴眼神一瞥，止住吴妈想说的话。

贺明洲用同样的眼神瞥回去："我妈在楼上。怎么，你想去见见她吗？"

这话说完，那股沉寂又剑拔弩张的气氛再次散开。

程双宜发现，她不仅仅是听不懂他们说的话。

她也不了解贺明洲的生活，不了解贺明洲的过去，不了解贺明洲的一切。

她对贺明洲的了解，仅仅只是停留在一个"虞阳二中同班同学"的称呼上。

似乎有一道无形的屏障，把她单独隔开，虽然她和陶之晴、贺明洲在同一片阳光下，但依然有着隔阂。

这种认知让她整个人显得有些失落。

"算了。"程双宜突然开口，她偏头，先看了看自己最熟悉的陶之晴，半真半假地说着自己的"心里话"，"在家里学习挺不方便的，我刚刚来的时候，见这附近有一个自习室，我们去外面学习吧？"

现场剑拔弩张的气氛，因为程双宜的话而有所缓和。

她想的办法确实是最折中的，既然要学习，那就去自习室，谁也不耽误谁，一点毛病都挑不出来。

陶之晴第一个应答："好，我们去自习室学习。"

贺明洲看着她们，大约几秒后，他才哼笑一声："好啊，你们先过去，我收拾一下书包。"

两个女生先离开。

大门关上了，屋里阳光依然耀眼，但有种令人窒息的感觉。

只剩下吴妈和贺明洲。

吴妈急着解释："我没想到之晴小姐也会过来，早知道这样，我应该让赵医生把太太接走……"

"不用了。"贺明洲的目光从紧闭的大门上移开，他轻轻呼了口气，像是想要驱散这种气氛，"不怪任何人，怪我，我还没准备好坦白。"

程双宜和陶之晴先离开，外面阳光明媚，还有些刺眼。

"之晴，"程双宜斟酌了一下措辞，然后放缓声音，问出自己这一路上的疑惑，"我能问一下今天这些事情吗？"

"你说贺明洲吗？"陶之晴回答。

"嗯。"程双宜也不敢全问，只能挑挑拣拣，选取一些看起来很"敞亮"的内容，"我没想到，过来给他补个习还挺不容易的。"

陶之晴的回答一针见血："东湖离市中心通勤不到十分钟，这片地方寸土寸金……双宜，你想一下，贺明洲想找什么样的辅导老师不行？怎么他非得缠着你呢？"

程双宜被问得呼吸一滞，那一瞬间，她感觉陶之晴似乎已经看到了她内心那点见不得光的想法。

"我……"程双宜犹豫着回答。陶之晴是她最好的朋友，如果陶之晴怀疑，她肯定要说实话的。

但是陶之晴又接着自顾自地说下去："这个狗东西，不就是相中你了嘛。"

"啊？"程双宜愣了下，随后立刻反驳，"假的吧？别开玩笑。"

为了证明自己的不在意，她甚至还勉强笑了一下。

然而陶之晴却铁了心般认定："我家在东湖这边也有房子，我小时候基本上天天和贺明洲见面，他对外人什么样子，我还能不清楚吗？"

"可是……"程双宜本能地想要辩驳，"他不是刚和沐采薇……"

"沐采薇那个样子，说她倒贴还像一些。贺明洲虽然瞎吧，但没完全瞎，两个人长相都不是一个 level（水平）的，根本走不长远。"

程双宜说不出话来，她对自己的外表也挺没自信的。

"但你不一样。"陶之晴稍微认真了一点，"就是感觉吧，贺明洲之前可没对谁这么上心，煞费苦心地让学校安排你给他补习英语，还专门把你叫到他家里去。"

程双宜则是完全没想到这一步，甚至从一开始，何四树安排她给贺明洲补习的时候，她以为这是一件再平常不过的事情了。

"还有之前，运动会、征文比赛，这小子贼着呢，专门拣你痒处挠。"

说到这里,陶之晴又有了危机感。她赶紧扭头,抓紧了程双宜的手,并对程双宜再三叮嘱:"双宜,你听我说啊,虽然贺明洲家里有两个破钱,他本人长得也不算丑,但是,你一定要记住,别喜欢他这种人。他这种人,不值得你任意一个眼神的。"

"嗯。"程双宜先安抚陶之晴,然后又轻声地问,"我可以问一下原因吗?比如贺明洲为什么是'这种人'?"

最后三个字,她稍微停顿一下,没敢加重语气,怕陶之晴看出端倪。

"这个,其实也没什么。"

陶之晴看向程双宜,慢慢解释:"贺明洲的母亲有精神病,但他又是他母亲一手带大的。"

仅仅只是这一句话,恍若平地惊雷,让程双宜顿时震惊起来。

"什么?"程双宜惊呼。

"嗯。"陶之晴有点见怪不怪了,她继续说,"他母亲是后天疯的,不会遗传给贺明洲,所以你不用担心贺明洲会在班上突然发疯。"

陶之晴说到这里,又叹了口气:"其实,贺明洲的母亲,是很可怜的。我小的时候,家里发了点财,全家搬到东湖来住,已经算跨越阶层了。但贺明洲不是,这里只是他其中一个家,或者说,房子?"

陶之晴用了疑问的语气,但就是这样简单的几句话,都能让程双宜想到贺明洲小时候的样子。

"后来呢?"程双宜问。

"后来,就那样,我、宋致、贺明洲,还有现在在咱们隔壁职校的几个,我们基本上从小一块儿长大的。"

陶之晴简单说了一下,又继续绕回贺明洲的原生家庭:"我们全家搬到这里时,已经算跨越一个大台阶了,但这些只是贺明洲日常生活的常态。他母亲家里,很早之前是在欧美做生意的;他父亲家里比我家好一点，我家在这边买普通楼层的时候，他家已经买别墅了。贺明洲的母亲，是下嫁。

"其实这个无所谓，只要两个人真心喜欢，这都算不上什么。

"可问题是，贺明洲的父亲不是一个忠诚的人。

"贺明洲的母亲嫁过来时，除了让他父亲这边的资金更宽裕，还扩展了人脉，几乎不到一年的时间，贺明洲的父亲，身价就翻了好多倍。

"这个时候，贺明洲也出生了。与此同时，贺明洲的父亲开始出轨。"

说到这里，陶之晴其实也有点不忍心，她斟酌了一下措辞："我小时候还见过很正常的贺明洲的母亲，那是我见过的最温柔的母亲，她叫别人的名字时，尾音有点翘，而且只称呼我'之晴'。可就是这样温柔的女人，受不了丈夫出轨的打击，开始焦虑、抑郁。我那时候还小，听我妈妈说起过，心理医生每周一和周四都要去他们家为她复诊，还是国外的心理医生。"

程双宜继续认真地听着。

陶之晴继续说："那个时代，那一辈人，你也知道的，对这种精神类的疾病都讳莫如深，觉得……不太好，尤其是贺明洲的父亲，他甚至大闹着说不许心理医生再上门。

"贺明洲的母亲家不想闹得太难看，就默许了，大不了让贺明洲的母亲出门治疗。可就算这样，贺明洲的父亲还是经常夜不归宿。

"贺明洲母亲的病，主要来自因丈夫出轨而产生的焦虑，贺明洲父亲这样子，根本不利于她康复。这样日复一日，她的病情也越来越严重，每天都要服用大量的治疗精神疾病的药物。

"贺明洲长到四五岁，正是上蹿下跳猫嫌狗弃的年龄，有一次他受伤了，贺明洲的父亲听说了这件事，于是时隔多日，第一次主动回到这里的'家'。"

陶之晴说到这里，语气更加认真："剩下的事，对贺明洲来说，可能更加残忍。贺明洲的母亲通过这件事，觉得儿子受伤能换回丈夫的一次回心转意。一个精神有问题的女人有了这种想法，是非常危险的。"

程双宜的心一直被揪着，陶之晴说到这里，她已经猜到了一个令她无法接受的真相。

陶之晴还在继续说："剩下的，就很好猜测了。贺明洲的母亲为了让丈夫回心转意，一次次地，用刀片伤害贺明洲，直至她的丈夫对这个儿子再也生不起任何怜悯心。"

说完这些，陶之晴唏嘘起来："这么说起来我也有点残忍，但我说句实话，你是我最好的朋友，你谈恋爱也要开开心心地谈，要快快乐乐的，别牵扯进他们家里这些事。"

程双宜不语，这些道理，她当然也知道。

在她刚听完陶之晴说的这些真相的时候，她确实产生了一种想要救赎别人的冲动。

但很快，她就退缩了。

她没有那么强大的救赎能力，去治愈别人不健康的成长经历。

而且她还是个很无趣的人，恐怕连恋爱中最基本的情绪价值都提供不了，哪里轮得到她来救赎？

程双宜自嘲地笑了笑，表现得自然许多，她恍然大悟般地开口："怪不得，我从没见贺明洲在学校里穿过短袖。"

"他哪敢穿啊。他还得泡小姑娘呢，身上的疤痕不得吓着女生？"陶之晴也笑。

程双宜有点笑不出来了，她聊起别的话题："其实我刚刚骗你们的，来的路上，我根本没有看见什么自习室。"

"这有什么？你刚说自习室我就猜到了，八成是你编的，我还得感谢你呢！"陶之晴说着，开心起来，把胳膊搭在程双宜肩膀上。

"你怎么猜到的啊？"程双宜还真有点好奇。

陶之晴挑眉:"我都陪着你那么久了,你在车上不是看手机就是看书,从来没看过车窗外面,而且你还是路痴,对距离、方向都没什么概念,你根本记不住到底哪里有自习室!"

程双宜听完陶之晴的分析,心服口服,立刻夸赞:"你真厉害啊,之晴!"

"嗯哼!咱们俩总得有一个人认识路吧?"陶之晴继续挑眉,然后主动拿起自己的手机,"不过呢,这也没关系,现在自习室还挺多的,我在地图上搜一下,我们先打车过去,到地方了再给贺明洲发定位。"

程双宜当然没有意见,立刻点点头。

二人步行来到东湖公馆门口,陶之晴叫的网约车也到了。二人上车,凉气袭来,顿时隔绝了外面炽热的太阳。

程双宜这才缓缓松了口气。

她想,这一次,她真的要放弃贺明洲了。

她只是个很普通的女生,长相、家境、性格,都是普通人的标配,只有学习好一点。

但这些也没有什么用。

人生的路那么长,她还要走好自己的每一步,不能一味地把时间花在暗恋上。

陶之晴租了一个单间自习室,安静舒适的环境更适合学习。

贺明洲将近中午的时候才到,他换了衣服,长袖衬衫遮挡住了手臂上的伤口。

出门在外,他总会隐藏自己的伤疤。

"同桌。"贺明洲轻声开口。

程双宜放下笔,示意他先坐下,然后询问起他的情况:"我听四叔说,你补习英语,是要为出国做准备的?"

这话问得坦坦荡荡。

程双宜觉得,她现在对贺明洲,大概和对待李佳佳、许胜他们差不多,就像面对一个普通的同学。而她,也只是在帮助这个普通的同学学习。

"嗯。"贺明洲放下书包,从里面取出一些英语教辅资料,干干净净的,估计连名字都没写。

程双宜也挺有耐心,又问他:"那我先帮你测一测词汇量?手机上有个软件,你调整成日常用语模式,自己先试一下,我一会儿帮你看看。"

很普通、很正常的对话,谁也挑不出毛病来。

"好。"贺明洲回答完,也确实听话,按照程双宜的指示一步一步来。

陶之晴胡乱写着作业,眼神却时不时往这边瞥。

作为同类,陶之晴和贺明洲还有一点相似,两人都是张扬的刺头,有拼劲儿,不服输。也因此,陶之晴是第一个感觉到贺明洲心思不纯的人。

但这只是她的直觉,无法形容,也没法对程双宜起到有效的警戒作用。

她唯一能做的,就是提高警惕,一直到贺明洲完全滚蛋。

贺明洲的词汇量测试到一半,程双宜出门上厕所,整间自习室只剩下陶之晴和贺明洲两个人。

陶之晴立刻不装了,她一甩笔,抬头,扬起下巴问:"你……非得这样是吧?"

"哪样?"贺明洲不以为意,后背靠上椅子,椅子腿和地板摩擦发出难听的嘎吱声。

"我一开始就说过,谁也别打双宜的主意。你现在这样,当我是死的吗？"陶之晴继续质问。

"这倒不是。"贺明洲回答得不以为意，"我就是来学习的，你别给我安什么罪名。"

"真是……这话你听着信不信？"陶之晴冷笑一声，继续说，"你一年至少回你欧洲的外婆家一趟，你说你英语不好？骗谁呢？"

陶之晴说到这里，深知论不讲理她大概不是贺明洲的对手，于是又深吸一口气，决定讲一讲道理："双宜是我最好的朋友，她是我见过的最好的姑娘。"

"我知道。"贺明洲表示赞同，"她也是我见过的最好的。"

"所以你能不能别伤害她？别打扰她？"陶之晴说着，语气又激动起来，恨不得把贺明洲痛骂一顿。

空气沉寂下来，贺明洲这次没有说话，过了好一会儿，他才像是反问一般，既像问陶之晴，也像问自己："我会打扰她吗？"

程双宜并不知道发生了什么事。

她回来时，自习室已经再次安静，陶之晴在写作业，一直低着头，似乎都没看贺明洲一眼。

而贺明洲，也一直盯着自己的手机。

"我测完了。"贺明洲说。

"嗯，拿来让我看看。"程双宜说。

在无趣又无聊的学习气氛中，程双宜拿过手机时，心里还在想，应该一点都没越界。

既然都要帮贺明洲学习了，那就大大方方地进行，不要心存幻想。

就这样吧，她走不进贺明洲的世界里，没法像救赎文里的女主一样，拥抱他，给他温暖。她就这样吧，做好自己，扮演好贺明洲人生路上一个小小的配角。

下午，陶之晴临时有事先离开，但她通知了宋致，让他过来帮忙看着。

陶之晴还是比较了解贺明洲的，在这个阶段，只要有第三个人在场，贺明洲要面子，就不会乱来。

"有事给我打电话啊。"临走前，陶之晴还在叮嘱程双宜，"无论什么事，都给我打电话，我让人来救你。"

程双宜一笑："就是学习，能有什么问题啊？你别担心了。"

"行，一会儿宋致就过来，你别紧张，他特别自来熟。"陶之晴交代完最后一句才离开。

自习室的门被陶之晴带上，陶之晴离开了，但自习室内的气氛却很微妙，安安静静的。程双宜坐回自己的位置上，把这种微妙的气氛当作考试时的紧张，她开始做一套理综卷子。

她突然有点庆幸，自己虽然平庸，但还有一点擅长的事，能让她在此刻的氛围里，不至于面临无所事事的尴尬。

贺明洲看着她。

很好的女孩子是这样的，温柔、情绪稳定，还有着包容一切的心。

今天上午的事情一过，他基本上可以肯定，陶之晴绝对会把他家里的事告诉程双宜。

但程双宜没有因此而戴上有色眼镜看他，反而还和以前一样，把他当作普通同学。

他有点幸运，但又没那么幸运。

"双宜。"贺明洲开口。

程双宜从试卷上抬起头："怎么了？"

"没什么。"贺明洲回答，"就是想确认一下，你现在还愿不愿意和我说话。"

程双宜心思有点紊乱，她想，贺明洲这人，说话真有点奇怪了，怎么突然问这个？她又不是不好相处的人。

程双宜的疑惑表现在脸上，贺明洲看着她，然后继续问："陶之晴难道没有和你说我家的事吗？"

程双宜心跳骤然加速，她开始有点无措起来，陶之晴确实把什么都告诉她了，其中很大一部分原因，还是她自己问的。

程双宜的家庭幸福美满，父母文化程度高，都很爱她，也知道怎么爱她。所以她其实很难去共情一些原生家庭不好的人，同样的，她也知道自己这个心态很难成为谁的救赎。

出于最本能的反应，程双宜选择实话实说："说了。"

完了她又补充道："而且还是我主动问的。"

贺明洲看她，瞳孔缩紧："你……"

他像是有点不知道怎么开口问了。

停顿了一下，他才继续问完："你一点都不在意吗？"

"嗯。"程双宜的实话里开始掺杂一些假话，"你是我的同学，是一个学校一个班里的，别的什么事，好像和我没有很大关系。"

程双宜说完这句话，居然觉得有些轻松。

她好像真的做到了这一点，能无视贺明洲的目光，以及自己内心的私欲，做到面不改色地轻拿轻放。

"我问，是因为我有点好奇，因为今天你们……无论是说话还是行为，都太奇怪了。"程双宜又补充，"我没有别的意思，你不要太放在心上。"

贺明洲没有再回话。

程双宜的回答，以及她的态度，完全在他的意料之内。

可正是因为这样，他心中那点侥幸荡然无存。

他和李佳佳、李卓诚他们，在程双宜心里，原来都是差不多的……

因为外表和性格，他一直是群体中如被许多星星托着的月亮一般的存在。这还是第一次有人把他看得和普通人没什么两样。

不过他又想，这才是程双宜。

她对每一个人都很好,但又从不试图走进谁的内心,始终保持着分寸。她有种疏离的温柔,像夏夜的星星,高高挂着,给人以美好,但又不接近任何人。

下午过半的时候,贺明洲家里的吴妈过来了,带着一些水果和点心,还有一个四四方方的盒子。

宋致在一旁喊叫:"哎呀,渴死我了,刚刚我还想着要不要点外卖,没想到吴妈你这么快就把好吃的送来了啊!"

吴妈显然对贺明洲周围的人都很熟悉,闻言立刻笑道:"我想着你们学习肯定都累了,就随便做了点吃的,给你们送来。记住啊,吃饱了再学习,别累着。"

"好、好!"宋致拼命点头。

吴妈送完东西,又看一眼贺明洲,然后才离开。

等吴妈走后,贺明洲拿着那个四四方方的盒子,摩挲着,然后提醒宋致:"宋致,你是不是肚子疼?"

"啊?"宋致嘴里的西瓜还没吃完,闻言抬头,然后又迅速反应过来,"哦哦,对的,我西瓜不耐受,这么多西瓜害得我肚子真疼啊!"

说着,宋致端着剩下的半盒西瓜,溜之大吉。

自习室内再次只剩下程双宜和贺明洲。

宋致和贺明洲的表演太过生硬,程双宜早就看出来了。但是她觉得,贺明洲这样做肯定有他的道理,她只要配合就行。

果不其然,宋致刚走,贺明洲就直接明说了:"双宜。"

程双宜:"嗯?"

贺明洲继续说:"我刚刚故意支走宋致的。"

"嗯,我看得出来。"程双宜回答。

尴尬不过半秒,贺明洲继续面不改色地开口:"我其实,是有一样东西想给你。"

"什么？"程双宜问。

"送你的，一个小礼物。"说着，他把面前那个四四方方的盒子推到程双宜面前。

"打开看看？"贺明洲又建议。

程双宜的文具袋里常年放着美工刀，她闻言也不扭捏，只是点点头，然后取出美工刀，划开盒子的包装纸，打开盒子——

盒子里，是快乐王子。

或者说得更准确一点，是快乐王子的手办。

快乐王子并不是什么热门IP，周边也没有什么市场。

程双宜靠近，这手办应该是木雕，雕工非常精细，场景是燕子正要去啄快乐王子眼睛里的蓝宝石，看上去，就好像燕子在亲吻王子的眼睛。

这是她最喜欢的场景。这是她那天在天台上，和贺明洲说过的，她最喜欢的王尔德的童话。

很……漂亮、精致，做工精良，不是流水线上批量产出的。

"喜欢吗？"贺明洲问。

"嗯，喜欢。"程双宜回答。

肯定是喜欢的，无论是快乐王子本身，还是作为一件贺明洲送给她的礼物，无论从哪种意义而言，她都很喜欢。

"这个……"

程双宜停顿一下，她原本想问，这个很贵吧？但转念一想，对贺明洲来说，价格应该最不是问题，她这样问反而显得很矫情。

"这个，很费心吧？"程双宜换了一种方式问。

"还好吧，"贺明洲不以为意，他摸了摸自己的手臂，说，"我自己跟着教程学的。"

这下程双宜是真心实意地夸他了："你真厉害，连这些都会。"

这让贺明洲也有些动容。

程双宜是很好的女孩子,无论见谁都是先微笑,这还是他第一次看到她这种发自内心的笑意。

她的开心快乐,原来也会感染到他。

"嗯。"贺明洲回答,"你开心就好。"

第五章
知了

国庆三天半的补习很快过去，一开学，马上面临第一次月考。因为是高三，所有科目的考试时间都是按照高考时间来的，英语是在第二天的下午，最后一门，算是有比较长的复习时间。

程双宜收集了一些高分作文的句式，给贺明洲准备着，准备完了才想起来，贺明洲好像从不上早自习。

程双宜叹了口气，把她总结的那些作文句式重新夹在自己的英语书里。

第一天早自习，贺明洲却踩着点进班级。

他的鬓角还有水珠，显然是刚洗完脸就飞奔过来的。

"双宜，"贺明洲戳戳程双宜，"我的呢？我早上背什么？"

程双宜把那些句式取出来，递给贺明洲："我找的，偏口语化一些，不仅这次能用得上，你……你以后也能用得上。"

贺明洲接下。

周围有同学看过来，程双宜垂眸，脸上装得若无其事。

辅导贺明洲的英语，这个任务是何四树安排的。她答应时曾经想夹带私心，如今却变得光明正大。

现在她已经不在意了。

贺明洲以后自会有他自己的天地,她只用扮演好配角即可。

然而现实却有些事与愿违。

程双宜已经尽力避免和贺明洲单独相处,但两人是同班同学,又是同桌,免不了要天天见面。

贺明洲从国庆节后,每节课都按时上课。

有时候碰上不懂的知识点,他还会主动去问程双宜。

程双宜有点吃不消。

没有谁能一直这样,在贺明洲的不断靠近下,还不被他影响。

更何况是她,心思不太纯正的她。

"……这个加速度,我刚刚看过答案,思路没问题,怎么结果出错了?"

又是一节自习课上,贺明洲拿着自己的错题询问程双宜。

身为同桌的优势这个时候就体现出来了——只要在教室里,贺明洲就可以在任意时间和程双宜接触。

再加上两人都是学生,他很轻松就能找到和程双宜聊天的话题。

"让我看一下。"程双宜扭头,看着贺明洲表示疑惑的那道题,题并不难,思路也确实没有出错。

程双宜又看一遍公式,问:"匀减速,相当于加速度和运动方向相反,要加负号的。这是高一的内容……"

说到这里,程双宜抬头,目光转向贺明洲,问他:"你高一……"

"没怎么学过。"贺明洲倒是回答得很大方。

"……噢。"程双宜也不知道怎么说下去了。

高一……

高一的时候她还在努力学习,或许听过贺明洲的名字,但那个时候,她印象中的贺明洲和其他人印象中的差不多。

那个时候她根本不觉得自己和贺明洲这种人会有交集。

"这又没什么。"贺明洲目光下垂，看到程双宜有点无措的样子，觉得可爱，"我自己没有好好上课，该羞愧的也是我啊。你这个样子，好像没有认真学习的是你一样。"

这是一句玩笑话，程双宜听得出来，但不知道怎么应对。

她身边的人很少跟她开玩笑。这也导致她性格有点一板一眼，如今在面对别人的玩笑话时，总显得很无措。

贺明洲倒是很快看出来程双宜的沉默，他问："我讲话是不是挺没意思的？"

"不是。"程双宜下意识否认，怕贺明洲多想，又赶紧补充，"其实你挺有意思的，但我有点没意思。"

"扑哧……"贺明洲忍不住笑出声来，他也看得出，像程双宜这样的女生，大概是没人经常在她面前说俏皮话的。

"你这话就挺有意思。"贺明洲偏头。

程双宜的脸顿时发红。

不知道是因为这几句来回掰扯的"有意思"，还是因为别的什么，她突然觉得，自己好像离贺明洲更近了。

紧张的复习过后，就是月考。两天考完，成绩很快出来，贺明洲的成绩居然意外的不错，进步很大，尤其是英语。

"我请你们吃饭吧？"班会课结束以后，贺明洲拿着手机订餐馆。

程双宜抬头看他。

贺明洲："怕你不去，我先和陶之睛说好了，反正能花我的钱，她是大力支持。"

贺明洲都安排好了，程双宜自然是没有意见。而且贺明洲都安排好了，她再说点什么，反倒显得她矫情。

"嗯，上完第一节晚自习再去。"程双宜不扭捏，不仅同意，还提出了自己的让步条件。

贺明洲点头。

程双宜心里逐渐松了口气,好像在她心里,贺明洲和其他同学没有很明显的区别了。

就比如贺明洲这次因为考得好想表示感谢,她可以坦然接受,不紧张、不多想。

她逐渐把贺明洲看作一个普通的同学,平等地、平静地接受他的好意。

晚自习第一节下课,没到七点钟,走读生们陆陆续续地离开,少部分努力学习的同学还在坚守阵地。

贺明洲打了车,让两个女生坐在后面,他坐在前面。

陶之晴刚上车就感慨,问贺明洲:"你可不怎么请客,这次庆祝什么?"

"庆祝我英语考了92分。"贺明洲立刻回答,头也不抬。

"那我还是沾了双宜的光。"陶之晴说着,脑袋在程双宜的脖颈上蹭蹭。

贺明洲坐在前排,没有回答。

程双宜往后缩两下,想到刚刚贺明洲的话,轻声地说:"因为成绩啊?那其实我帮得不算多,大部分都是老师讲过的,我就是帮你总结一下,不算帮忙。"

和贺明洲说话时小心谨慎,已经成为她本能的习惯。无论她再怎么云淡风轻,她自己也很清楚,有些事是装不出来的。

她几乎每说一句话,都想尽办法和贺明洲划清界限,生怕让人看出什么。

贺明洲没有立刻回答,他低头,再次拿着手机捣鼓。

陶之晴趴在程双宜身上,车里安静,只有贺明洲指尖摁在屏幕上的声音。

安静的环境，最容易滋生尴尬。

程双宜再次紧张起来，贺明洲不说话，不知道是不是因为她刚刚哪句话说错了。

"嘀嘀！"

汽车又经过一个拐弯处，发出鸣笛警示。

贺明洲收起手机，目光向后，看向程双宜："可是我就想请你吃饭。"

这话实在有些暧昧，程双宜无话可说，无话可应。

接下来的路上，程双宜脑子混乱，陶之晴和她说了好几次话，她都没有接上。

她一直在想，贺明洲为什么想请她吃饭。

真的只是因为月考成绩吗？

可是上次那个快乐王子手办，她以为那就算是平时补习的谢礼了。

怎么还有……

而且还带上其他人。陶之晴和宋致，是能让她和贺明洲产生少有的交集的人，这次都在。

程双宜忽然感到恐慌，她对贺明洲的了解极其匮乏，只停留在"同班同学"这一阶段上，她并不清楚贺明洲的内心是怎样的。

现在贺明洲骤然想拉她进入他的世界，程双宜有些不知所措。

一路惴惴不安，等车到达一处私房菜馆门口，贺明洲先下车，然后帮程双宜拉开车门。

陶之晴自己从另一边出来。

程双宜刚下车，贺明洲抬手，结实的指骨敲了敲她的肩膀。

程双宜抬头看他。

贺明洲掏了掏口袋，取出一把糖，手掌摊开放到她面前："放轻松，只是吃个饭,不用那么紧张。"

程双宜随便拿了一颗,心里却有点复杂。

贺明洲不是不喜欢吃甜的吗?怎么随身带着糖?

陶之晴很快过来,见贺明洲在给糖,立刻嚷嚷着也要拿一大把。贺明洲把手一收,一颗也不给了。

这种过分小气的行为把陶之晴气得直跺脚,她拉着程双宜和她凑在一起,单方面地"孤立"贺明洲。

小女孩儿常见的把戏,他们都忍不住大笑了两声,谁也没当真,但尴尬的气氛缓解了不少。

贺明洲挑的地方不错,菜馆有各式菜系,里面的场地也很大,有一个网球场,紧挨着一个花圃,还有一片连通着外面的人工湖。

人工湖旁边景色也不错,一条走廊上灯光闪烁,中秋节刚过,接下来是万圣节,走廊上的灯一半是中式的灯笼,一半是西式的南瓜灯,有种中西碰撞的美感。

他们走进前厅,前厅是透亮的玻璃房,四下的景色尽收眼底,紧接着,立刻有穿着制服的服务生过来招呼,恭敬礼貌地叫了一声:"贺少爷。"

贺明洲点了下头,服务生在前面引路,他们一起跟着走向电梯。

看到这里,程双宜觉得,这顿饭有些过于隆重了,他们还都是学生。

她想说些什么,但陶之晴对此的态度显得比较随便,贺明洲也给人一种不容置喙的感觉,她思考片刻,到底是没有说出什么煞风景的话来。

宋致早已在包厢里等着。这里面的环境、服务各方面条件都很好,二楼主要是包厢,中心大厅里有人在演奏舒缓的交响乐,音乐透过镂空的黄梨木复古窗飘荡到每一个包厢。

"不用拘束。"陶之晴拉着程双宜,怕她紧张,一直小心地拍着她的手背。

程双宜没说话,眉头却一直紧皱着。等到了包厢以后,她才主动叫了贺明洲:"贺明洲。"

贺明洲帮她拉开椅子,眼底带着询问。

程双宜吞了口空气,觉得这里说不定连空气都要收费。

她问:"你的英语只是考了92分,不是192分,没必要……"

"我知道。"贺明洲打断她,然后说出实话,"可这是我最后一次在二中考试了。"

程双宜抬头看他。

贺明洲拍了拍椅子,示意她随便坐,然后以不以为意的语气道:"我出国的时间提前了,可能等不到期中考试就得离开。"

说完这些,他又换了语气:"月考确实只是个借口,你们就当给我饯别?"

程双宜愣了愣,小心观察了一下包厢里的另外两个人——

陶之晴明显对此不以为意,她和贺明洲的情分,都是建立在他们在一个圈子的基础之上,而对于贺明洲本人,陶之晴不仅没情分,甚至还有几分嫌弃。陶之晴来这一趟,确实只是为了她。

宋致则是挤眉弄眼地看向贺明洲,不知道在传达什么信息。

程双宜垂眸,"嗯"了一声。

贺明洲提前离开的消息,伴随着这顿异常隆重的晚饭,不知道还剩下几分离别的悲伤。

程双宜倚靠在陶之晴身边,和陶之晴一起点菜。她发现,随着她不断地自我暗示贺明洲不属于她,她似乎并不怎么难受了。

她可以坦然接受"贺明洲不属于她"这个事实。

一定可以。

点完餐,陶之晴拉着程双宜去外面的洗手间,包厢里只剩下贺明洲和宋致。

"二哥,你怕了?"宋致开口,语气依旧有点贱。

115

贺明洲看他一眼,回答:"你觉得我配吗?"

宋致噤声。

贺明洲冷笑一声,拉上校服拉链。他里面套了一件黑背心,黑背心包裹着结实的身躯,以及数道纵横交错的陈年刀疤。

这些伤痕都被冠以爱的名义,令他无法反抗。

这样的环境早已经把他逼成了一个怪物。

安静了片刻,宋致发现贺明洲没有继续骂他,估摸着贺明洲应该是没生气。

于是,宋致胆子又大了一些,继续问:"那今晚……你原本打算干什么啊?"

"请她吃饭。"贺明洲淡淡回答。

宋致无语极了,不死心地又问:"只是吃饭啊?"

贺明洲斜了宋致一眼,语气发凉:"你脑子里在想什么?"

宋致笑得泛起了春心。

贺明洲活动了两下指关节,一股戾气由内释放出来,但又很快止住。

没必要,在这种地方,真把宋致打出个好歹来,一会儿女生们回来没法解释。

宋致见贺明洲不搭理自己,也兴致缺缺。

刚刚他确实有点开玩笑的成分,贺明洲是什么样的人,他还是比较清楚的。

贺明洲的长相、家世,很容易让一些女生主动靠近他,但贺明洲从来没有过任何越界的行为。和那些女生认识,贺明洲也都是挑一些能给他父亲添堵的人。

到目前为止,只有两个例外:一个是沐采薇,一个是程双宜。而且这两个女生还有点相似之处,就是家世相似,都是出身于父母是老师或者教授的书香家庭。

但贺明洲对程双宜,明显比对沐采薇更上心。

想到这里，宋致又问："二哥，你和沐采薇怎么掰的啊？掰得那么彻底？"

宋致这句话说完，贺明洲还没有来得及回答，包厢大门突然被人大力推开，陶之晴和程双宜站在门口。

陶之晴笑着开口："对啊，怎么掰的？我们也听听。"

程双宜抬头，目光从宋致扫到贺明洲，装作不经意地，仔细看着贺明洲的神情。

当初两人分道扬镳，闹得也不太好看。贺明洲……他会愿意揭开自己的伤疤给别人看吗？

程双宜不敢细想，急忙推了推陶之晴，岔开话题："之晴，我们晚上几点回去？"

"晚上九点半之前，赶在宿舍关门之前吧。"陶之晴说。

宋致明白这是岔开话题，立刻跟着附和："晴姐晚上不留下来玩？我们还有很多保留节目……"

见话题岔开，程双宜松了口气，然后坐在椅子上。包厢摆的是圆桌，四人挨着，宋致坐在最里面，陶之晴不愿意和贺明洲挨着，于是程双宜和贺明洲坐在一起。

程双宜有些脱力，她低头，从口袋里取出之前贺明洲给她的那颗糖，剥开糖纸，塞进嘴里。酸甜的柠檬味在嘴里散开，一晚上的紧张在此时得到缓解。

贺明洲单手支着头，偏向程双宜。

"我认错人了。"贺明洲突然开口。

程双宜扭头，"咔嚓"一声，一颗柠檬糖被她咬得四分五裂。

贺明洲的声音很轻，夹在陶之晴和宋致的谈话中，连舒缓的交响乐都压不过，但程双宜听到了。

并且她听得出，他是在回答刚刚"他为什么和沐采薇闹掰"的那个问题。

"我以为她是我喜欢的那个人，但我认错人了。"贺明洲又说了一次，生怕别人不知道他在回答什么。

程双宜不知道怎么接话。

贺明洲又说这些，她却不是很想听。有关他和沐采薇的一切，她都不想听。

她依旧只想逃避。

他们曾经关系那么好，这是事实，原因再多也没有用。谁都不可能跳过事实去编造出一个理由。

"你说这些……"程双宜开口，语气带着一点不在乎，"干什么呢？"

"我这不是自证清白？"贺明洲挑挑眉，"我多少有点门槛的，不随便和人交朋友。"

程双宜心想，他可真会撒谎。

"你别不信。"贺明洲又挑挑眉。

这话题要再继续下去，不知道还要掰扯多久。如果他相处过的每一个女孩他都要去"自证清白"，这对程双宜而言，也太难受了。

"菜还没上啊？"程双宜主动说起别的。

贺明洲催了一下服务生，然后也顺势说起别的："你什么时候生日？"

"八月二十二日。"程双宜回答。

贺明洲算了一下，八月二十二日，那时候才刚开学，他们并不熟，话都没说过。

"明年就来不及了。"贺明洲说着，给手机屏幕解锁，看着日期。

"这周周日也是二十二号，能约你出来不？"贺明洲直接问。

这让程双宜愣了一下，脱口而出："去哪里？"

不是"去不去"，而是"去哪里"。本能地，她并不会拒绝贺明洲。

贺明洲挑了下眉，有些意外，但也很快说出下一句："先保密，但你放心，我绝不会把你带坏。"

程双宜答应了，连她自己都没搞清楚为什么。

她想，她真的很口是心非。她暗示过自己无数次，要及时止损，然而当贺明洲稍微对她主动一次，她就会毫不犹豫地沉沦。

周日当天，天气晴朗，程双宜换上浅蓝色的绒线毛衣、水洗白牛仔裤。她把头发放了下来，自来卷的发丝勾在耳后。站在镜子前的女生纤瘦，有些清冷的美，让人不敢接近。

没有化妆，没有穿奇装异服，干净、清爽，是十七岁的样子。

她向父母撒了谎，提前来到学校，女生宿舍没有开门，她准备先回教室里。

等到了教室，程双宜就都明白了，为什么是今天。

——贺明洲的东西尽数收拾干净，他要离开了。

贺明洲要离开了。

程双宜又在心底重复了一遍这个事实，然后，她打开手机，连上数据网络，紧接着，贺明洲的消息弹了出来。

贺。：同桌，我到你家楼下了。

程双宜呼了两口气，压下心情打字。

程双宜：我先来学校了。

贺。：我马上过去。

程双宜收起手机，随便把东西放在贺明洲的位置上，让他的位置显得不那么空旷，好像他也不会在今天离开。

这样自欺欺人地摆弄结束，程双宜离开教室，往学校门口走去。

程双宜家离二中并不是很远，她等了一会儿，贺明洲乘车过来，先塞给她一个盒子。

"生日快乐。"贺明洲说。

程双宜看他:"可我的生日已经过去两个月了。"

"我知道。"贺明洲只有这一句话。

等到了车上,贺明洲才解释起来。

"今天也是二十二号,我等不到你的下一个生日了,只能给你补过一个。"贺明洲说。

程双宜原本想问他为什么要给她过生日,但话到嘴边,她不知道这样开口合不合适。

算了。

她在心底告诉自己。

就当是一场梦,沉溺其中,破例一次。

不去计较前因后果,只跟随自己最本能的欲望,沉沦一次。

于是,程双宜跟着贺明洲,和他一起去到较为偏远的庄园。

进门以后是走廊,走廊两侧,有许多童话元素:夜莺与玫瑰、快乐王子、小公主……都是王尔德的童话。

"都是……王尔德的?"程双宜问。

贺明洲点了下头:"你之前不是说过你喜欢王尔德吗?一些冷门童话IP不太好跟人描述,有点糙,你凑合着看。"

程双宜心里忽然复杂起来,她沉默不语,连贺明洲给她介绍快乐王子时,都显得兴致缺缺。

她在脑海中编织了无数的借口和想法,想替贺明洲解释这些行为,但她却很清楚地感受到,这些都是实实在在的,贺明洲只是在对她好。

走廊尽头,程双宜鼓起勇气,问:"你……贺明洲,你对我,是不是有点太好了?你没必要给我补过生日,就算要过,也不应该这么隆重。"

贺明洲没有立刻回答。

程双宜心里更复杂了。

又过了片刻,贺明洲出声:"我又越界了吗?"

接着,他继续自顾自地解释起来:"你就当我吃饱了没事干,或者我要出国了,想给自己留下一点带着'朋友生日'元素的记忆。"

程双宜:"那为什么……"是我。

贺明洲看她一眼,回答:"我认识的所有人里,只有你值得。"

只这一眼,程双宜忽然有种冲动,她很想告诉贺明洲,自己很喜欢他。

然而她又很害怕,本能地逃避。

贺明洲的随性……也是她不敢说出口的原因。

程双宜垂眸,下一次,她再也不要喜欢贺明洲了。这样的话,不知道他和多少人说过,才能说得这么轻松。

贺明洲的安排都很令人难忘。

庄园里有很多可以玩的,他带着程双宜去湖面上划船,去扑蝴蝶。秋季的蝴蝶非常好扑,他们扑到了又放飞。

他们一起在师傅的指导下烘焙蛋糕,裱花,做各种造型。

他们又去放风筝,风筝飞得很高,程双宜眯着眼,看到风筝挡住了秋季的太阳,好像挡住了十七岁所有的烦忧。

最后,在湖边的广场上,贺明洲教她使用单反,让她拍他玩滑板的镜头。

程双宜照做,她站在广场中央,认真地拍摄着贺明洲。

她发现镜头真的是很好的东西,她所有隐忍的情绪,都可以借着镜头宣泄;她所有的注视,都因为镜头而变得光明正大。

她第一次肆无忌惮地借着镜头观察贺明洲。

贺明洲会的东西很多,划船、放风筝、烘焙、木雕、滑板……他并没有因幼时的遭遇而堕落,反之,他依旧热爱着生活。

程双宜稍微跑了下神,她想,如果在十七岁暗恋这样一个人,好像也不太亏。

"同桌，双宜。"贺明洲叫她。

程双宜回过神，把镜头调向贺明洲。

贺明洲踩着滑板，轻轻一跃，再落地时，他踩着滑板，沿着花圃的边缘往她的方向滑来。

秋天的太阳给他浑身上下镶了一层金色，璀璨耀眼。那一刻，程双宜想到了浑身金片的快乐王子。

大抵是这样，人总是会被闪耀的东西所吸引，程双宜自觉自己只是个普通人，也不能幸免。

她被贺明洲吸引，也算是意料之外的情理之中。

程双宜往后退几步，想找更好的角度拍摄贺明洲。突然，滑板擦过一块石头，贺明洲踉跄了两下，然后，滑板迅速从花圃边缘斜坠下来。

程双宜还举着单反，只看到镜头里的贺明洲朝她扑来，越来越近，没等她反应过来，贺明洲已把她扑倒在地。

程双宜回过神来时，她和贺明洲正以一种亲昵到让人误解的姿势双双倒在地上。

贺明洲冲锋衣的口袋里，撒出来一地糖果，噼里啪啦的，有几颗还砸在程双宜身上。

程双宜摔倒时，她的后脑勺被贺明洲下意识用手护着，身上也没事，不是很痛，但有点尴尬。

——贺明洲的领口正对着她，锁骨一览无余，她不敢看，目光偏向旁边的单反。

两个人的姿势也太危险了。

贺明洲咳嗽了一下，迅速从地上起来。

程双宜也尴尬，迅速起来，不经意间，她还是瞟到了贺明洲的左侧锁骨——

锁骨上有一道浅浅的疤。

想到他的成长环境，程双宜猜测，这一刀大概也是以爱的名义。

程双宜有点难受，又不知道以什么身份关心他、心疼他。

贺明洲扶她起来，用手拍了拍她的后背，因为毛衣沾上灰了。

程双宜小声地说了句："谢谢。"

"噗。"贺明洲没忍住笑出来。

程双宜看他，目光有点疑惑。

"我把你撞倒的，怎么你还先跟我道谢了？"贺明洲说。

程双宜的脸通红，但又不知道怎么反驳他。

她怕自己反驳时脑子不清醒，越描越黑。

"行了，不逗你了。"贺明洲看向她，思考片刻，又问，"你穿多大码的衣服？"

程双宜不解地看他。

贺明洲指了指她的衣服："毛衣脏了，换一下。"

"M码的。"程双宜回答。

贺明洲"嗯"了一声，然后拿出手机开始打电话安排。

程双宜心里有些……说不上来的感受。

贺明洲以前无视她的时候，她最多就是酸涩一下；现在贺明洲看到了她，还主动关心她，她反而无措起来。

招人喜欢的男生，都是有些资本的，程双宜并不觉得自己能挡住这样的糖衣炮弹。

贺明洲是要离开的，他注定是要离开的。

程双宜觉得自己应该保持清醒的，但面对贺明洲，她很清醒，也忍不住沉沦。

两个人摔了下，衣服还没送到，干脆沿着人工湖散起步来。

"其实我滑板玩得不错，刚刚是意外。"贺明洲先开口。

程双宜心思没在这上面，只"嗯"了一声。

贺明洲撇嘴："你好敷衍。"

程双宜只好认真地回答他："我刚刚透过镜头看了，你玩得很好。"

"那肯定。"贺明洲挑眉,语气有点嘚瑟。

两个人又沉默片刻,贺明洲再次开口:"同桌,你以后会谈恋爱吗?"

程双宜心里咯噔一下,她差点崴到脚。

贺明洲还在继续说:"高中先不说了,你这样的,高中肯定不会谈恋爱影响学习。大学呢?"

程双宜脸涨得通红,她不敢和贺明洲谈论这个话题。情急之下,她迅速摇了摇头。

"不会谈恋爱?"贺明洲挑了下眉。

程双宜:"……不知道。"

贺明洲一副了然的样子:"懂了,还没碰上喜欢的。"

程双宜没法回答他。

她碰到过,喜欢过,但不敢。

但这些话不能说,程双宜垂着头,像是默认了。

贺明洲还在继续说:"你以后挑男朋友得有点标准啊,比方说,起码得有我这么高吧?还得有钱。你以后肯定是要搞学术的,你男朋友起码得有钱,不说别的,随时能带你来庄园消费是基本的吧?还有长相,也不能太丑,和我差不多就行,不然他怎么配得上你……"

贺明洲的话变得很多。

程双宜却没听进去多少,她想,她应该很难再喜欢别人了。

十七岁,是一个女孩最爱幻想的年纪,她遇到了可以满足她任何幻想的贺明洲。

以后,恐怕很难再看上其他人。

天色渐暗,衣服送过来,和程双宜身上的一模一样,都是蓝色的毛衣,只是更新一些。

换完衣服,他们也到了过生日的最后一项——围在一起吃蛋糕。

蛋糕没有用他们刚刚做的那个丑的，而是让师傅重新做了一个，快乐王子屹立不倒，燕子匍匐在他的脚下。

贺明洲点着了"17"字样的蜡烛，漆黑的房内只有"17"闪烁的光。贺明洲不知道从哪里拿出了一把吉他，自弹自唱，轻声独奏生日歌。

"祝你生日快乐，祝你生日快乐……"

声音低沉、温柔，程双宜只觉得，自己的呼吸都要急促起来了。

贺明洲对她的好，是她招架不住的温柔，她快要溺死在这温柔里。

"……双宜。"一曲毕，贺明洲轻声呼喊程双宜的名字，然后问她，"双宜，阴沟里的人，也配仰望星空吗？"

程双宜骤然抬起头。

这句话分量太重，程双宜第一时间想起了上个学期她写的那张便利贴。

"我们都在阴沟里，但仍有人仰望星空。"

"阴沟里的人也配看星空？"

"当然，不信你抬头。"

难道在便利贴上写第二句话的那个人是贺明洲？

这让程双宜感受到宿命般的难舍难分。

原来是贺明洲，竟然是贺明洲。

怪不得贺明洲最近的行为让她感觉有点越界，怪不得他一定要为她补过一个这样的生日。

也怪不得，贺明洲今天对她这么好。

初夏埋下的种子，在盛夏肆意生长，这一刻长成参天大树。

程双宜压下心里的复杂情绪，认真回答："当然，不信你抬头。"

贺明洲"哈"一声笑出来，他看起来很开心，有种豁然开朗的感觉。

对完这些暗语，贺明洲的兴致高了不少。

"快，许愿。只要不是特别离谱的，我都……算了，你先许愿。"贺明洲的声音轻快不少。

程双宜双手合十,对着已经燃烧了一截的"17"蜡烛,在心底默默许愿。

这是贺明洲给她过的生日,所以,她今天的愿望只属于贺明洲。

她希望在十七岁这年,自己喜欢的贺明洲,从此无灾无难,一路繁花似锦,未来可期。

贺明洲,未来可期。

程双宜并非真的舍得让贺明洲离开。

但她又清楚地知道,对于贺明洲来说,出国应该是最好的解脱。

——离开这里,离开以爱为名的伤害,逃离所有的束缚,真正自由肆意地生长。

正如王尔德的童话里写的那样。

燕子不南飞只为陪伴快乐王子,夜莺啼叫一夜只要玫瑰盛开,程双宜也只想贺明洲未来可期。

"许的什么愿?"贺明洲问。

程双宜摇头:"我不说,说出来就不灵了。"

"哼。"贺明洲笑了声,继续说,"刚刚借着你的生日蛋糕,我也许了个愿。"

程双宜下意识问:"什么?"

"你不跟我说,那我也不告诉你。"贺明洲卖了个关子。

程双宜听他这样说,好奇心就没有那么重了。她点头:"那挺好,我们都不问了。"

完全不按套路出牌的程双宜,让贺明洲略感无奈。

"好吧,不说就不说。一会儿等天黑,我们去放花灯。"贺明洲妥协。

程双宜点头:"放完花灯,我就该回去上晚自习了。"

沉溺于欲望不可怕,只要及时抽身就好。

贺明洲又看了一眼时间,感叹道:"也是,不早了,今天过得可真快。"

人总是耽于欲望,这样放纵地,在喜欢与欲望的支配下度过一整天,时间只会流逝得更快。

年华不再,筵席终散。

他们一起走在路上,谁也没有主动说一句话。

很快到达湖边。

因为贺明洲包了场,人工湖旁边也是安安静静的,没有喧嚣,并不闹腾。

工作人员已经提前准备好了花灯。

花灯是纸船的形状,不同的是,上面可以插上小旗子,旗子上可以书写愿望。

贺明洲要了两支笔,递给程双宜一支。

程双宜拿着笔,笔是马克笔,写字也没有支撑面,写不了她最喜欢的瘦金体。她呼了两口气,想给贺明洲留下独属于自己的记忆,也不可能了。

工作人员也在写一些祝福语,放花灯。

独木不成林,万紫千红才是春天。

只有两盏花灯并不好看,千帆竞发的星星点点才最好看。

程双宜拿着笔,认认真真地先写下四个字:"未来可期。"

写完这四个字,她偏头,悄悄看一眼,见贺明洲还在咬着笔帽纠结写什么。

趁他不注意,程双宜迅速写下"贺明洲"三个字,然后交给工作人员,让他即刻放出花灯。

贺明洲,未来可期。

十月二十二号,是贺明洲给她"补过"的生日。贺明洲给予了她许多的温柔、惊喜,令她沉溺其中。

现在骤然清醒,她也不想忘记自己的本心。

花灯被放入湖水中，万千灯火点缀，她的祈愿混入其中，无人知晓。

程双宜站在湖边盯着花灯看了一会儿。看到自己的花灯和其他花灯混在一起时，她才扭头看向贺明洲。

贺明洲的动作快，影影绰绰的，程双宜只看到了四个字——

"后会有期"。

今天是他们分别的日子，他却要后会有期。

程双宜赶在最后一节晚自习上课之前回到学校，一颗心从躁动恢复至平静。她看到旁边空荡的座位，以及自己欲盖弥彰地放在座位上的东西，一股无声的落寞如同化不开的浓雾，深深地笼罩着她。

程双宜的心情实在是说不上多好，筵席终散，灯火阑珊，只剩她一个人落寞。

没过一会儿，陶之晴换到了贺明洲的位置，成了程双宜的新同桌。

"姓贺的终于滚了。"陶之晴先把程双宜的东西放在窗台上，带着喜悦感慨道。

程双宜"嗯"了一声，然后帮陶之晴收拾，却很难和陶之晴一样喜悦。

她有些多情地想，原来人和人真的是不一样的。对贺明洲的离开，有人欢喜有人忧，不知道贺明洲会怎么想。

送她回学校的车上，贺明洲没有再继续说很多话，除了程双宜下车时的那句"我先走了""嗯"，他们没有再交流。

大抵，他们都能平静地面对这次不知道会不会再见的分别吧？

学会藏起自己的情绪，学会粉饰太平，学会长大。

陶之晴撕开一包湿巾擦桌子，刚擦到抽屉，她"咦"了一声，紧接着，摸出来一张便利贴。

陶之晴先骂出声："什么啊，贺明洲这什么素质，垃圾都留在这儿。"

程双宜无奈一笑，伸手："什么垃圾？给我吧，我帮你扔了。"

"谢谢宝！"陶之晴隔空亲了一口程双宜，然后把便利贴取出来。程双宜接过，大致瞟了一眼——

便利贴上有贺明洲的字迹，简简单单的一行字。

"程双宜，后会有期。"

一颗心骤然跳得极快。

程双宜攥着那张便利贴，忽然有些茫然，贺明洲离开前，竟然还给她留言了。

然后是有一些小小的开心，原来贺明洲并非一声不吭地离开，还给她留言了。

贺明洲，是不是也有一点点在意她？

陶之晴见程双宜愣着不动，也凑过来，看到便利贴上的字后，她立刻叫出来："哎，贺明洲写的？他怎么这么不要脸？"

程双宜回过神，下意识地收起那张便利贴，转移话题："好了好了，不是什么大事。我们继续收拾。"

陶之晴还在骂骂咧咧，因为是周日的晚自习，班里并不安静，大家都在小声说话或者讨论，所以也没人特别注意她们两个。

程双宜浅浅松了口气。

她觉得自己藏得很好，这么久了，连陶之晴都不知道她其实悄悄喜欢着贺明洲。

看到这样的便利贴，她有些小小的开心。

没有人知道。

没有人知道她的小小的开心。

再次安定下来。

"嘭！"

刚安定下来没多久，忽然，一道亮光划破漆黑的夜幕。

"快看外面！"班里不知道谁叫了一声。

程双宜挨着窗户，听到这句话，她立刻下意识地抬头往外看——

129

一簇簇灿烂、漂亮的烟花依次绽放，宛若鲜花盛开，绚烂盛大。烟花虽然只有转瞬即逝的美，但它的美在人们心里经久不衰。

程双宜的内心一瞬间产生了一股强烈的冲动。

一些同学已经按捺不住，凑到窗户边，甚至还想趴到外面的栏杆上看。

韩藤装模作样地维持秩序："大家不要闹啊，现在正上晚自习呢！"

但大家都正在兴头上，没人搭理他。

不过韩藤也不在意，因为他也想看烟花。高中生活枯燥，这么美的烟花，对他们来说是无法抵挡的诱惑。

"烟花还有字哎！"陶之晴也在看，还拉着程双宜一起讨论。

程双宜"嗯"了一声，跟着讨论："这是'期'字吧？"

"对，还有'会'字！不知道连起来是什么？"陶之晴附和。

烟花绽放那一瞬间的美，永远是最吸引人的。烟花绽放过后，金色的字在黑夜中越发显眼。有"会""期"，每一个字并不是只出现一次，而是断断续续地依次展现。

各楼层的班级外面，无数学生已经颇为自觉地随着烟花一次次绽放的字，一个字一个字地跟着念。

"后！"

"会！"

"有！"

"期！"

…………

字重复出现了许多遍，但一共只有这四个字，随着烟花的绽放，依次展现在夜空中。程双宜也认得出，这是"后会有期"。

放烟花的人在说："后会有期。"

学生们都兴奋起来，跟着烟花的绽放，一次次喊"后会有期"。教学楼里嗡嗡作响，热热闹闹，是整个高三的狂欢与放纵。

这样的情景并不多见,他们都格外贪婪地感受着此刻的美好,享受着宛如烟花般短暂的放松。

看清楚烟花的字样以后,程双宜摸到口袋里的便利贴,想到今天晚上贺明洲放的祈愿花灯,她垂了垂眼眸。

后会有期……是贺明洲吗?

他是在向这座城市道别吗?

还是……在向某个特定的人道别?

程双宜坐回座位上,看着陶之晴扒着窗户和其他同学一起沸腾。

十七八岁的高中生最喜欢热闹,但一直被学习压抑着本性,难得随着烟花一起"炸"一次。

看到同学们如此放松,程双宜也跟着轻笑一下,然后拿出那张便利贴。

在"程双宜,后会有期"的后面,趁着陶之晴扒着窗户看烟花的工夫,她低头,认真地、一笔一画地写下内心的话。

"贺明洲,未来可期"。

他们的字,他们的名字,他们互相给对方写的话,写在同一张便利贴上。

"程双宜,后会有期。"

"贺明洲,未来可期。"

从某种意义上来说,这是他们第一次,也是唯一一次"同框",只有他们两个的"同框"。

程双宜把这张便利贴夹在她的《快乐王子》里。

《快乐王子》被合上,塞在抽屉最里侧,和那个手办一起,仿佛藏起了她的整个十七岁。

她所有的憧憬、幻想,都在这一天得到满足。

她的十七岁是没有遗憾的。

她在十七岁这年喜欢过最闪耀的男生,后来男生离开了,还送给了她一次难忘的生日回忆和一场最热闹的烟花。

灯火阑珊处,筵席终散了,烟花在夜空绽放。

这是她最好的十七岁。

高三的日子本就枯燥难熬,尤其现在,贺明洲还离开了。

很多人和事都很难再引起程双宜内心的波动。

程双宜再次去了政教处,主动辞去了学习部部长的职务,开始专心学习。

偶尔陶之晴不在,程双宜盯着旁边的空位,还会稍稍出神。

她曾经和贺明洲做过同桌,但那都是曾经了。

贺明洲离开以后,程双宜很少收到他的音讯,除了每逢节假日,宋致或者陶之晴会递给她一个个礼物,说那是贺明洲送给她的节日礼物,并且祝她节日快乐。

那些礼物盒子上有英文、法文、俄文……甚至还有拉丁文,但唯独没有贺明洲亲手写的任意一个汉字。

程双宜也说不上自己是什么感受。

她沉默地接收着这些礼物,把它们锁在宿舍柜子的最深处,假装生活里没有一点贺明洲的印记。

她伪装出不在乎的样子,就像她从不在乎贺明洲。

只要伪装得多了,她就真的可以欺骗自己,她真的一点也不伤心。

时间还是在一点点地流逝,期中考试、联考、期末考……

然后是只有一周时间的寒假。

高三这年过年是最没有年味儿的。除夕夜,虞阳下了雪,程双宜窝在自己的房间里做理综题。

忽然,她的手机亮了下,提示有新的邮件。

她没有在意,只想着先把手头的题目做完。

做完题，已经将近深夜一点钟。

外面都是烟火和鞭炮声，噼里啪啦的，很热闹。家里父母提倡养生，早早睡下了，倒是安静。

程双宜打开电脑，登录自己的邮箱。

是一封来自海外的邮件，简单的"新年快乐"祝福语，以及一个视频文件。

程双宜又看了一眼发件人，"hmz@xxxx.com"。

看到"hmz"的字样，程双宜一颗心跳得很快。她写过许多次贺明洲的名字，对他的名字缩写十分敏感。

她立刻打开那个视频文件。

是那次"补过生日"的录像。

当时贺明洲教她使用单反相机，她拍的第一段录像，就是贺明洲玩滑板的视频。

程双宜安静地坐着，仔细回顾着这段视频。

如果算上"补过"的话，那是她过得最好的一次生日。

镜头里的贺明洲在夕阳下玩滑板，还故意耍帅，可惜耍帅失败了，滑板绊到了花圃边的小石头。

看到贺明洲向着镜头扑过来，程双宜没有忍住，跟着笑起来。

可是笑着笑着，她就笑不出来了。

她有点难过，也有点想贺明洲。

她原本就像"镜头"一样，远远看着，只敢在角落里观察贺明洲。

但贺明洲朝她扑了过来。

犹如烟花般惊鸿一瞥，惊艳了她的整个十七岁。

寒假过后，时间便更紧张了。

高考百日冲刺宣誓大会，一模、二模……无数考试和学习安排充斥着程双宜的生活，让她没空再去想贺明洲。

连廊的大黑板上写着高考倒计时。

百日冲刺宣誓大会后，从99依次递减，过一天就少一天。

班上最调皮捣蛋的学生也变得沉默寡言了，冯建业也不怎么骂他们了。高考当前，一切障碍都只是路边的风景，没有什么能阻止他们备战高考。

二模时，程双宜考了联考第一名。

父母、老师、学校领导都很开心。父母也频繁地来到学校询问老师或者找专家，为她以后填报志愿做准备。

程双宜也被父母询问过无数次志愿意向和喜欢的专业，她没什么心情，只用一句"再说吧"打发父母。

父母只当她还没想好，又或者有其他新的目标，于是也没再和她讨论这些。

高考的日子一天天接近，高三学生身上的衣服也越来越单薄，在人们都换上短袖的六月份，高考要来了。

六月四日开始放假，程双宜留在学校打扫卫生和整理考场。

她沉默地擦着后面的黑板。

自从国庆节以后，最上面的那几颗星星一直没有被擦掉。

那几颗星星是贺明洲画的。板报一直由陶之晴负责，她一直没有擦掉这些星星。

程双宜搬了椅子，准备擦掉贺明洲在这个教室里最后的一点痕迹。

擦着擦着，粉笔灰好像进了她眼睛里，眼眶发涩。

程双宜揉了两下眼睛，韩藤过来问她："你怎么样？要不我擦吧？"

程双宜摇摇头，眼泪却顺着脸颊滑落。

她强撑着向韩藤解释："没事，眼睛里进了粉笔灰，哭出来就好了。"

韩藤无奈，递给她两张纸巾，看她确实没什么事以后才离开。

桌子被拉开，教室打扫干净，贴上考号，教学楼一下子变得安静和空旷起来。

程双宜缓慢下楼，却在楼梯拐角处见到了许久未见的沐采薇。

自从沐采薇和贺明洲闹掰，后来程双宜又不再做学习部部长，她几乎没见过沐采薇。

程双宜对她微微点了下头，就要离开。

"程双宜。"沐采薇却主动叫住了她。

程双宜无法装作没听见，她驻足，抬头去看沐采薇："有事吗？"

很奇怪，有些人天生是这样，哪怕她站的位置低，但她只要站在那里，便是让人高不可攀的高岭之花。

沐采薇平白矮了半截，她咬了下唇，顺着下来，站在程双宜身边："我是来找你的。我们可以聊聊吗？"

"我们聊点什么？"程双宜约莫猜到了一些，但她不想在高考前再说起贺明洲的事，于是她错开话题，"我是理科生，你是文科生，我们没什么好聊的。"

"噗哈哈。"沐采薇却忍不住笑了起来，笑得眼角泛起泪花。

正当程双宜考虑要不要递给沐采薇一张纸巾的时候，沐采薇又自顾自地说起话来。

"你们真是，连拒绝我的话都一模一样。"

程双宜愣了下。

沐采薇继续说："当初贺明洲找我把事情说开，说的也是文科理科的话。我当时只觉得这是借口，非得继续缠着他。"

沐采薇的话里透着几分惆怅。

"你看，再也做不成朋友了，他这人还知道敷衍和保护，不把话说得太难听，可惜我不识好歹。"

程双宜听得心里发麻，摇头："你要诉苦去找心理老师，别找我。"

沐采薇又继续说起来："去年夏天学校停电，图书馆西侧的西方童话书架，编号为 RT13927 的《王尔德童话》，里面夹着的那张便利贴，写王尔德名言的人，是你吗？"

沐采薇已经笑起来："他一定猜到是你了。抱歉，当时我顶替了你，我偷走了本该属于你的特殊待遇。"

程双宜送走沐采薇，一个人走在校园里。这是她没想过的真相。

怪不得以前宋致问贺明洲和沐采薇绝交的原因，贺明洲说他认错人了。

后来贺明洲与沐采薇绝交，转而开始对她好，应该是察觉到了真相。

那么一切都说得通了。

贺明洲喜欢的，是在那个沉闷的令人烦躁的夏天，一个用文字给予他希望的人。

从来不是沐采薇。

这一刻，程双宜真的很想很想告诉贺明洲，她也喜欢他。

临近高考，时间过得更快了。六月七号、八号，短短两天，是体现无数学子十余载厚积薄发的日子。

程双宜考完回到家，第一时间打开手机和电脑。

贺明洲出国以后，电话号码应该换了，微信也没有继续使用。他们经常用邮件联系。

但因为高三百日冲刺，程双宜上交手机，已经很久没有碰 QQ 和 QQ 邮箱了。

手机开机，屏幕亮起，程双宜愣住——号被盗了，邮箱也登录不上。

她立刻打电话给陶之晴，拜托陶之晴想办法。

她也告诉了父母。

但这时，微信已经成为聊天常用软件，她的 QQ 号被盗，父母并不在意，只让她以后多用微信，多发朋友圈。

一种宿命般的无力感袭来，程双宜想，要不就这样吧。

之前，便利贴轻而易举地被人顶替。

后面误会解除，他又出国了。

现在连唯一的联系也被该死的盗号狗斩断了。

他们大抵是没有缘分的。

程双宜打开那本《快乐王子》，看到贺明洲写的"后会有期"，她又觉得自己可以再相信贺明洲一次。

他一定会回来！

像是某种信念。

半个月后，高考成绩出来了，程双宜告诉父母自己的专业意向：她要选离家近的学校，以后就留在这座城市，留在父母身边。

她是独生女，留在父母身边，自然也是父母所祈盼的。

最后，她选择了虞阳本地的大学，汉语言文学专业。

然后是保研、留校，专攻学术。

陶之晴也留在虞阳，学的工商管理，她是要继承家业的。

亲人、朋友都在身边，程双宜应该是舒适的。

只是，每每看到广场上有人在玩滑板，又或者有人在河边放花灯，她都会想起贺明洲。

一年又一年，她看着每年除夕夜的烟花，都在想，贺明洲会在新的一年里回来吗？

留校做助教的那一年，程双宜回家收拾东西，翻到了那件蓝色毛衣。

毛衣已经旧了，没有贺明洲刚送给她时那么新。

她这才反应过来，原来，贺明洲已经离开那么久了。

第六章
夏天

贺明洲是夏至那天回到虞阳的。

宋致弄了个特别大的 LED 灯,写了个"欢迎二哥衣锦还乡",在机场对面等他。

又土又丑,贺明洲觉得丢死人了。

但仔细想想,他没其他选的。

这个城市里,他还能联系上的,也就这群"狐朋狗友"了。

上车后,车门刚关上,宋致立刻递过来一张出入证。

"喏,虞阳大学程雅教授的讲座,中国古典文献研究,明天上午九点钟开始,在虞阳大学学术报告厅二楼。"宋致贱兮兮地开口。

旁边的老六混得也不错,还能和宋致坐在同一台车里。但老六之前读的是职校,很多事都不知道。

老六看贺明洲真的接了那张出入证,立刻笑起来:"二哥,你还真去听什么古典文献?咱听得懂吗?"

贺明洲挑了下眉,出入证上简单写了讲座的工作人员,而最下面的那一栏有他熟悉的名字。

助教:程双宜。

"谢了。"贺明洲拍了一下宋致。

宋致"嗷"地叫了一声,捂着肩膀:"二哥,你力气怎么这么大?这几年干什么去了?"

贺明洲挑了下眉。

这几年干什么去了?这几年,他经历的可太多了。

他那个爹被身边的小老婆吹枕头风,把他送出国后,几乎就把他这个儿子"忘"了。

他一个人,在语言也不完全通的情况下打工、上学。

他在最低廉的酒馆里做酒保……他见过、经受过许多以前从没想过的苦难,也学到了很多对付人的手段。

唯一幸运的,应该是他选择了在英国留学。

当时他的想法很单纯,英国是程双宜喜欢的王尔德的国籍,那就英国吧。

他还能在打工和学习之余,帮她看一看英国到底有没有快乐王子,以及夜莺与玫瑰。

可惜他走遍整个北爱尔兰和大不列颠,并没有见到半分快乐王子的身影。

真正的变故发生在他修完学业的那年,母亲因抑郁自杀。

母亲在临死前清醒过来,立下遗嘱,她个人名下的所有财产,都归贺明洲所有。

父亲在当晚也给他打了个电话,他们父子大吵了一架,然后断绝了关系。

母亲的家族产业大部分在欧洲,贺明洲顺利接手。短短几年,他已然成功翻身,从人人随口一提的"贺少爷",变成人人尊敬的"贺先生"。

贺明洲捏着那张出入证,程双宜的名字被他反复摩挲。

这一次,他不会轻易放手了。

"叮叮！叮叮！"

六点钟的闹钟准时响起，程双宜关掉闹钟，这次没有急着起床，她打开手机浏览器搜索周公解梦。

昨晚她梦到贺明洲了。

她梦到第一次见到贺明洲的时候，贺明洲跟在她身后，送她去地铁站。

梦里那条路很长，好像怎么也走不到尽头，她贪婪地让贺明洲一直陪着她。

校园网网速一般，程双宜刷了半天没有刷出来，干脆先起床洗漱收拾。

她刚刷完牙，手机连上了校园网，嗡嗡地振动起来，有微信消息。

程双宜低头，手是湿的没法解锁，她只看到屏幕上，来自母亲的一条又一条消息。

母亲的语音消息都是十秒以上的。程双宜洗完脸，一边化妆，一边把母亲的语音当成背景音乐外放。

母上：你都马上二十六岁了，和你同龄的，谁家那谁，孩子今天都去拍幼儿园证件照了。

母上：之晴也有男朋友了，你说你怎么一点都不着急？非得以后和你大姑一样变成老姑娘啊？

母上：不说了，我这两天读书新认识一个阿姨，她儿子在顾然律所工作，中午你见一下，然后一起吃个饭，在学校转转，多聊聊天。

母上：那孩子的照片和微信我都发过去了，你记得看！别放人家鸽子，也别说你有什么"磨镜"，或者什么高中初恋忘不了，我还不知道你？你高中哪儿谈过恋爱？

正在打粉底的手忽然顿住。

程双宜想到前几天看的段子，暗恋怎么就不叫初恋？

底妆打完，想到中午要去相亲，程双宜没了化眼妆的心思，把日抛又收起来，转而戴了一副金丝边眼镜。

马尾扎低，穿衬衣、长裙。全身镜前，程双宜正在把衬衣下摆塞进裙子里。

也许是一直都在学校的缘故，与九年前相比，她的外貌和气质并没有太明显的变化，只是显得更成熟了一些。

想到学术报告厅里的空调常年16℃，程双宜整理好衣服，又打开柜子翻找外套。

无意间，她翻到一件刚上大学时买的衣服——浅蓝色的冲锋衣外套——忽然有点发愣。

这是她第一次做家教挣钱时买的，当时她刚刚十八岁。那时，贺明洲已经离开一年了。

现在，她马上二十六岁了。

原来不知不觉，已经过去快九年了。

她和贺明洲，真的还会……后会有期吗？

学术报告厅里讲座如期举行，这类讲座大多是蜻蜓点水般介绍一下专业，主要是给本校的大四学生考研做指导。

也有一些校外人士，如果有意愿考本校研究生的，通过研究生院官网申请出入证，就可以参加这类讲座。

程双宜安排了两个大二的女生在门口检查出入证，她在操作台调整PPT。

没过一会儿，座位坐满，那两个大二女生也坐过来。小女孩没有升学压力，正互相咬耳朵聊天。

程双宜离得近，听到她们在说什么。

"好帅啊！他看着不像咱们学校的，是哪个商业大佬过来提升学历的吗？"

"我猜也是，那个气场就不一样，你看到他和咱们学校的校草坐在一起时的感觉吗？那真是瞬间把校草'秒杀'了！真是，清纯在性感面前不值一提。"

"话说他叫什么啊？你看清楚了没有？"

"他的出入证我没细看，就看到一点点，好像叫什么洲，五大洲的那个洲……"

程雅从后台过来。

程双宜赶紧"嘘"了一声，示意两个女生不要说话。

两个女生调皮地在嘴上做了个拉拉链的动作，然后端正坐着，手机都收了起来。

程双宜和程雅对了下眼神，然后开始。程雅讲解内容，程双宜操作PPT。

两个多小时后，讲座结束，开始答疑。学生们也依次离开。

这个时候，程双宜是空闲的。

她从位置上站起来，靠在第一排的桌子上，拿出手机。刚刚她手机一直在振动，好像是早上刚加的那个相亲对象。

相亲对象叫徐云深，名字听着还不错，早上看照片，长相也是偏斯文类型的。在律所工作，大概是个律师。

早上他们互相打了个招呼，然后各自忙去了，现在才重新联系。

对方给她发了几条消息。

徐云深：你在虞阳大学吗？

徐云深：我今天下班早一些，可以去接你。

徐云深：你们学校让开车进去吗？我开着奥迪，不太方便。你们学校位置不太好，外面没有合适的停车位。

徐云深：又或者，麻烦你帮我在门卫面前求求情。[笑哭 .jpg]

程双宜忽略掉大多数无用的信息，看清意图——徐云深要来学校接她。

程双宜把学术报告厅的定位发过去，然后简单说了一下怎么停车。

程双宜：学校里面有停车位，谁都可以用的，进了校门往右侧一直走。

程双宜：如果不清楚，也可以问门卫或者园丁。

程双宜：我还有将近半个小时结束。

聊完这些，程双宜呼了口气。她低头，又看了一遍自己的聊天记录。

应该没什么大问题，看着挺正常的。

收拾完这些，程雅忽然急忙过来，站在程双宜面前："双宜，你今天要去跟人见面啊？"

程双宜一愣，随即点点头。

"怎么没跟姑姑说啊？你先回去吧，好好玩，这边姑姑收尾就行。"程雅边说着，还边推着程双宜往外走。

程双宜无奈离开。

她心里却在琢磨，程雅怎么就知道了呢？

早上才加了微信，中午姑姑就知道了，还影响了自己的日常工作。

不可避免的，程双宜从这件小事上，对徐云深有了一点不好的印象。

程双宜心里想着这件事，低着头，没注意周围的情形，只心不在焉地离开学术报告厅。

刚踏出学术报告厅，热腾腾的空气袭来，程双宜解开了外套扣子，拿手挡在眼前，抬头看，火红的太阳高高挂着。

因为现在是暑假期间，中午的学校安静，只有阵阵蝉鸣。

有点烦闷。

程双宜拢了拢外套，打算把这个外套当成防晒衣，随即开始往外走。

"双宜。"一道独属于记忆里的声音响起。

程双宜扭头——

记忆里穿着校服的贺明洲向她走来，渐渐地，校服散开化为灰烬，变成黑色短袖衬衣和同色系的西裤，一步一步地，从记忆走向现实。

有那么一瞬间，程双宜想擦擦眼镜片，她怀疑自己是不是真的出现幻觉了。

但不等程双宜做出验证是不是幻觉的举动，贺明洲已经走到她面前，递过来一把黑伞："外面太热，别晒着。"

这个动作持续两秒，一直等到贺明洲切实地站在她面前时，她才有了一些真实的感觉。

她以为她会激动的。

但实际上，这样重逢的场景，在她的脑海中排练过无数遍，她似乎可以平静地接受。

她几乎每天都要演练一遍贺明洲回来的场景。

所以她可以平静地面对与贺明洲的重逢。

贺明洲还是这么喜欢黑伞。

程双宜接过伞，装作不经意地问："什么时候回来的？你怎么在这儿？"

"昨晚。"他先回答了前一个问题。

然后他们一起走下学术报告厅的台阶，贺明洲像是想好了第二个问题的答案，他继续回答："我想考研究生。"

这话，这理由，程双宜都不信。

不过，贺明洲也有些心虚："很假吗？但这个理由听起来比较正经哎。"

程双宜主动转换话题："现在中午了，你吃饭了吗？"

贺明洲眸间一亮，立刻道："我刚回来，很多好吃的都忘了，你有空没？我们……"

程双宜摇头："我……不了，我中午要去相亲。"

四周安静极了。

贺明洲也不爽极了。

"程双宜？你是双宜吧？"没等贺明洲想好对策，另外一道声音传来。

贺明洲垂眸,一个身着西装的小白脸不知道什么时候过来的,正站在程双宜面前,还拿着手机在做比对。

徐云深略微有点路痴,尤其是在大学校园里,各种建筑比较纷乱。他是按定位找了好久才找到学术报告厅的。

不过幸好,程双宜本人比照片上还要漂亮,这一趟也不算亏。

徐云深收起手机,笑了下,说:"你提前出来了?是不是你姑姑和你说了?"

程双宜没有直接回答他,只反问:"你是徐云深吗?"

徐云深点头。

程双宜了然,不过徐云深不在她的择偶范围内,她也就没有打量这个人怎么样。

今天只是和这个人吃个饭,然后拒绝。

贺明洲在一旁,轻轻地咳嗽了一声。

徐云深立刻抬头:"这位是……"

"我姓贺。"贺明洲低调地自我介绍了一下。

徐云深立刻了然:"您是那位年轻有为的贺先生吧?我是顾然律所的徐云深,这两年我们律所和您一直有合作。"

贺明洲微微点头,和徐云深握了一下手:"你好。"

他近两年把一些生意转到了虞阳,司法方面有不少问题有待解决,让人联系了虞阳近几年新发展起来的一家律所全权处理。

运气不错的是,这个律所的创始人之一,是他在校时上铺的好哥们儿顾然。

这样一来,很多问题解决起来就更容易了一些。

贺明洲虽不在国内,但国内的委托人和律所来往密切,难免会时时提及他的信息。

想必徐云深是因此而认出他的。

徐云深看到贺明洲时激动了一下，但也没失去理智，立刻问起来："这……双宜，你和贺先生认识吗？"

程双宜"嗯"了一声，没有告诉徐云深他们是高中同学。

贺明洲现在的心情更加不爽了。

徐云深对贺明洲的兴趣明显要高于程双宜，他压不住嘴角的弧度，立刻道："大家都认识，不如我们一起？"

十分钟后，虞阳大学附近的一家餐馆内，他们三个人坐在一桌。

程双宜看了一眼徐云深，对这人的异常行为不太理解。

有……三个人的相亲吗？

贺明洲左手捏着菜单点菜，右手搭在桌子上，指腹一下一下地敲着桌子。根据程双宜对他的了解，她察觉到贺明洲现在的心情不太好。

程双宜垂了垂眼眸，主动先和徐云深说话，打算早点打发他。

"徐云深。"程双宜先喊了他的名字。

"嗯？"

"我们开始相亲？"

"砰！"

贺明洲合上菜单，对服务生说："有酸黄瓜吗？"

服务生立刻道："先生，酸黄瓜属于免费小料，您如果需要，一会儿上菜的时候给您上一份。"

贺明洲颔首。

服务生离开，周围有点安静。

贺明洲不以为意，还招呼徐云深："愣着干吗，你们继续啊！"

徐云深咳嗽了两下，看向程双宜，说起自己的情况："基本情况我们应该都知道了，我想先说一下我的要求，毕竟我是男方，条件也比你好一些，希望你能理解。我希望你做到讲师的职位就行，要评教授还得提高学历，女孩子学历太高不利于家庭稳定……"

146

"不好意思，"程双宜出声打断他，然后不以为意地上下打量一遍徐云深，"你多高？"

徐云深骄傲地挺胸："一米八一。"

贺明洲已经先皱眉了。

程双宜点了下头："不好意思，我不喜欢没有到一米八五的男生，我们不合适。"

拒绝得干脆利落。

徐云深愣了下，大概是没想到这世上竟然有人拒绝人这么生硬，脸色也不太好看："我……"

"咳。"贺明洲咳嗽一声。

徐云深这才想起，还有一位贺先生。

他们律所和贺先生交往密切，他深知这位贺先生的生意做得有多大，不交好也就罢了，千万不能交恶。为了不在贺先生面前失态，他只好又把怒火压下。

但徐云深也不愿这么咽下一口气，他直挺挺地站起来，看了看程双宜："行，等着。"

说完，他甩开椅子，头也不回地离开餐厅。

程双宜缓缓松了口气。

她还是……有些失控。

她以为贺明洲回来，她的情绪能像自己面上保持的一样稳定，但刚刚，她心里明显是非常在意的，所以说话才有些过分。

程双宜在心底给徐云深道了个歉，身高这个，确实有点伤到他的男性自尊了。

打发完徐云深，程双宜看向贺明洲："你……我也要走了，你一个人在这儿？"

"程双宜！"贺明洲提高了声音，听着有点生气。

"怎么了？"程双宜问。

贺明洲呼了口气，开口："程双宜，你这么着急，是还有下一个相亲对象吗？"

他这话带着一股孩子般的埋怨。

程双宜止住动作，抬头看他，但一句话也没说。

贺明洲反而有些慌乱起来，他气急败坏般地挠头发，语气也有些乱："不是，我不是那个意思……"

"贺明洲，"程双宜轻轻打断他，说出那个让人永远无法忽略的事实，"我们已经九年没有见面了，我们谁也没资格去对对方的生活指手画脚。"

说完这句，程双宜头也不回地离开。

贺明洲愣了下，等程双宜离开以后，他才后知后觉地意识到自己刚刚那句话是有点过分的。

是他太着急了。

他怎么能这么说程双宜？

想到这里，他也立刻起身，招呼服务生，又把卡递给他："结账，菜分给其他桌的客人。"

服务生愣了一下，大抵是第一次见到这么阔气且脑子有点不清醒的顾客。

但顾客的要求大于一切，服务生没多犹豫，立刻接过卡去前台结账。

贺明洲等前台结完账后立刻冲出餐厅。

他在门口看了一圈，最后，在公交站看到程双宜。

程双宜低着头，脚尖在点地面的阴影。她知道自己刚刚有些冲动，但那也是她内心最真实的想法。

已经快九年了，她竟然真的那么傻，一直在原地等待贺明洲。

每一次相亲，她都绞尽脑汁地拒绝。

在他俩的关系中，她似乎总是地位更低的那个。

今天见到贺明洲以后,她虽然面上保持得足够冷静、疏离,但她自己很清楚,平静之下藏着怎样汹涌的波涛。

她并不知道,现在的她,该以一个什么样的状态面对贺明洲。

索性逃避。

程双宜缓缓呼了口气,要不回去找个课题写论文,转移一下注意力。

等过一阵子,贺明洲发现她其实是一个无趣的人,说不定就不会再来找她了。

年少时的心动确实惊艳,但再惊艳的十七岁,也挨不过岁月的蹉跎。

"程双宜。"

熟悉的声音响起,程双宜扭头,看到贺明洲向她走来。

她有点惊讶。

就像九年前,尽管他会往地铁站的方向走,但他从来不会走进地铁站。现在他走向公交车站,但他应该也不会坐公交车。

程双宜恍然,其实这些道理她都明白,但她总是喜欢沉浸在自己给自己编织的美梦里,不愿意醒。

"还有什么事吗?"程双宜问,客气又疏离。

"问你个问题。"贺明洲开口。

程双宜看他。

贺明洲咳嗽了两声,继续说道:"双宜,你知道蝉的其他名字吗?"

程双宜一愣,这个句式熟悉得让她想哭。

以前,她也问过贺明洲同样的问题,她也用贺明洲的答案——"知了"去骗自己,给自己编织暗恋或许有回应的幻梦。

"是知了。"程双宜回答。

贺明洲一笑,说:"回答正确!作为奖励,我带你去吃午饭。"

还没等程双宜开口,贺明洲赶紧说了下一句:"不许找借口拒绝,我当时都接了你那支特别便宜的雪糕!"

中午的公交车并不好等，再加上放假，附近也没有学生。

这让程双宜有些无处遁形，无处可逃。

程双宜想用她最擅长的方式——沉默——来进行无声对抗。

九年前，在她的十七岁里，她最擅长用这种方式来应对不想面对的问题。

但贺明洲却不是九年前的贺明洲。

他撑开伞，主动罩在程双宜头上。

"双宜。"贺明洲开口。

"嗯？"程双宜回应，心里在揣度贺明洲会说点什么。

他们已经九年没见了。

刚刚还有一个徐云深，虽然有点谄媚，但他好歹在说话，场面没有现在这么尴尬。

她和贺明洲能说点什么？

从八月二十二号到十月二十二号，他们说起来是老同学，还是同桌，可是才认识两个月。

就算他们这两个月是在一起的，估计都不会有什么印象。

更何况他们还没有。

到最后，也只是由一个便利贴引起的乌龙。

可同样的，当时的沐采薇在贺明洲眼里都没有很重要的地位。

更何况是九年后的她。

程双宜很有自知之明，自认为没什么"白月光"潜质，也只是个很普通的人，和贺明洲的交情也并不深厚，她能拿什么让贺明洲对她另眼相看？

"你……"程双宜轻声开口，问他，"你找我到底有什么事？"

在她的潜意识里，贺明洲主动找她，不可能只是为了干闲事。

"我刚刚好像表示了一下，"贺明洲开口，"我想请你吃个饭。"

程双宜下意识地问:"为什么?"

"这个……"贺明洲迟疑了一下。

他想到昨晚宋致和他说的话——

"二哥,我这几年和部长的交集不多,能见面的机会也少,而且每次晴姐都在,我只能拣着跟你说啊!"

昏暗的酒吧包厢里,五彩斑斓的光,震耳欲聋的歌声,以及舞池里许许多多扭动的身躯,无一不在刺激着人的感官。

贺明洲待了一会儿就头疼。

可是他抬头,看到其他哥们儿,以老六为首,在舞池里扭得那叫一个欢。

他忍了忍,决定忍耐这一次——

这群人也不容易,都长大了,难得有个空闲的机会,更何况,这还是他的接风洗尘宴。

再低俗他也认了,谁让他高中不好好学习,瞎混,只能招来这种"哥们儿"。

因为酒吧的音乐声太大,宋致的话基本上是吼出来的。

贺明洲的脑壳更疼了。

"我们换个地方说?"贺明洲说着,也忍不住提高了声音。

"好,楼上就有包厢,我这就带你过去哈!"

酒吧是宋致自己的产业,今天他特意包场,请了不少歌手、网红,气氛很是热闹。

宋致跟其他人打了声招呼,让大家喝好玩好,然后带着贺明洲上楼。

"砰"的一声,包厢的门被贺明洲大力关上,酒吧包厢的隔音效果都是最好的,顿时,周边的环境安静下来。

贺明洲紧绷的神经终于舒缓,他疲惫地揉了揉眉心。

宋致见状,立刻打趣道:"二哥,这几年没见,你风格都变了啊?以前你和我们一样,都是浪迹在花花世界里的,当然,你是片叶不沾身,我们是每朵花都要闻闻。你现在怎么有点老干部风格……"

"闭嘴吧你!"贺明洲骂他一句。

宋致嘻嘻笑起来:"这感觉熟悉多了。"

贺明洲无语,以前他怎么没发现宋致这么欠呢!

贺明洲只好自己问起正事,他拿出那张出入证,问宋致:"你哪儿弄来的?"

宋致实话实说:"我在虞阳大学官网申请的啊!"

贺明洲再次无语。

"好的大学,没有门槛。"念完这句广告词,宋致继续说,"二哥,这个还挺好申请的,只要有本科学历,学信网档案……"

"少说这些。"贺明洲不想再废话了,干脆直击主题,"你和我……程双宜,没有交集吗?"

"啊?这个很难说。"宋致回答。

贺明洲挑眉。

宋致说起原因:"我们也见过面,毕竟晴姐经常带她出来玩,我有时候会碰上晴姐。"

贺明洲又问:"那她有没有……"

"这个绝对没有。"宋致立刻保证,"这些年我一直看着晴姐的朋友圈呢,她们俩基本上形影不离。而且晴姐朋友圈都有那种两人都单身的暗示,你懂吗,二哥?"

"嗯。"

贺明洲不懂宋致,但他很清楚陶之晴和程双宜的关系。

她们两人关系太好了,程双宜如果真的谈了恋爱,起码陶之晴不会是一副岁月静好的样子。

"再说说其他的。"贺明洲继续问,"你都见过她们几次?跟我讲讲。"

"这我哪儿记得清啊?你这不是为难我嘛。"宋致想了想,又说起一件事,"不过,我好像还真的有一件印象特别深刻的事,有关部长和晴姐的。"

"什么?"

"那次是咱圈子里的,那个谁的庄园酒店开业吧。"宋致说到这里,突然有点心虚。

"哪个谁?"贺明洲微微眯起眼。

"就是……你爸那边那个儿子。"宋致声音有点小。

贺明洲想起来了。

他那个爹后来为什么连他受伤也不回家了,就是因为在外面有了新的"老婆"和"儿子"。

"贺辞复读一年才考上的大学,就……奖励给他的庄园酒店。"

贺辞,就是贺明洲那个爹后来生的儿子,比他小六岁,现在估计还在读大学。

贺明洲无意识地敲了敲桌子:"继续说。"

"噢噢,他发了挺多邀请函的,也邀请了我和晴姐。晴姐带上了部长。"宋致继续说。

"晴姐经常带部长出来玩的,圈子里熟悉的,都知道部长和晴姐的关系,大家玩得也都挺好。还有好几个人打听过部长有没有男朋友。"宋致咳嗽一声,快速跳过这个话题,继续说起主要的事,"然后就是贺辞,贺辞好像也有点喜欢……嗯,或者不叫喜欢,那应该叫骚扰,贺辞骚扰过部长。"

贺明洲瞳孔骤然一缩:"什么?"

"这个你别担心啊,二哥。"宋致迅速补救,"贺辞当时已经被晴姐扇了一巴掌,你别担心部长会吃亏。"

贺明洲的心情实在说不上好,甚至有些愤怒。这么多年的磨砺,他其实已经能把情绪藏得很好了,但如今还是有点忍不住。

忍不住想揍人。

用最原始的方式，去宣泄自己内心的怒火。

贺明洲靠在沙发上，又问："你仔细说说，那小子是怎么找死的。"

"其实也不是什么大事。"宋致回忆着当时的情形，"就是，部长是陪着晴姐一起去的。本来两人形影不离的，一切都挺正常，但毕竟不是连体婴，总有分开的时候。我当时听到动静赶过去，就看到晴姐扇了贺辞一巴掌，挺响的。"

贺明洲挑挑眉，心想，陶之晴那个臭脾气，这么做也符合她的性格。

宋致唏嘘不已："我当时就赶紧打听是怎么回事儿，二哥，你猜怎么着？"

"我猜不着，你直接说。"贺明洲开口。

"得嘞！"宋致继续兴冲冲地开口，"贺辞就在虞阳大学读书，部长是他学姐，他这小子，入学第一天就打起部长的主意了。"

贺明洲一瞥，见宋致那个兴奋的样子，就知道肯定还有转折。

于是他继续问："然后呢？"

宋致立刻就笑了："然后，部长当时已经决定留校当老师了，这小子不知道，还把人叫过来准备表白，结果部长就说了，自己下学期是他的老师。"

女神变老师，突然一下子就转变了身份。

贺明洲不太清楚贺辞是什么样的人，但如果是自己碰见这种事，他大约还会享受这个过程。

"咳。"贺明洲轻咳一声，继续问，"然后呢？"

"然后这小子想来强的，就被晴姐一巴掌招呼了。"宋致说。

回忆至此，贺明洲缓缓抬头。他印象中的程双宜是沉稳而强大的，能扛得住任何事，无惧一切，像一汪大海。

同时，这样的她也是难以接近的，她对任何人都很温柔，却不会轻易去触碰谁的心。

礼貌而知分寸，清冷又坚韧。

"你最近怎么样？"贺明洲张开嘴，一说起话来，还是像对待老同学那样的语气。

"我？"程双宜抬头看他，回答得也很正常，"你也看到了，吃喝不愁，正在相亲。"

"哦……"

贺明洲其实不太会和女生聊天，他不是很清楚女生都喜欢讨论什么话题。

"那这九年呢？"贺明洲又问。

"像大多数人一样，升学，考研，有一份稳定的工作，陪在父母身边。"程双宜继续回答。

这九年，她其实没有很大的变化，稳定是她的常态。或许，还会是她一生的状态。

"挺好的。"贺明洲又说。

两人再次安静下来。

贺明洲说完就有些后悔了，感觉再次没有了话题。

正当他抓耳挠腮想新的话题时，程双宜却开口问："你回来，是有事吗？"

她说"回来"，贺明洲一下就明白，这是指回到虞阳。他的事业明显不在这里，而他却回来了，程双宜对此肯定是充满好奇和疑问的。

贺明洲想了想，回答："确实有点事，不过现在不方便说。"

昨天和宋致的对话，也让贺明洲从侧面了解到一些有关程双宜的喜好。

虽然还不太清楚程双宜的喜好，但经过贺辞那件事，她现在是不太会喜欢直接的，估计还有点心理阴影。

想到这里，贺明洲又补充道："我自己的事，你放心，不会麻烦到你。"

"哦……"

程双宜也没话说了，不过她又想，人总是要分别的，贺明洲还能回来，还能专门来虞阳大学看她，也不错了，她要知足。

"那我现在能请你吃个饭吗？"贺明洲又问。

最后，没能等来公交车，程双宜上了贺明洲的车。

程双宜心里是乱的，但她还是本能地遵循自己内心真实的想法。

而贺明洲，不知道是不是因为在校门口餐厅说错了话，变得温柔许多。

在车上，他主动和程双宜聊起天来，都是些中规中矩的话题。然而程双宜兴致缺缺，他便也不再多问，转而放起一些轻松舒缓的音乐。

餐厅依旧是贺明洲选的，符合他一贯的作风——昂贵、精致。

他最是会享受人生的。

他贴心地帮程双宜拉开长椅，又耐心地向她介绍菜单上的"踏雪寻梅""翡翠玉盘"究竟是什么菜品。

圆桌上只有他们相对而坐，周围有悠扬的小提琴音乐，不算孤寂冷清。

程双宜却没有跟着一起热闹的心思。

常年以来的习惯使然，藏起心事，已经是她的本能。

她沉默地接受着贺明洲或许是因为愧疚而表现出的温柔，但她心底那道防御墙正在一点一点地被削弱。

正当她快要撑不住时，手机响起，程双宜拿起看了一眼，来自母亲。

程双宜只好先跟贺明洲说声抱歉，然后走向阳台。

母亲打来电话，自然是为了相亲的事。虽然她已经拒绝过很多次了，但每一次，母亲总是忍不住要叨叨几句。

"……你到底跟人家说了什么啊？小徐那孩子，说什么你不是真心实意来相亲的，你在玩人家，怎么了啊？"母亲开口。

那些拒绝和搪塞的话，自然不能告诉母亲，程双宜叹了口气，开口：

"没事,是我不太喜欢他。"

"我就知道,唉,你都二十六岁了,你就一点也不急……"其余的话,程双宜就有些听不进去了。

她和自己最喜欢的人在一张桌子上面对面吃饭,却还要讨论相亲的事。

程双宜心想,这些年,自己过得也是有些失败的。

安抚好母亲,程双宜回到座位。之前的菜已经撤了下去,贺明洲又让人重新准备一份和刚刚一样的。

程双宜忍不住开口:"有点浪费了……"

"刚刚的已经凉了,夏天不要吃太凉的东西,尤其你还是女孩子。"贺明洲开口。

程双宜没法评价他的做法,只好拿起筷子猛吃,希望少浪费一点。

贺明洲却没怎么吃东西了,他放下筷子,咳嗽两声:"双宜,你……是不是被逼着相亲啊?"

"……咳咳!"程双宜被惊得咳嗽两下,贺明洲迅速给她盛了半碗热汤,又把纸巾递过去。

程双宜擦着嘴角,贺明洲已经说出了他的打算。

"你看我这个想法怎么样啊?"贺明洲开口,"你刚刚拒绝那个'181'那么干脆,是因为不想相亲吧?你觉得我怎么样?我可以做你的男朋友,帮你挡掉那些相亲。我要什么有什么,条件这么好,是不是可以随便秒杀那些'181'?这样一来,是不是可以省掉你的很多麻烦?"

程双宜不说话。

贺明洲眼里依旧还有着光亮:"怎么样?"

然后他又列举了几条自己的优势,包括他的身高。

"我只有一个问题。"程双宜抬头,看着他,"这么帮我,对你有什么好处?"

"有一点吧,"贺明洲挑眉,"大约,可以帮我夺回家产?"

半真半假的话，可信度并不高。

程双宜其实有点期待他能继续说下去，但很遗憾，他没有再继续了。

直到那顿饭结束，贺明洲也没有说，到底是怎么"夺回家产"。

但两个人像是达成了一种默契。

贺明洲会经常约程双宜吃饭、看电影，或者去新开业的会所参加一些活动。

但他又很克制。

宋致新开的会所里，二楼是台球厅。某次，宋致请朋友过来玩。

程双宜不太会玩，贺明洲就在她身后，手把手地教她，却也只虚扶着她的手腕。偶尔有触碰，他们都会有片刻的停顿与失神。

他们亲近，却没有完全亲近。在最亲近时疏离，他们像是在其他人面前扮演情侣。

后来宋致看出了他们的异样，提议去六楼餐厅吃饭。

上电梯时，灯光渐暗，贺明洲悄悄拿出湿巾，给她擦了擦手腕，体贴又克制。

等电梯门打开，贺明洲不动声色地把用过的湿巾扔进垃圾桶里，无人知晓。

这次算是程双宜第一次加入贺明洲的圈子，不是灯红酒绿的纨绔子弟圈，而是另外一种，属于贺明洲事业范围内的圈子。

前前后后看一遍，今天来的，大抵是虞阳商政圈的人。

程双宜之前陪陶之晴去过这样的场子，她泰然自若，能安静扮演好"贺明洲女伴"这个角色。

进了包厢以后，他们谈论的话题就更专业一些了，程双宜不属于这个圈子，对他们话语间的专有名词理解得也并不透彻。

还好，这情形也没有持续很久。

没过一会儿，一个穿热裤的女生打开大门。银色的头发，扎着高马尾,女团风格,约莫二十岁,应该是正在读大学的年纪。

"表哥,你在这儿啊。"她凑到宋致面前,打了声招呼。

宋致随意介绍了一下:"我表妹,赵嘉南。"

然后就没了下文。

今天是宋致的场子,来这里的人,多少都会给宋致一些面子,大家互相交个脸面朋友,没人会揪着一个刚入场的小女孩。

包厢里男女都有。

有人想搭着宋致的场子一步登天,也有人只是单纯看宋致这个人不错,才赏脸过来。

贺明洲显然属于后者。

赵嘉南眼珠转了一圈,然后轻手轻脚地走到贺明洲附近。

贺明洲正拿着个碟子,心里想着水果营养价值表,给程双宜做拼盘。

"明洲哥。"赵嘉南俏皮地喊了一声,然后压低声音,又确保周围人都能听到,"明洲哥,你这次带了新的女伴啊?"

四周登时安静下来,包厢里,许多人有意无意地,都开始往程双宜身上瞟。

程双宜正拿着勺子慢慢舀贺明洲刚刚给她拆的螃蟹吃,有些不自然。

贺明洲上学的时候就招女生喜欢,程双宜相信江山易改本性难移,因此,在这之前,她设想过无数次类似的场景,所以她并没有觉得难以忍受,只是有点不自在,但还可以忍。

而坐在一旁的宋致一拍脑门,心道:要坏事。

赵嘉南从小就喜欢跟着贺明洲玩,平时没大没小惯了,以为贺明洲还是九年前那个让她喊哥哥的人。

要是平时倒也算了,关键程双宜还在这里。

贺明洲和程双宜两人,和别人不一样。他们之间,贺明洲是想要名分的那一个。

"嗒!"

是瓷盘放在玻璃茶几上发出的声音。不算甩脸子的动作,但在场的人都心惊肉跳。

贺明洲放下盘子,转而坐回程双宜身边。等她慢慢吃完了蟹肉,他才问她:"吃得怎么样了?"

"差不多了。"程双宜拿起纸巾,擦了擦嘴角。

"吃完了我们就离开。"贺明洲开口。他这句话,倒是真把宋致这儿当成了普通会所。

贺明洲是今天宋致的场子里地位最高的那个。他前半场一直在拆蟹和夹菜,一句和"正事"有关的话也没说,自然没人愿意让他离开。

"贺先生……"有人试图出声阻拦。

贺明洲淡淡扫过去一眼,回答得也随意:"宋致,今天的水果一般,不留了。"

这话算是提携宋致一把,声明他今天无论是到场还是离开,都是宋致的缘故,间接认了他和宋致的关系,给足了宋致面子。

宋致冷汗直冒,但也赔着笑,说了句"二哥慢走",然后恭敬地把人送出去。

贺明洲虚扶着程双宜的腰,二人离开。

回去的路上,贺明洲开着车:"以后不来这里了。"

程双宜不说话。

贺明洲哼笑了一声,又说起原因:"宋致的场子,本来想着带你过去好好玩,放松一下,但好像我又办错事了。"

他这话说得有点讨好的意味,程双宜想了想,象征性地迎合他:"挺好玩的。"

"嘎吱!"

贺明洲猛地把车停在路边,他打开车窗,本能地想从抽屉里拿烟,但又生生忍住。

他尽量压着怒火，慢慢地和程双宜说话："不，你一点也不开心。"

"……这不关你的事。"程双宜叹了口气。

他们像假恋人一样相处，这本身就在程双宜的计划之内。她太害怕拥有过而又失去的感受，所以在一开始，她就把贺明洲推得远远的，生怕他接近。

到底是她玩不起，她经受不住以后会分手。

"我们的关系，就这样吧，你不用太多地考虑我的想法。"程双宜适当地转移话题，"你以后应该会有非常非常喜欢的人，能收住你的心，和你共度一生。"

想到这里，程双宜又觉得心中酸涩。

可惜，那个人不会是她。

说完这些，程双宜抬头，有些惊讶，贺明洲竟然一直看着她，目光里带着不可置信。

程双宜心想，他大概是在惊讶她刚刚说的话吧？

毕竟，贺明洲看着不太会是愿意和谁共度一生的人，自然会对她的话感到有些震惊。

他们的谈话到此为止，程双宜主动下车，在路边拦了一辆出租车，然后消失在霓虹灯闪烁的夜色里。

第七章
恋爱

翌日是周末，程双宜难得睡了一个安稳觉。等她醒来时，手机正在被短信轰炸。

程双宜打开手机。

学生群里，消息刷得很快，一条连着一条，手机都反应不过来。

程双宜干脆退出，然后去看朋友圈。她加过一些学生的微信号，要是有什么大事，学生们会在朋友圈分享一下。

汉语国际教育三班李帆：好看啊啊啊啊啊！[图片]

下面还配了一张图片。

再往下，是李帆的几条回复。

△不知道怎么回事，今天早上我背书的时候看到的，同学们都传疯了。

△真的好好看啊！

△啊啊啊啊！不知道哪个贵公子给我们院准备的花。[尖叫.jpg]

程双宜接着点开图片。

文学院的教学楼是露天式的连廊，走出教室就能看到外面的天。但李帆拍的图片，每一块连廊露天的部分都有一簇娇艳的红玫瑰。

教学楼被红玫瑰点缀，学生拍照很会找角度，映着教学楼后面大片的蓝天，教学楼漂亮得像是被从童话里搬出来的。

程双宜看了两眼，也有点喜欢。

她把图片保存起来，起床收拾。

她今天本来要去图书馆的，但在路过文学院的时候，没有忍住，还是走进去，想去看一看那栋被玫瑰花点缀的教学楼。

走在路上时，程双宜忍不住思考昨晚的事。因为从一开始，她已经在脑海中设想过最坏的结果，所以暂时经受得住。

尽管，那是贺明洲。

想到贺明洲，程双宜心里还有些隐隐的酸涩，她太害怕了，所以她亲手推开了迄今为止离自己最近的贺明洲。

在教学楼下，程双宜找到几个拿单反拍照的学生，等他们拍完以后，她走到他们拍照的位置，模仿他们的拍摄角度，用手机拍了好几张教学楼的照片。

然后发朋友圈。

发完朋友圈，程双宜继续往图书馆走去。她必须让自己忙起来了，不然她会一直去想贺明洲。

想到这些，程双宜又觉得，自己刚刚发的朋友圈有点故意装嫩的嫌疑，她都二十六岁了，又不是刚上大学的学生，发这个干吗？

程双宜无奈一笑，又点开朋友圈准备删除。

校园网不太行，她删了两下没反应，只好收起手机，打算等到了图书馆再处理，图书馆必须联网，那边信号好一些。

程双宜到了图书馆以后，刚连上网，就收到一大堆点赞消息，她大致扫了一眼，然后看到一个熟悉的人——"贺。"。

这是九年前，她加过的贺明洲。

惆怅、物是人非……各种情绪充斥着内心，程双宜抿了下嘴唇，犹豫了一下，然后点击"删除"。

一上午的时间，程双宜选了一个研究课题，开始着手准备论文。她慢慢忙着，让自己不再主动想起贺明洲。

中午的时候，学生们陆陆续续离开，程双宜也把自己从知网里拔出来，打开手机看了一眼时间。

贺。撤回了一条消息。

不太懂贺明洲又怎么了，程双宜略感疑惑，直接打字问他。

程双宜：怎么了？

贺明洲几乎是秒回。

贺。：吓死我了，我还以为你把我删了。

程双宜等手机屏幕自然熄灭，又不知道怎么回复他了。

程双宜有点心虚，她起身，随便收拾一下，离开图书馆。

暑假里学校餐厅没什么好吃的，程双宜打算去外面吃，快到学校门口时，手机响了。

电话是陶之晴打来的，程双宜没多想，直接接听。

"喂？之晴，有事吗？"程双宜照常出声问了下。

自从陶之晴谈恋爱以后，她们的联系就没那么频繁了，自然也不像以前那样经常随意闲聊。

程双宜也没什么介意的，每个人都有自己的生活。

"没事就不能找你啦——"陶之晴还是和以前一样，拖长了音调，语气坏坏的，然后说起正事，"那什么，你知道贺明洲回来了吗？"

程双宜当然知道，但她一直不知道怎么开口和陶之晴说这件事。

陶之晴继续说："喊，贺明洲现在可了不得啦，这次他回来，我爸还特意跟我说，让我借着老同学的名号，最好能巴结一下他。你说说，这叫什么事哦。三十年河东，三十年河西。我还得给他当狗！"

程双宜轻笑了下，陶之晴和贺明洲不对付，以前上学的时候就互相看不顺眼。

想到这里，程双宜安慰一下陶之晴："没事的，你要是不想，可以不做。"

"唉……算了，双宜，你和我们不一样，看不透其中的弯弯绕绕。而且吧，现在的贺明洲确实挺厉害的……"

好姐妹说起话来就有些收不住，直到程双宜点完了餐品，陶之晴才有些支支吾吾地说起正事。

"……双宜，你晚上有没有空啊？我想请你帮个忙。"陶之晴说。

程双宜刚合上菜单，交给服务生，就听到这句。

她下意识地问："怎么了？"

陶之晴又"唉"了一声，然后有些破罐子破摔地说："我跟你说噢，贺明洲那个人真不要脸，我听我爸的，就正常联系了他一下，你猜怎么着？这个不要脸的，他直接打电话给我，说晚上有他公司的周年庆典，要我带你一起去！你说！他怎么这么不要脸！"

听完陶之晴的话，程双宜心里麻麻的。

确实，以贺明洲的地位，无论是九年前，还是现在，他都有无数种方式逼自己做出选择。

但他之前一直没有。

今天是第一次。

贺明洲第一次以权势压迫，逼她不得不面对他们之间的关系。

"双宜？"陶之晴小心翼翼地开口，语气透着可怜，"宝贝儿，我还没吃软饭吃到自己闺蜜身上，我就是说一下，提醒你小心贺明洲，谁知道这个不要脸的什么时候对你图谋不轨。他今天敢用关系压迫，说不定明天就敢抢，后天就敢偷！这个不要脸的！"

"我没事的。"

程双宜垂眸，知道她这是托词。

紧接着，程双宜听到自己的声音淡淡回应："我晚上有空，你开车来接我吧。"

答应了陶之晴，没等程双宜想明白贺明洲究竟是什么意思，另一个人却先找上门来。

"小程老师,你晚上要去参加 C&H 的周年庆晚会?"午休的时候,贺辞急匆匆地闯进程双宜的办公室。

程双宜抬头,看到了一副有些熟悉的眉眼——

贺辞是她第一次当助教时碰上的学生,第一次见他是在新生军训上,他的眉眼太像贺明洲了,她忍不住多看了一眼。

后来她才知道,这是贺明洲同父异母的弟弟。

再联想到贺明洲的身世,她最多也只能把贺辞当作普通学生来看待。

"这好像是我的私事。"程双宜轻声开口。

贺辞新染了一头银发,这学期开学以后受到很多女生青睐,可是他左看右看,没有一个比得上程双宜。

他喜欢姐姐。

"可是我觉得不太行。"贺辞挑眉,说起他自己的道理,"我记得你和之晴姐差不多大,又是虞阳二中的,那么你一定听说过贺明洲吧?那种……人,你为什么要去参加他公司的周年庆典?"

"我陪别人去的。"程双宜说完,继续看着他。

她说完其实有点后悔了,贺辞小屁孩一个,她完全可以不用说这句的,但是出于长久以来的习惯,碰上和贺明洲有关的事,她总是有点本能地要撇清关系。

贺辞显然有点不信:"你还没回答我,你有没有听说过贺明洲……"

程双宜却打断了他的话:"好了,今天就这样,我不计较你没打报告就进我办公室,一会儿之晴就来接我。"

贺辞把所有的话都咽回肚子里。

他即便有再多意见也还是忍住了,那是陶之晴,上次在他的地盘上,陶之晴直接扇了他一巴掌,完事儿后他妈妈还带着他去给陶之晴道歉。

真是服了。

陶之晴不好惹，程双宜油盐不进，贺辞一肚子火没办法发出来。

站在办公室外面思来想去，贺辞拨通了另一个人的电话。

"喂，赵嘉南，我是贺辞……"

程双宜答应了陶之晴。

C&H 的周年庆晚会是在宋致的会所举行的，故地重游，程双宜对这里相对熟悉了一些。

程双宜跟着陶之晴到包厢的时候，里面已经坐着几个老同学，宋致在说话热场子，赵嘉南也在，以及……贺辞。

陶之晴看见贺辞先冷笑一声，然后轻抚着程双宜的肩膀："别怕啊，有我在呢！"

贺辞还笑着和她们打招呼："之晴姐，老师，你们好啊。"

"嗯。"程双宜应了一声。

陶之晴翻了个白眼，然后将程双宜一把拽走："走走走，我跟你说，他们一家就没有一个好东西，你别害怕啊，今天我寸步不离地保护你……"

程双宜倒是不怎么害怕，因为贺辞算她半个学生，在她眼里就是个小孩儿，她犯不着和小孩子生气。

接着，她的目光再次随着步伐向周围散开。

贺明洲还没有到。

收回目光，程双宜和陶之晴先去见宋致。这么快又和程双宜见面，宋致示意她们别客气，随便玩。

赵嘉南看了一眼旁边的贺辞，贺辞的目光一直盯着程双宜。

之前贺辞被陶之晴扇巴掌的事，她也略知一二，只是她没想到，贺辞还贼心不死。

等程双宜和陶之晴走后，赵嘉南才用胳膊肘碰了碰贺辞："喂，你喜欢你老师？"

贺辞:"关你屁事!"

"倒是不关我的事,不过,我前几天好像见过你老师。"赵嘉南不以为意地开口。

贺辞顿时扭头,注意力也转移过来:"你什么意思?"

赵嘉南耸耸肩:"前几天,你老师和明洲哥在一起,也在这间包厢里。"

"净瞎扯淡!"贺辞显然不信,"少造我老师的谣。"

贺辞之所以不相信,很大一方面是出于本能的直觉,毕竟贺明洲和程双宜,一看就是两个世界的人,两个人的气质也迥然不同,怎么看都不像是能走到一起的。

贺辞心里"呵"一声表示嘲讽,紧接着,他的目光再次投向程双宜。

陶之晴的男朋友没过来,她拉着程双宜说话:"哎,你说说,我都不知道,贺……他什么时候对你有歪心思的啊?"

程双宜垂眸,她倒是知道,但贺明洲的心动解释起来有点麻烦,而且都过去很多年了。

连程双宜自己都觉得,贺明洲只是一时兴起,又或者,是九年前的心愿没有满足。现在他之所以缠着她,无非是一种从未得到的心痒。

等以后……算了,程双宜不敢继续想下去。

得到手的"白月光",那是饭粘子;触碰过的朱砂痣,那是蚊子血。

想到这里,程双宜轻轻摇头,表示自己其实也不是很清楚。

陶之晴见状,也没有再继续问下去了。

她们又说起别的话题,忽然,包厢的门被服务生大力推开,贺明洲拿着一捧红玫瑰推门而入。

今天说是C&H的周年庆晚会,但实际上,C&H大部分高层根本没在虞阳,这次包厢门上贴的名称是"老同学聚会",算是贺明洲主动抛出的与大家结交的橄榄枝。

今天能在这里的,大多都是老同学,地位也都差不多,大部分都想借此机会傍上贺明洲。

如今看到贺明洲进来,大家自然是把目光都放在贺明洲身上。

宋致胆大,先起哄了一句:"二哥,这是见意中人,顺带招呼了我们几个啊?"

贺明洲"嗯"了一声,然后径直走到程双宜面前。

"双宜。"贺明洲喊了一声。

陶之晴"喊"了一声,小声嘀咕:"奇技淫巧,小人行径。"

但现在已经不是九年前了,她就算再怎么对贺明洲不满,最多也只能嘴上说两句,不能再和以前似的,随便甩脸子给贺明洲看。

贺明洲的地位今非昔比,今天来这里的,大多是看重他的人脉,陶之晴也不例外。

程双宜稍微愣了下,说实在的,因为之前对贺明洲从不抱有太大的希望,两个人的假恋爱也毫无水花,程双宜都要以为,贺明洲现在对她至少是没有耐心了的。

"这是……"程双宜下意识地问。

"给你的。"贺明洲开口,然后招呼一旁的服务生拿着。

"我听别人说,女孩子都挺喜欢花的。"贺明洲又解释了一句。

程双宜有点不知所措。

但幸好,贺明洲也没有在这个问题上多费唇舌,他接着看向包厢里的其他人,目光或许掠过了贺辞,但他显然不怎么在意。

他聊起了生意上的话题,然后把刚进门的红玫瑰带了过去。

一直交谈至深夜,其他人陆陆续续离开。

贺明洲又凑到程双宜面前:"见你一直不怎么开心,是不喜欢花?"

"……不是。"程双宜有很多疑惑要问出口。

比如说,他们昨天才把话说开,怎么今天贺明洲就有了新的行动。并且贺明洲明显把之前假恋爱的事完全揭了过去。

陶之晴在一旁说了一句:"就这么几朵,我们双宜就值这个啊?"

"当然不止。"贺明洲难得回了陶之晴一句,然后继续说,"虞阳大学文学院的教学楼,那些花也是我今天送给你的。"

程双宜愣了下。

教学楼的那些花,今天早上就有晨读的同学看到了。那就说明,那些花都是昨晚放上去的。

而她和贺明洲,昨晚才说了类似于分手的话。

真是……

好像所谓的"分手",从来都是她一个人的闹剧,贺明洲压根没有设想过这种可能。

程双宜张了张嘴:"为什么这样做?"

贺明洲垂下眼皮,细看之下,还有些做作的委屈:"双宜,我喜欢你,我在追你啊,你看不出来吗?"

"你恶心不恶心?"

贺明洲的话音刚落,突然,另一道声音生硬地传来。

是贺辞。

贺明洲其实一开始没认出贺辞来。

但他们的眉眼又太像了。二十岁的贺辞,身形还有点单薄,身上带着一股大学生的莽劲儿。

这不禁让贺明洲想起自己的二十岁——

他在英国,用自己的方式走遍了英国诸多地方,他找不到快乐王子,只是觉得有点遗憾。他好像,也是这么轻松的?

贺明洲的印象并不深刻。

每个人有每个人的活法,贺明洲这些年也早就看开了。

只是这个贺辞……

贺明洲又想起宋致那天晚上告诉他的话。

新仇旧恨一起算，他还是挺讨厌贺辞的。

"你是谁？"贺明洲瞥一眼贺辞，贺辞比他矮半头，从视觉上，他便要压对方一头。

陶之晴护着程双宜后退半步，紧接着挑挑眉，一副要看好戏的样子。

平心而论，这两个人她都讨厌极了：一个像阴暗处窥伺的野兽，指不定什么时候要动手；一个像怎么也赶不走的野狗，打了一顿还是死性不改。

他们兄弟俩都不是好东西，还都对程双宜图谋不轨，她希望他们兄弟俩最好能两败俱伤。

陶之晴的愿望朴素而直白。

程双宜平静的情绪也要出现裂缝了。

直觉告诉她，她现在和陶之晴离开，才是最好的处理方式。她不应该牵扯进贺明洲的家事，她只是个普通人，拿着普通的工资，现在的情形根本脱离了她的人生轨迹……

但是她忍不住，那是贺明洲啊。

她怎么能忍得住完全无视贺明洲的存在？

这边，贺辞也算是第一次与贺明洲正面交锋。

在这之前，有关贺明洲的事，他只从父母口中听说过——他只知道贺明洲的母亲有神经病，贺明洲是被这个精神病人带大的。

后来他长大，在读书的过程中，也听说过虞阳二中贺明洲的名字。在他的印象中，贺明洲应该是一个混混，无论是在家里还是学校，都是非常令人头疼的存在。

所以当他听说贺明洲要出国的时候，心里其实很高兴，觉得这样一来，他们一家三口就更加稳定了。后来贺明洲要和父亲断绝关系，他更高兴了，以后家产都是他的了。

今天他看到贺明洲的时候，还有点小小的震惊。

哪怕是从一个男性的角度来看，贺明洲的长相也是非常优越的，硬

/ 171

朗、英气。如果不是他们相似的眉眼，使他一下子就认出来这就是贺明洲，他估计还想上去要个联系方式。

不过既然是贺明洲，那就算了。

对于自己有这样的想法，贺辞还觉得有点羞耻。他不断给自己心理暗示，他和贺明洲也算是一个爹生的，他觉得贺明洲帅气，不过是对自己长相的认同。

贺明洲有父亲的基因优势，好看是正常的，没什么大不了。

贺辞这样想着，酝酿一下，自以为气势拉满地开口："你就是贺明洲？"

贺辞本意是想提高一点声音，毕竟他的个子没有贺明洲高，自然想从别的地方找回场子，但不知道是刚刚甜果汁喝多了还是怎么的，嗓子发哑。

这一声不仅没有喊出气势，反而有点颤音，听起来就像是他害怕了一样。

陶之晴听了就想笑，但她还想继续看贺家兄弟的笑话，于是死命地忍住笑意，抓紧了程双宜的手臂。

程双宜只觉得无语，明明和她无关，但她好像已经感受到贺辞的尴尬了。

贺明洲从不惯着别人，他感受到贺辞的尴尬，立马狠狠反击，管他是谁。

"你是？"贺明洲已经知道贺辞是谁，但还是装模作样地问他。

"我是贺朗的亲儿子，贺辞。"贺辞说着，微微挺直腰板，自报家门，表明身份。往常这种情况，别人都会对他客气、恭敬，另眼相看，他觉得今天也是一样。

贺明洲再有本事，能比得过他们的父亲吗？

"噢……"贺明洲拖长音调，然后话锋一转，"你这样说，是打算让你父亲来替你撑腰吗，小孩儿？"

这话一出，基本上就把嘲讽意味拉满了。

贺辞也后悔起来，以往他碰见比他还要嚣张的人，直接搬出父亲的大名，就能解决掉很多麻烦。

今天他碰上气势比他高一头的贺明洲时，还是用了同样的方法。

但他没想到贺明洲居然这么大逆不道，连父亲都不放在眼里。

贺明洲就不怕创业失败连家产都分不到吗？

"你……"贺辞很想说点什么能气到贺明洲的话，但他发现自己什么也说不出口。

对面，贺明洲已经双手交叠，一副闲散样子，显然想看他的笑话。

情急之下，贺辞终于忍不住开口："你这么嚣张，就不怕以后连家产都分不到吗？"

贺明洲无语片刻，随后，倒也回答了贺辞的问题："难为你还惦记这个，那到时候就感谢你们送来的仨瓜俩枣了。"

"扑哧，哈哈哈……"陶之晴第一个忍不住笑出声。

程双宜也忍不住笑了笑，但同时，程双宜是能顾及他人情绪的。她等陶之晴笑得松开她的手臂后，主动走到已经满脸通红的贺辞面前。

"你回家吧。"程双宜轻声开口。

这儿毕竟太尴尬了，贺辞比他们都小很多，这里本就不是他该待的地方。

"小程老师……"贺辞嗫嚅一声。

"回去吧，以后别什么聚会都参加。"程双宜又提醒他，像个普通的长辈和老师一样，帮他解围，给他台阶下。

贺明洲没有阻拦。

他早就猜到，如果他闹得很难看，程双宜一定会出来打圆场。虽然他很不愿意接受，但是，如果不这样做，如果不是有一颗足够强大的内心，并照顾好每一个人的情绪，那她就不是程双宜了。

贺辞觉得脸部发烫，他又问："老师，那你呢？"

/ 173

程双宜回答他:"我跟你说过了啊,我是陪你之晴姐一起来的。"

陶之晴闻言扬起下巴,"嗯哼"了一声,傲娇得不行。

台阶给得足够,贺辞也不算太笨,找个差不多的理由就离开了。

包厢外的走廊,就只剩下他们三个人。

陶之晴就刚刚的话题继续说:"你刚刚说什么呢?追谁?"

"双宜。"贺明洲回答得倒也大大方方,但紧接着,他又带着几分紧张,"你们教学楼那些花是我让人准备的。放心,我给了你们学院租借教学楼的费用,后续也打扫得很干净,没有造成麻烦。"

程双宜心里麻麻的,她想,贺明洲这算对她很好吗?

大学时代,程双宜曾经选修过心理学,她当作扩充知识面来学习的。

她知道,原生家庭对一个人的影响是巨大的,尤其会影响一个人对"爱"的理解。

她也做过一些调查,询问过陶之晴和其他同学,问过他们,所谓的爱一个人,能做什么事,能做到什么地步。

以自己为例,她家庭稳定,父母情绪稳定,父母对她输出的爱意也很稳定,再加上文化的熏陶,她形成了情绪稳定且异常包容的性格。

陶之晴也曾经说过,她最喜欢程双宜的地方,就是程双宜身上那种永远也不会生气,安静又温柔的感觉。

程双宜不太理解,但她确实不容易生气。

她不知道,她对贺明洲而言,有着什么样的吸引力,以及,对贺明洲来说,他所表达的"爱"又是怎么样的。

思绪扯得有些远,程双宜心里纠结一瞬,她问出自己想问的问题:"贺明洲,你这些行为,都是在表示……你的喜欢吗?"

程双宜的语气很轻,今晚的表白令她有些惊喜,但她面上没有表露出来。

同时,她也很没有安全感,她不知道对于今天的表白,以及教学楼那声势浩大的"花楼",对贺明洲来说,会不会只是一些常规操作。

他会不会对其他人也这样表白过,或者比这更用心。

不由自主地,程双宜又想起了沐采薇。

"是。"贺明洲回答,短短一个字,甚至有些斩钉截铁。

程双宜却摇摇头:"对不起,我可能,有点感受不到。"

程双宜还没来得及接受贺明洲的花,就被陶之晴拉着手腕离开。

陶之晴向来和贺明洲不对付,离开时也没忘记扭头再激一句:"贺明洲,你死了心吧!"

贺明洲倒是从来不在意别人,他依旧只是看着程双宜。

程双宜离开时,他也只站在原地,并没有跟过去。他并不想因为自己的行为,给程双宜带来莫名的压力。

他希望程双宜对他敞开心扉,程双宜从来不需要在他面前虚与委蛇。

程双宜说她感受不到,那他只能再加把劲儿了。

程双宜跟着陶之晴离开。

一路上,她都在认真思考,她到底要怎么办。

贺明洲这次闹得很大,圈子里的老同学们几乎都知道了。

说句实在一点的话,他这么一闹,把他想追求自己的心思给公开了,程双宜反而还觉得踏实,也相信贺明洲也许是有点真心的了。

但程双宜依旧不太敢豁出去。

陶之晴显然还有话要说:"双宜,你明天有早八课吗?"

"没有。"程双宜摇摇头。

"那就好。"陶之晴说着,把车驶出地下车库,"我们换个地方吧?聊聊天,再吃点东西。"

"好。"程双宜立刻应允。

陶之晴开启导航,找了附近的一家清吧。她和程双宜点了无酒精饮料,相对而坐。

饮料上桌,陶之晴猛吸一大口,才感觉清醒过来。她说:"双宜,你说今晚我到底是不是在做梦啊?"

程双宜看着陶之晴,说实话,她也有点怀疑,自己今天是不是在做梦。

陶之晴继续吐槽:"九年没见贺明洲,他突然出现了,还变成了C&H亚太区负责人,这也就算了,怎么他对你还贼心不死啊?"

程双宜继续沉默。

"他今天还整这么多动静,还有你学校……哎哟,我真是服了。你学生要是知道他这样,马上就给你们写文了!"陶之晴说着,也不知道是激动还是嫌弃。

"之晴,"程双宜轻声开口,说出自己想说的话,"你还记得沐采薇吗?"

"记得啊,贺明洲的初恋呗!"陶之晴回答得大大咧咧。

"我们高三刚开学的时候,我记得沐采薇和贺明洲还挺好的。"程双宜继续说。

陶之晴:"是,怎么了?"

程双宜:"我记得当时,咱们刚开学,有一场篮球比赛,规模不大,但对我们来说还挺重要的。当时文科班出一队,我们理科班也出一队,在操场比……"

说到这里,陶之晴显然也想到了当时的情形,接着往下继续说:"当时文科班男生少,我们还允许他们请外援,结果职校那群人玩不起,还把李卓诚的腿弄伤了。我看不下去,让人把李卓诚送走。我还让你去班里……"

说到这里,陶之晴忽然止住话音。

程双宜却若无其事,第一次把当时的情形告诉陶之晴:"我那天跑得很快,喘着气回到班里,看到了贺明洲,以及沐采薇。"

说到这里,程双宜依旧心如刀割。

原来过去这么久了,她以为当时的伤口已经结痂,但现在想起依旧痛得令她难以呼吸。

她咽下一大口饮料,撑得喉咙胀痛,甚至有些反胃,但清凉的感觉让她能继续平静地叙述接下来的故事:"我亲眼见到,他们亲密地并排行走,很熟悉地讨论着属于他们的话题。"

"这个浑蛋!"陶之晴骂出口。

程双宜低下头,慢慢倾诉着自己内心的苦涩:"我可能也有点情感洁癖吧,看到贺明洲就想起这些事,心里有点不舒服。"

"不舒服是正常的!"陶之晴永远无条件地维护程双宜。她恋爱谈得多,自然是不介意这些。

但程双宜不一样。

程双宜从小到大的生活轨迹,是完全可以被当作"别人家的孩子"的模板来看的。

同时,她也明白,这种生活环境很干净的女孩子,受不了贺明洲那样子很正常。

"当时他们俩……算了,都不是什么好东西,当然,现在贺明洲也是。"

在陶之晴嘴里,贺明洲就没有好过,现在也是一样的。

"他胆敢对你有那种心思,我跟你说哦双宜,你别有太大压力,你要是喜欢,就玩一玩,不喜欢就拒绝,我们不损失什么的。"

程双宜听着,忍不住笑起来:"谢谢你,之晴。"

陶之晴的话给了程双宜很大的底气,让她没有了负担。

或许,她也应该改变一下心态。程双宜心想,现在不是九年前了,九年前的贺明洲有别人,她只能把自己的心意埋藏在心底,后来又得知贺明洲的身世,让她更加痛苦,而且不知所措。

但现在不一样了。

现在的他们,没有原生家庭的羁绊,也不用再掩藏自己的心意。他们已经是成年人了,他们理应如此,敢想敢做,勇往直前。

次日,程双宜通过学生们的朋友圈得知,教学楼的花又被换了。

这次是满天星,学生们抱怨满天星只离近了看着好看,远远不如玫瑰花。

程双宜这次没有再大费周章地绕道教学楼。她悄悄偷了学生的一张图,发给贺明洲。

程双宜:[图片.jpg]

程双宜:这花又是你换的吗?

很普通的问法,贺明洲的回复很快发送过来。

贺。:嗯。

贺。:我听说,看见花,人的心情会变好。

他像模像样的,倒是真的像在认真追一个女孩子。

程双宜咬着笔尖,犹豫了一下,还是选择"自作多情"地劝一下贺明洲。

程双宜:这两天都是周末,我没有课。

程双宜:我只是在照片上看到了你挑选的花。

程双宜:其实你不用这么费心……我这个人不是很看重这些,真心实意比较重要。

最后一句话刚刚发送出去,程双宜看了一眼,又立刻撤回。

太袒露心意了……

程双宜缓缓呼了口气。她发觉自己果然是懦弱的,她不敢面对贺明洲给予的一切。

贺明洲对她越好,她越会想到,曾经、以后,贺明洲是否也以同样的方式对待其他喜欢的女生。

这对她来说很痛苦。

她是喜欢贺明洲的,所以害怕被贺明洲抛弃。

程双宜的话很有用,周一开学时,教学楼的花被尽数撤去,教学楼也被重新打扫过一遍。

"真的好可惜啊,我周末和我对象出去了,玫瑰花和满天星我都没有见到。"

"唉,不知道哪位大佬在一掷千金。"

"要是有人愿意这么对我,我甚至可以一胎三胞,早晚生出108个梁山好汉……"

"闭嘴吧你!你就仗着你是男的才敢这么说……"

…………

课间,程双宜听到学生们在讨论,字句不提贺明洲,但字字句句都和贺明洲有关。

她突然有点想和贺明洲联系了。

她好像感受到了被爱意包裹着的感觉,因为她的一句话,对方能做出改变。

上午的课程结束,程双宜收拾一下,提着电脑离开教室。经过走廊时,她看到楼下站着贺明洲。

有些异样而且奇怪的感觉在程双宜心底升起——

且不论贺明洲是什么人品,单凭他愿意费心思在楼下等自己,就有点……让人心生向往。

程双宜按了按上扬的嘴角,然后不疾不徐地下楼。

等程双宜下来时,贺明洲身边已经围了几个人。

文学院男女比例严重失衡,围在贺明洲身边的都是女生。而且,贺明洲本身就容易吸引女生。

想到这些,程双宜心里的那点喜悦被冲刷得一干二净。

这与贺明洲无关,是她内心的偏执占据了上风。

她拢了拢电脑手提包,装作没看见贺明洲的样子,就要继续往前走。

走在路上,她还在想,这样也好,她正需要时间来慢慢适应。当初暗恋贺明洲是一件相当困难的事情,现在再难,还能难得过当初吗?

程双宜在经过贺明洲时,听到几道轻柔的女声,她们在问贺明洲。

"……下午我们还有一节小程老师的课,三点钟上课,402教室,到时候我们提前过去占位置……"

女声里透着一股喜悦。

程双宜慢慢呼了口气,贺明洲确实有这个本事,简单几句,就能把人哄开心。

算了,这又关她什么事?

程双宜低头,刚刚走过人群,背后突然传来熟悉的声音。

贺明洲:"双宜。"

有那么一瞬间,程双宜还是有点心动的,贺明洲能越过那么多人,喊她的名字。

而她又唾弃自己这份心动,觉得自己太没出息了,贺明洲只稍微对她好一点,她便想丢盔弃甲。

程双宜驻足,扭头,装作刚刚看到贺明洲的样子:"贺明洲?"

贺明洲和周围女生又说了两句话,大概是安抚,紧接着,他走到程双宜面前。

等他走近以后,程双宜才继续开口:"你怎么来了?"

"我来等你。"贺明洲回道。

依旧是最简单不过的一句话。

程双宜呼了口气,然后抬头:"嗯。有什么事吗?"

"当然有事。"贺明洲挑眉,"我要追你,自然要让你感受到才行。"

说着,他们一起往学校外面走。

"等一下。"贺明洲抬头看了一眼太阳,然后换了下位置。他站到程双宜的右面，也就是南面。

贺明洲身高腿长，站在南面，恰好可以遮一下阳光。

贺明洲看到程双宜走在自己的阴影里，这才有点满意，继续说起正事："中午一起去吃饭吧？"

程双宜抬头看他。

贺明洲微微挑了下眉："别说你没空噢，我问过你学生了，你下午的课三点钟才开始。"

这人，刚刚和她的学生说话，原来是在说这些。

贺明洲安排好了一切，程双宜再想着拒绝，就有些不好看了。

更何况，程双宜也不太想拒绝贺明洲。

贺明洲的喜欢其实很明显，他就像炽热的阳光，喜欢一个人，就要表现出来，闹得尽人皆知才肯罢休。

也正是因为如此，程双宜那片看似无波的心湖，慢慢泛起一圈圈的涟漪。

这次吃饭的地方是私房菜馆，只有他们两个，没订包间，在菜馆大厅里，两块木屏风隔一下，就是个简易隔间。

这次的菜馆没有过于昂贵，更偏日常一些，程双宜反而能适应。

总体来说，这次是他们认识以来最自在的一次约会。

但吃到一半时，菜馆来了两位不速之客。

赵嘉南，以及她的一个朋友。

赵嘉南走的是女团风，这对程双宜来说，就已经很夸张了。而她那位朋友是摇滚风，上唇甚至打了唇钉。

程双宜看着，都隐隐觉得自己的上嘴唇有些痛。

赵嘉南自来熟，看到贺明洲就凑了过去："明洲哥，你也在啊？"

"嗯。"贺明洲随便应了声，心里有些烦，早知道坐这儿会碰到熟人，还不如订包间。

赵嘉南冲身边的女生使了个眼色,两个人就坐下了。

大厅里的小隔间是四人座的,赵嘉南挨着程双宜坐下,就开始说话:"明洲哥,你这次回来是不是该定亲了啊?我哥最近就一直被拉着相亲。"

这话一说出来,桌上的气氛就不太好了。

赵嘉南比他们这辈人小六岁,和他们不算一个圈子里的,很多事都不清楚。但女孩儿年纪小,正是自作聪明的时候,思维自然是可劲儿地发散。

比如昨天,赵嘉南见程双宜和陶之晴一块儿,心思就转了一百八十多个弯。

赵嘉南以为昨天的局,是贺明洲相看陶之晴,毕竟从年龄和家境方面来说,这两个人绝对是最配的。

但赵嘉南没想到,陶之晴还带着程双宜过去。

这在赵嘉南眼里,就成了:这个程双宜是个非常有本事的女人,不仅勾搭上贺明洲,还能勾搭上最有可能成为贺明洲未婚妻的陶之晴。

当然,还有贺辞这个傻瓜。贺辞居然也喜欢程双宜。

这个程双宜简直太有本事了!

在这种自作聪明的误解之下,赵嘉南当然对程双宜没有什么好印象。

赵嘉南之前被宋致敲打过,说不许她过多关注贺明洲的事,并且再三叮嘱,现在的贺明洲,早不是九年前那个任她怎么喊哥哥都不会生气的贺明洲了。

但赵嘉南不怎么在意。

有关贺明洲的身份问题,赵嘉南没放在心上,她和贺辞同龄,两个人关系也不错。但同时,她又是宋致的表妹,因此,她觉得自己喊贺明洲一声哥没什么问题。

那天C&H周年庆结束后,陶之晴、程双宜和贺明洲一起出去,紧接着，贺辞也急匆匆地跟着出去。

她原本也想跟着出去看热闹，但宋致居然守在门后，说谁也不准出去，她自然就没有热闹可看了。

不过，赵嘉南看到和贺明洲并行的程双宜，很自然地，觉得程双宜不是好人，对程双宜的印象越发不好。

"啪嗒！"

贺明洲放下筷子，瞥了一眼赵嘉南，带着几分凌厉："怎么，谁托你给我带话了？贺辞？还是贺朗？"

赵嘉南顿时呼吸一滞，这其实算她第一次见贺明洲冷脸。甚至不是发火，只是冷脸，她就有些害怕。

程双宜闻言也稍稍抬起头，她也想过这种可能，贺明洲会找个和他差不多的女生，然后结婚，生子。

而她对上贺明洲的目光时，贺明洲眼里的凌厉一分也无，只剩下温和："这汤你喝的时间最长，是喜欢吗？要不要再让他们送点？"

程双宜摇摇头："不用，我喝不了，多了浪费。"

"嗯。"贺明洲轻声应下，这才继续看向赵嘉南，"我的事，好像和赵小姐无关。"

都用上"赵小姐"了，显然，贺明洲的疏离已经摆在了脸上。

赵嘉南微微皱了下眉，这和她设想的不一样。

至少，不应该这样。

她以为程双宜最多只是贺明洲的普通女伴，但贺明洲对程双宜明显很不一般。

难道是怕程双宜多想，贺明洲才不愿意交流家族相亲这种事？

程双宜把汤喝完，贺明洲就先主动起身。

他随便看了眼赵嘉南，一句话也懒得说，只和程双宜说话："吃得差不多了吧？"

程双宜点点头。

他们二人主动离开，这次宋致不在，贺明洲对赵嘉南，自然是理都懒得理了。

两个人刚到车上，不约而同地开口。

"你吃饱没有？"

"你要相亲吗？"

贺明洲听罢，眉头紧皱起来。

车从车库驶出，迎上夏末午阳，贺明洲才冷笑了一下，语气说不上坏但也绝对说不上好："你好像觉得我会去相亲，你好过分。"

程双宜一时无言。

他们的关系实在是太奇怪了，贺明洲提出要追她，而她却试图躲开贺明洲。

可她竟然还偷偷喜欢着贺明洲。

她这是疯了吗？她到底在做什么？

虽然心里乱糟糟的，但程双宜还是斟酌了一下措辞，开口："不全是，主要是一般情况下，你这样的贵公子，应该会找一个门当户对的女孩。"

车厢里再次安静下来。

程双宜心想，之前还告诉自己要敢想敢做，现在这种想法恐怕都被扔到垃圾桶里去了。

人的性格是很难改变的，她不会在一夜之间变得勇敢。

车上了高架桥，贺明洲呼了口气，然后冷静地开口："上次你说我得找个我喜欢的，这次你又说我应该找个门当户对的。程双宜，我现在喜欢你，在追你，你却急着想尽借口摆脱我。我有差到让你唯恐避之不及吗？"

程双宜不言语，因为贺明洲说的是真话。

无论是一整座楼的花，还是今天中午特意等她去吃饭，都是很平常的示爱方式。而她，也确实是在躲避贺明洲。

她总有种"自己配不上贺明洲的喜欢"的感觉。

此时此刻，贺明洲出声质问她，她也无从反驳。

车厢里又安静下来。过了一会儿，车驶下高架桥，贺明洲四处看了下，然后把车停在靠近绿化带的临时停车位。

"砰"的一声，贺明洲关上车门，阔步离开，消失在绿化带的拐弯处。

程双宜疑惑了下，但下意识地，也要跟着出去。她拉了下车门，紧接着意识到，车门锁了。

可能是上次她贸然打开车门离开的缘故，这次贺明洲把她关在了车里。

程双宜分析完这些，紧接着又去想贺明洲。

贺明洲去干什么了？是刚刚在高架桥上，他们两个意见不合，然后去冷静考虑了？

想到这里，程双宜心里有了大致的猜想。

现在的情况，无非就是贺明洲是否还愿意喜欢她。

而对程双宜来说，最坏的结果是贺明洲不喜欢她了。

程双宜觉得自己可以接受这个结果。

毕竟，这是她在大脑里演练过无数次的情景。

到时候她一定不会哭。

约莫二十分钟后，贺明洲从绿化带的转弯处出现，手里拎着一个纸盒。

"唰！"贺明洲拉开车门。

"尝尝吧，这家蛋糕不错的。"贺明洲把纸盒递给程双宜，解释一句，"中午赵嘉南说话没个把门儿的，你看着就没吃饱，再吃点蛋糕。"

程双宜接过蛋糕，抬头看他。

没有猜测的"不追了，分手"。

仅仅只是,贺明洲担心她没吃饱,又给她买了个蛋糕。

程双宜在那一瞬间,是心动的。

贺明洲对她很好。

好到……她心里的那道屏障都被拆掉了一些。

她感觉到自己被贺明洲满腔的爱意包裹。

再后来,他们约会的频率逐渐变高,吃饭、打球、看电影……这些正常情侣会做的事,他们也在尝试。

连程双宜自己都能感觉到,她的防线在逐渐瓦解。

渐渐地,她也能和贺明洲亲近起来,和他聊一些正常的话题。

贺明洲对她总是很有耐心,无论她的情绪再怎么古怪,贺明洲总能温柔地待她。

然而他们又什么也没有做过,贺明洲拉她时,甚至总虚握着她的手腕。

程双宜能明确地体会到被人异常珍视的感觉。

入秋后的一天,贺明洲提出一家菜馆的时令鲜蔬不错,老板的刀工更是一绝,说什么都要带程双宜去尝尝。

程双宜见到贺明洲以后,感叹了一声:"天天跟你这么吃,我的秋膘都比别人厚实了。"

贺明洲闻言笑了声,然后拨了一下她的刘海,指腹不经意擦过她的额头。

程双宜本能地有些僵硬,但很快又恢复如初。

贺明洲装作没看见,只半开玩笑地回应刚刚的话:"这才哪儿到哪儿?"

程双宜呼了口气。

贺明洲继续说:"再说了,你本来就瘦,多吃点,也不过是达到正常水平。"

女孩子被夸瘦，多半都会开心的。

程双宜也开心，但她还是嘴硬，说："哪儿瘦了？"

贺明洲认真地和她掰扯："胳膊、腿、肩膀、脸……啧，浑身上下都没多少肉。"

程双宜忍不住笑出声来："这算废话吗？"

贺明洲一挑眉："能博你一笑，也不算废话了。"

程双宜敛起大部分笑意，还是这样，每次贺明洲有意和她亲近，她总想着逃避。

贺明洲如此直白地偏向她，她的拒绝，却好似成了一种本能。

她怕极了这是一场镜花水月。

贺明洲却装作没看见，帮程双宜拉开副驾驶座的车门。等程双宜进去，他才轻轻地开口："慢慢来吧。"

这句话声音极轻，不知道是对程双宜，还是对他自己说的。

周末，程双宜所在的文学院有一位师哥评上了副教授职称，特意请全院同事一起去吃饭。

地点在本地一家比较高档的酒店。

大家都是中等收入水平，那位评上职称的师哥咬紧牙，吃饭的地方也不过是选在酒店的大厅，好在环境还可以，也比较有气氛。

这种聚会，年轻的老师往往是最受欢迎的角色，再加上程双宜长得好看，又是文学院王牌教授程雅的亲侄女，家境富足。推杯换盏间，很快，程双宜就有了一点微醺的醉意。

"小程老师。"这时，有人捏着酒杯过来。程双宜抬头，是今天做东的那位师哥，路承义。

程双宜刚刚在手机上订好这家酒店的套间，没打算醉着回去。

她扬了扬酒杯，然后照常说了一句祝词："恭喜师哥。"

路承义喝了酒，皱了皱眉，然后一屁股坐在程双宜身边，没有要离开的意思。

"小程老师。"路承义又开口,程双宜发现,他喝得都有点大舌头了。

她不喜欢醉鬼,立刻招呼旁边的男生:"李老师,路老师好像喝得有点多了。"

李老师捂着嘴笑笑,扔过来一个暧昧暗示的眼神。

程双宜皱眉,都是同事,事情有点难办。她四处张望,发现在座的同事似乎都知道怎么回事,一个个的,要么装醉,要么和李老师一样,都想撮合她和路承义。

有点恶心。

她和路承义不过是点头之交,她并不喜欢和陌生人离得太近。

程双宜只好站起来,撒谎道:"我今晚还有事,先走了。"

"哎,别啊别啊,小程老师。"

"这才刚进行一半,小程老师你着什么急啊?"

"咱不都说好,今晚给路老师庆祝吗……"

程双宜一说要离开,立马无数人拦着。他们这桌起哄的声音大,大厅里不少人都开始往这里看了。

"小程老师。"吵嚷间,路承义从位置上站起来,靠近程双宜,酒臭味儿从他嘴里喷出来,"小程老师,你装什么啊?我亲眼瞧见你坐上了那辆车,连号悍马,我知道你看不起我们这种臭老九,但你这样的人,除了我们这种臭老九,还有谁乐意接盘……"

路承义的声音起先有点大,后面逐渐减小,但这些话,立马就给人一种程双宜上豪车、拜金、看不起读书人,是一个趋炎附势的小人的印象。

程双宜觉得更加恶心,但也只委婉提醒:"路老师,你喝醉了。"

看热闹是人之本性,路承义的话,立刻让大厅里的窃窃私语多了不少。没人真的在意被议论的程双宜到底是什么样的人。

程双宜成了众矢之的,只想赶紧离开。

紧接着,路承义推了她一把,力气不小,把她推回椅子上。周围立刻发出巨大的起哄声。

大厅里一片嘈杂,有的人甚至拿起手机准备拍照录像。这时,贺明洲和顾然,以及顾然律所除徐云深以外的其他人走进了大厅。

顾然边走还边看了眼腕表:"我晚上九点得回家。"

"行行行,知道你有老婆孩子了,不用天天挂在嘴上炫耀。"贺明洲敷衍一句,目光看向大厅里其他地方,今天这酒店大厅难得热闹。

贺明洲顺着声音看去,大概是一群同事在聚餐,一男一女在对峙,男的还推了女的一把。周围人看似都在劝,实则是看热闹。

旁边有小律师笑话一句:"对女人动手,什么出息?"

贺明洲认同般地点点头,紧接着,他停顿半秒,立刻往人群走去。

小律师吓了一跳:"贺先生怎么了?"

"贺明洲,别冲动。"顾然跟着过去,往人群中扫了一眼,随即脸色微变,立刻吩咐下去,"小刘,你去找大堂经理。其他人注意拿手机录像的路人,随时以侵犯他人隐私的名义交涉。"

小刘愣了下,立刻去办。

顾然跟过去。

程双宜本来就有些醉,被路承义推了下,又有点犯恶心。正当她考虑下一步怎么办时,有人从她背后递给她一张纸巾:"恶心就吐出来,没事的。"

程双宜下意识地回应:"没事。"

紧接着,她就看到一个熟悉而挺拔的身影从背后出现,径直走向路承义。

"贺明洲。"程双宜叫了一声。

贺明洲充耳不闻,他身上本就带着一股不好惹的劲儿,再加上这几年在国外沉浮,变得更加深不可测。他就这样径直走过去,竟然没人敢拦着他。

贺明洲直接拎起路承义的衣领，微微眯了下眼，带着几分凌厉："你又算是个什么东西？敢对她动手动脚，真当她身边没人？"

他的个子高大，拎得路承义直接双脚脱离地面，然后他又恶劣地松手。路承义重重摔在地上，摔得清醒了几分。

路承义揉了把脸，抬头，见有人居高临下地看着他，对方浑身上下都是他这辈子都买不起的东西，顿时，一股心慌油然而生。

坏了。路承义浑身冷汗直冒，今天运气真差，恰好撞上程双宜身边的那个大款。

其他老师不认得贺明洲，但看自己同事狼狈成这样，出于各种缘故，当然得过去劝两句。

"这位先生，我们聚餐牵红线呢。"

"对啊对啊，路老师喜欢小程老师，这不酒壮尿人胆。"

"我们小年轻闹着玩儿呢。"

贺明洲甩了甩手，盯着离得最近的那个男老师："给你们院长和书记打电话。"

小李发愣，院长？书记？这人到底是谁？

但本能地，小李先拨通院长的电话。

"嘟——嘟——"

"喂？小李，有什么事吗？"

那边刚接通，贺明洲直接拿过小李的手机，开着免提，扔在桌子上："张院长，我姓贺。"

那边沉寂一秒，院长的声音立刻响起："原来是贺先生，哎呀，这么晚了，是有什么事吗？"

这个语气让在场所有人都为之一震，原本还想着帮路承义说话的那几个老师，脸色立刻变了。

"没什么大事，今晚我跟朋友出来吃饭，恰好看到咱们学校这群知识分子在聚餐，闹了点矛盾……算了，明天我去学校见面再说。"贺明洲不把话说太死，但足以挑明今晚是什么事，让他们该上心的上心，该惶惶不安的惶惶不安。

张院长立刻道："哎哎，我记得是我们院的路老师今天升职称，估计喝高了，年轻人不懂事，哈哈。"

"嗯，明天再说吧。"贺明洲说着，也不管张院长还有没有其他话要说，立刻挂断了电话。

贺明洲把手机扔给小李，然后四处看一圈。顾然已经叫来了大堂经理，顾然律所的其他小律师都在挨个儿和刚刚拿手机拍摄的客人交涉。

贺明洲这才放心不少，他走到程双宜面前，低声问她："怎么样了？"

程双宜摇摇头："我没事。"

但出于本能的自我保护，她抓住了贺明洲的西服衣袖。

刚抓到衣袖，程双宜就有些后悔，她的手又往里滑了下，触碰到贺明洲的手掌。

贺明洲的身体微微一僵。

程双宜握住他的手："我们走吧。"

贺明洲和顾然律所的人一起处理好酒店的事，准备送程双宜回去，程双宜在此期间一直拉着他的手。

酒店的车库里灯光昏暗，程双宜坐在副驾驶座上，刚准备去拉安全带。

"我帮你。"贺明洲的声音低低地响起。

程双宜靠着座椅，感受到铺天盖地的男性气息，带着侵略性，这让她也有了一股真实感——

这好像是她离贺明洲最近的一次。

以往她不敢触碰的，今天全都触碰到了。

在此刻,贺明洲似乎并不是遥不可及的,他原来也可以这么近,在她周围。

甚至,这不是做梦。

酒精让程双宜的心理防线缓慢崩塌,她尝试着,伸手碰了碰贺明洲。因为昏暗,她不知道碰到了哪里,但贺明洲明显顿了一下。

"贺明洲。"

程双宜后知后觉地想起,喊他的名字,不能平白无故地喊,得找一些理由才行,不然会让人看出来。

"今晚谢谢你了。"酒精让程双宜的思维变得迟钝,也冲破了长久以来设立的心理防线。

"你喝多了?"贺明洲问。

程双宜喝酒不上脸,贺明洲其实不知道她喝了多少,但他那几年在国外,"凭感觉"这份本事长了不少,因此,他能感觉到,程双宜现在的反应能力明显迟钝很多。

但她也变得真实很多。

之前的程双宜像一株高岭之花,让他感觉两人即使面对面,中间也隔了一层化不开的白雾,他看不清程双宜的眼。

现在白雾化开,他感觉到了真实。

"我觉得还好,没有喝很多。"程双宜顺着他的话说,还在脑海里思索了一阵,最后有些疑惑——今晚她都和谁喝酒来着?

"贺明洲。"程双宜又叫了一声。

"嗯?"贺明洲打开车厢内的灯,扭头看她。

程双宜皱了下眉,像是深思熟虑后发问:"贺明洲?"

"嗯。"

"我叫你的名字,一定需要理由吗?"程双宜问。

贺明洲心里想笑,果然是喝多了才会问这种问题。

但他还是耐心地回应:"不一定。但只要你叫我的名字,我都会应。"

程双宜点了下头,然后当场试验:"贺明洲?"

"哎!"

"贺明洲。"

"哎!"

…………

玩这个游戏玩到程双宜自己都累了,觉得无聊了,才停下。她靠在座椅上,扭头,看到贺明洲把车停在酒店后院里。车窗微微开着,秋风凉爽,他额前一绺碎发随之飘起来。

程双宜没忍住,伸手,想去摸他的额头。

然而这个动作刚付诸实践,她的手就被贺明洲捉住。

贺明洲的手掌宽大,能把她的手一整个包在手心。

"今晚玩得太多了啊。"贺明洲半开玩笑地开口,"我的自制力可没有你想象的那么好。"

程双宜没有立刻听懂他的第二句,但贺明洲半开玩笑的语气让她开心,她立刻跟着笑了声。

见她还笑,贺明洲又立刻装凶:"再笑就亲你了!"

程双宜思考了一下这个可能性,然后点头:"你不嫌弃?我刚喝过酒……"

然而没等她把这一句话说完,贺明洲立刻发狠般地吻了过来。

程双宜蒙了一刻,随即感受到贺明洲铺天盖地的侵略气息。

她的心跳在这一刻被无限放大,咚、咚、咚,她清晰地感觉到自己的动情。

原来所谓的心理防线都是假的,都是她自我欺骗的借口。从过去到现在,她依旧、一直、都只为贺明洲动情。

一吻毕,贺明洲轻缓地松开她,还贴心地整理她的长发。

刚刚动作幅度略大,她的头发都被揉乱了。

程双宜清醒了一点，便觉得有些害羞。刚刚她都在干什么啊？

贺明洲看到她发红的耳尖，立刻故意问她："怎么了？还要？"

程双宜气得瞪他。

贺明洲"哈哈"笑了两下，然后解开了安全带。

"下车吧，"贺明洲说，"我被你弄得也沾了酒味儿，今晚就不开车了，怕被扣分。"

程双宜红着脸，自己解开安全带。

欲言又止，她想找点话题，但一直不知道怎么说。

刚刚动过情，现在说什么，都像是暧昧暗示。

酒店大厅里已经重新安静下来，贺明洲怕程双宜引起别人注意，再次陷于流言蜚语，于是让程双宜披上自己的外套。

贺明洲在这种时候，也不忘为她考虑到各种细枝末节，照顾她的感受。

贺明洲订了顶层的套房，有主卧和次卧两间。

程双宜当时还有些感动，哪怕他们刚刚拥吻过，刚刚动情过，但贺明洲并没有因此继续做什么，他依旧克制地照顾她。

但坐上电梯，到了顶层，"嘀"的一声，刚刷开房卡，贺明洲的气息却再次铺天盖地地袭来。

程双宜还没反应过来。

贺明洲却振振有词："刚刚都亲过了，证明这个是可以的，对吧？"

第八章
我们

半夜，程双宜骤然酒醒。

她酒量不算好，但酒品还行。喝多了以后，她最多只是会拉着熟悉的人一直说话，累了的话倒头就睡。

但是，她会清晰地记得醉酒时发生的所有事。

"好烦啊……"程双宜捶了捶自己的脑袋，觉得自己有些没脸见人了。

她到底在干吗啊……

聚餐碰见贺明洲就算了，还恰好是她被欺负的时候。贺明洲那个脾气，能忍什么事啊……

程双宜把头埋在枕头里，她都能想象得到，下周开学，如果碰上今晚在场的同事，得多么尴尬了。

在床上翻腾了一会儿，程双宜起身上了个厕所，回来时发现才十二点，时间还早，她估计没有睡太久。

久违地感到口渴，房间里没有水，但程双宜记得，外面大概是有的。

这么想着，程双宜再次起身，她身上的衣服还是白天穿的那套，一样也没少，她拖着鞋子出门。

套房的客厅内，贺明洲居然也坐在沙发上没有睡。暖黄色的台灯开着，给他周围晕染了一层光圈，描摹着他的身形。

这让程双宜有一些尴尬，甚至，让她有点想和以前一样，装作没看见贺明洲。

然而当她把门打开的那一瞬间，贺明洲就已经扭过头来。

"双宜。"贺明洲叫她的名字。

程双宜这下想装作没看见也不可能了。

"好巧啊，你也没睡吗？"程双宜回答，心脏却"怦怦"直跳。

大人的世界会多一层虚伪的勇敢，这让程双宜再怎么尴尬，也不能像以前一样装作若无其事地离开。

"我怎么可能睡得着？"贺明洲问。

不知道是不是程双宜的错觉，她总觉得，贺明洲这话里似乎还有点别的意思。

贺明洲却又开口问："双宜，你现在清醒了吗？"

这个问题问得有些突然，程双宜也没多想，只要贺明洲不主动说起一些令她很尴尬的事，她就能保持平静。

程双宜如实回答："嗯，酒醒了，出来找点喝的。"

没有什么尴尬威胁，程双宜就自然许多，她去坐到沙发另一侧。

"这里有饮水机，我给你接点。"

贺明洲动作麻利，从柜子里取出未开封的一次性纸杯，撕开包装，取出纸杯开始接水。

茶水哗啦啦的声音，在黑夜里尤为清晰。

贺明洲接完水，把一次性纸杯放在程双宜面前："所以，我们现在是什么关系？"

尴尬的记忆果然再次袭来，程双宜刚喝了水，没忍住，茶水瞬间呛入喉咙。

"咳咳咳……"

咳得她满脸通红。

偏偏贺明洲的语气还故作认真:"有那么难以回答吗?还是说,今晚这事儿,你就没想过负责?"

程双宜咳得更大声,甚至心想,怎么她刚刚喝的不是酒呢,这样她现在肯定还是神志不清,不知道尴尬为何物。

贺明洲也只是逗弄了她一下,然后就迅速过来给程双宜顺背。

他嘴里当然也没闲着:"你不给名分就不给吧,我见不得人,我知道。"

程双宜挣扎着想要解释:"不是……"

"别解释,我都懂,我不怪你。"

这么一番插科打诨下来,程双宜倒是不再觉得自己有多尴尬了。

她也确实在考虑,他们现在,是已经顺其自然到可以很亲密了吗?

像正常的男女朋友那样。

再次回到学校时,路承义已经被紧急调走,职称的事也不了了之。

程双宜是不怎么在意这种事的,但周围传得热闹,她也听了一耳朵。

程双宜原本以为这件事对自己的生活没有多大影响,直到一周后,事情大概是传到了程雅的耳朵里,程雅的电话打了过来。

"双宜,我听说你有男朋友了?"程雅直接开门见山,"我听小李说,你男朋友挺厉害的,直接把骚扰你的路承义给弄走了。"

"不是。"程双宜又多解释一句,"我们还在尝试。"

这是实话。

程雅了然:"行,你心里有数就好,觉得差不多了,就带回去给你妈妈看看。你妈妈这几年可是急死了。"

"嗯,我知道了,姑姑。"

挂掉电话,程双宜缓缓呼了口气。"带回去,见家长"这样的字眼,总是能给人一种更亲昵的感觉。

象征着他们的关系可以更进一步。

"嗡——"

手机再次振动了一下，程双宜点开，发现是贺明洲发的微信消息。

她立刻点开对话框。

贺。：我在你们学校。

贺。：有点迷路。

程双宜立刻回复他。

程双宜：发个定位给我，我现在去接你。

贺明洲收起手机。大学里的路不好认，迷路是常事，但对贺明洲来说，也并非无解。他可以看路标，也可以问其他学生，再不济，他一个电话过去，就有人出来迎接他。

但是程双宜会来接他。

贺明洲想到这里，嘴角都忍不住翘了下。

大学边缘的林荫小道，也有其他学生从这里经过。

贺明洲找了棵树靠着，看到一男一女从眼前经过。男生高大，穿着篮球服，一瘸一拐的，旁边的女生扶着他，嗔怪地骂："我只是买个水的工夫，你就把脚崴了？快说，是不是看到漂亮学妹了，着急去找学妹……"

剩下的话女生没说完，她被男生低头亲了亲嘴角，剩下的话就说不出口了。

女生半羞半恼："你干吗？"

男生回答："我说不过你，但你说的都对。"

…………

女生的注意力立刻被转移，说起其他的。

贺明洲站在一旁被秀了一脸，他目光停留在女生始终搀扶着男生的手臂，然后低头，盯着自己的脚踝若有所思。

程双宜找到贺明洲时，只见贺明洲坐在长椅上，裤子往上拉了一截，露出脚踝。

程双宜立刻过去："怎么了？"

贺明洲叹气："脚踝破了点皮，好疼。"

程双宜低头去看，贺明洲的脚踝确实擦破了，冒着血珠，还有些红肿。

"能走不能啊？"程双宜问他。

贺明洲用不确定的语气开口："应该……可以吧？"

"我公寓里有药。"程双宜叹了口气，看他，"能不能站起来？我去找辆共享电动车。"

几分钟后，贺明洲缩在共享电动车的后座，他始终想不明白，到底是哪一步出现了问题。

程双宜不问他怎么摔破了皮，是不是偷看谁了，也没有要扶他一步一步地慢慢走。怎么和他设想的完全不一样啊？

教师公寓，程双宜扶着贺明洲，刚进大门，就遇到了几个结伴出来的老师。他们见到程双宜，立刻打了声招呼。

程双宜正常点头回应，贺明洲热络地说了几句话。

然后两人上电梯，到公寓。贺明洲进门后，四处看看，这是他第一次涉足属于程双宜的个人空间。

"你先坐下来，我去给你拿药。用冰敷吗？"程双宜进门就开始找药。

教师公寓是一居室，不算大，但住一个女生绰绰有余。进门靠墙一边是书架，另一边是沙发和小茶几。角落里有个小锅，程双宜不做饭，小锅应该是用来烧水的。

再往里是卧室。

贺明洲没有继续看，房间里收拾得很干净，并且没有他的痕迹。

不过，这么个小地方他可以不在意。

他以后会送给她更大的房子，里面都是他的痕迹。

沙发扶手上放着本打开的书，贺明洲刚拿起，房间的门又开了。

"双宜，我听说……"一个女人的声音传来。贺明洲抬头，一个五十岁左右的女人站在门口，二人面面相觑。

恰好程双宜找到药出来。

"姑姑，你怎么来了？"程双宜最先打破沉默。

程雅压下满腹八卦，又瞥了一眼坐在沙发上的贺明洲，然后问了个自以为最普通的问题："双宜，你都带男朋友回来了啊？"

程双宜一窘，花了两分钟的时间给程雅和贺明洲互相介绍一番。

紧接着，房间里便充斥着难以形容的气氛。

贺明洲扯了扯裤腿，盖住脚踝的伤。他想了想，主动开口："程教授。"

程雅的脸上是掩饰不住的笑意，但她还是忍不住问了一句："小贺，你在哪里上班啊？家里几口人？"

"我大学在英国读的，毕业那年妈妈去世了，毕业以后直接留在C&H的欧洲区域工作，今年刚调回国。"贺明洲低调地介绍自己。C&H是他的公司，他这么说，也算正确。

程雅立刻点点头："C&H是跨国大公司啊，小贺你很优秀啊！"

贺明洲偏过头，像极了被长辈夸奖后的害羞样。

这种性格明显更受女性长辈的喜欢，程雅立刻道："明洲你真不错，我们双宜是傲气的，就得有你这种性格好、会照顾人的男朋友才行……"

"姑姑！"见程雅再说下去恐怕都要谈婚论嫁了，程双宜赶紧打断她。

程双宜无奈地看向贺明洲："你的脚怎么样了？"

"啊，对，我刚刚来的时候脚崴了一下，蹭到花坛边上了。"贺明洲明白程双宜的意思，立刻顺着她的话转移话题。

"哟,那得赶紧处理一下。"程雅看向程双宜手里拿的药,立刻明白怎么回事,"那你们先忙,我就先回去了。"

说完这些,程雅还摸了摸手机,打算过会儿就和程双宜的父母说这件事。

送走程雅,贺明洲立刻哼哼唧唧地开口:"疼死我了。"

程双宜原本不想管,但贺明洲拉起裤管,血冒得更多了,脚踝也肿得挺高。

"怎么这么严重?"程双宜立刻俯下身,想仔细看贺明洲的脚踝。

贺明洲把脚放另一边,他含混道:"要不还是去医院吧?"

"也行。"

贺明洲叫了自己的助理,让他把车开到公寓楼下。程双宜扶着贺明洲慢慢下台阶,然后跟他一起上车。

以贺明洲的身份,助理、司机、保镖什么的,自然是都不缺的,但平时他总惦记着和程双宜二人世界,因此一直都是亲自开车载着程双宜。

今天他冷不丁叫了助理,程双宜才意识到,原来之前他都是有意的。

他有意创造了一个属于他们两个人的普通的恋爱环境。

不经意间的用心最能打动人。

程双宜心中感叹,紧接着,她又想去看贺明洲的脚踝,贺明洲自然是不许。

程双宜无奈:"你别乱动了,我跟着过来,但你一点伤都不让我看到,我哪里像个陪护?"

贺明洲回她:"你只用跟着我就行,我一看到你,就不觉得疼了。"

程双宜不解风情地"咝"了一声:"好肉麻啊……"

贺明洲浑不在意,还将脑袋虚靠在程双宜的肩膀上。

很快到医院,正常挂号、就诊、拍片……贺明洲一路配合,直到结果出来。

"……没什么大问题，过两天再来，这脚就好了。"医生说完诊断结果后，甚至还有几分无语。

贺明洲轻轻咳嗽了一下，有点尴尬。

程双宜坚持让医生开了药，然后扶着贺明洲回去。一路到车上，程双宜也没有说话，安静得有些可怕。

贺明洲的尴尬未消，但他脸皮向来比较厚，立刻解释："当时真的挺疼的……"

"这是不是你自己弄的？"程双宜打断他的话。

贺明洲犹豫了一下，然后点头。

程双宜缓缓呼了口气，贺明洲为什么要这样做，她心里大抵是有数的。

她也有一点自责。

她对贺明洲的抗拒出自本能，却忽略了贺明洲的感受。任凭哪个人笑脸相迎这么久，都会累的。

她用最无能的方式，伤害了一个她最爱也最爱她的人。

程双宜叹了口气，凑近贺明洲，轻轻靠在他的肩膀上，语气轻柔："以后不许再伤害自己了。"

说完这些，程双宜又交代他："你住哪里？这两天我去照顾你。"

贺明洲愣了一瞬，但很快反应过来，他勾勾嘴角："青池公馆。"

程双宜一愣。

青池公馆，就在虞阳大学的对面。

这里算不上什么好地段，楼盘也是最新开发的，周边地区也不是虞阳最发达的地方。但贺明洲住的地方竟然在这里。

车很快到达青池公馆，程双宜扶着贺明洲，一直走到贺明洲所说的独栋别墅。

贺明洲直接告诉了她进门密码。

然后开门,进去。程双宜一愣,这边的房子更像一个样板房,装修得很豪华,房间也很整洁,没有刚装修的味道,也没有人生活过的痕迹。

贺明洲有这边的房子,却没有来住过。

今天带着她第一次过来。

程双宜安顿好贺明洲,这两天她恰好没课,两头跑着不算受累。

贺明洲倒是想建议她直接留下,但又忍住了。以后有的是机会,不急于这一时。

而程双宜的想法就更加简单,她觉得两个人还是要循序渐进。她主动过来照顾贺明洲,也是"循序渐进"的其中一环。

就这样,两个想法差不多,但都以为自己有小心思的人,短暂地处于同一屋檐下。

平静的生活止于下午,程双宜正和贺明洲并排坐在沙发上,她在翻书,贺明洲在开视频会议。本来挺正常的,忽然,程双宜的手机响了。

是程母打来的视频通话。

程双宜立刻接通,往阳台走。

程母睁大着眼,拼命往程双宜后面看,等程双宜到阳台以后,程母才开口。

"双宜,那个是你男朋友吗?"

程双宜无奈:"妈,你听姑姑说了?"

"嗯。"察觉到女儿内心的抗拒,程母不理解,她不觉得这有什么好隐瞒的,立刻道,"你都二十六岁了,又不是十六岁,怎么还不好意思啊?"

"不是。"程双宜觉得自己很难和母亲解释。

长辈喜欢把爱情放在婚姻之后,这和她的观念不同,所以她没法说。

程母又说起别的:"你男朋友在 C&H 工作,他家里是干吗的啊?"

"他……"程双宜抿了下嘴,用自己的方式讲出贺明洲的家庭,"他妈妈在他大学毕业的时候就去世了。他爸爸后来另娶，他和他父亲的关系不太好。"

程母了然："那还是个可怜孩子。你改改你那脾气，温柔点，难得碰上一个你喜欢的，别让人飞了。"

"我知道了，妈。"

安抚完母亲，程双宜进了屋里。贺明洲已经开完了视频会议，正在点外卖。

"聊完了？你看你想吃什么？这附近外卖还可以……"贺明洲拍了拍旁边沙发的位置，示意程双宜坐过去。

程双宜点点头："嗯。"

这是她梦想中的场景，贺明洲陪在她身边。她现在算是得偿所愿了。

次日，程双宜买了早餐来到别墅。贺明洲明显刚刚起床，头发还乱着，眼神迷离地打开门。

"快去洗漱，我给你买了豆浆和烧卖。"早餐是在学校里买的，来的路上已经有些凉了，她拿到厨房去加热。

刚把豆浆放进锅里，她看到旁边放着大半瓶砂糖。

程双宜略感疑惑。她记得，在他们还是同桌的时候，贺明洲跟她说过，他不喜欢甜的。

程双宜压下疑惑，没有管那瓶砂糖。

等贺明洲出来，尝了一口豆浆，然后皱眉，自己起身去厨房。回来时，他手里拿着那瓶砂糖。

他放了很多糖。

程双宜看他一眼。

贺明洲把糖递给她："你也要放？"

"……不是。"程双宜低头，轻声开口，"我记得你不喜欢太甜的，奶茶都不怎么要放糖。"

屋内沉寂几秒，贺明洲急忙解释道："那什么，我以前和你同桌的时候，我那时候确实不怎么吃甜的，后来我去莫斯科进修，那边吃糖吃得多……"

程双宜原本不觉得有什么，但看他这么认真解释，忍不住笑了下。

贺明洲说了一大堆，最后因为这个笑而彻底泄气。他如实交代："其实我以前骗过你，我当时……应该是想让你喝那杯奶茶。"

"为什么？"程双宜继续问。

她记得，当时那杯奶茶，还是沐采薇给他买的。

贺明洲闻言想了下，他在遇见程双宜之前，看任何女生都是差不多的，但在遇到程双宜之后，他才开始有观察人的习惯。

他记得程双宜喜欢王尔德的童话，瘦金体写得很好看，人很有正义感，会为同学出头，不会画一笔画的星星。

"我不清楚，但我记得，我当时应该是想给你喝了，那就给你喝。"贺明洲想到这里，也有些忍俊不禁。或许这就是注定的吸引，程双宜只要出现了，她什么都不用做，就足够吸引他。

程双宜的身上，有太多属于女孩子的美好品质。

她就像璀璨耀眼的星空，阴沟里的人只要抬头仰望，就能看到希望。

"敷衍。"程双宜看他，假意骂了他一句。

以前的事，弄得明白、弄不明白的，她都不想再去琢磨了。因为这一次，她选择了贺明洲。

贺明洲的伤，看着并不严重，确实没过几天就好了。

他人没事了，就忍不住生出一些其他的心思。比如，想要和程双宜再靠近一些，让他们的关系再更进一步。

这样想着，贺明洲去官网查了虞阳大学文学院的课程表，简单翻阅了程双宜的全部课程安排。

贺明洲不太清楚国内大学的情况，他看着课表，算出程双宜的空闲时间，做好下一步的安排。

关系总要一点一点推进，这么长时间了，贺明洲对程双宜的性格也有大致的了解，急于求成在她这里行不通，只能靠日积月累。

另一边，程双宜再次在校园里碰到了贺辞。

学校是个很神奇的地方，不认识的人，可能永远也不会注意到；可一旦认识了，在人来人往的校园里，一天能碰上好几次。

"小程老师。"贺辞主动喊了程双宜。

"嗯。"程双宜微微点头，询问他，"怎么了？"

"没什么，就是……"

贺辞犹豫片刻，还是如实回答："我听说了，前几天贺明洲是不是来找过你？"

"是。"程双宜回答得干脆。

贺辞顿时急了："他怎么这样啊……"

程双宜打断了他的话："我们已经在一起了。"

贺辞闻言，感到无限下坠般的失重感。

他的心底有一个声音在告诉他——他比不过贺明洲，完全比不过。

不知道过了多久，微风拂过道路两旁的柳树枝，贺辞回过神来，不知道什么时候，程双宜已经离开了，他的眼前空荡荡的。

程双宜从学校出来以后直接去青池公馆。她顺便和贺明洲说起遇到贺辞的事。

"还挺奇怪的，那天你过来，明明也不高调，也不知道他是怎么知道的。"程双宜随口说着，也时刻注意着贺明洲的一举一动——

如果贺明洲有半分皱眉的举动，她立刻就不说了。

毕竟，贺辞的身份还是比较敏感，贺明洲又是受害者。

但贺明洲显然没把贺辞放在眼里，闻言，他也只是挑挑眉："还能有什么？他对你心怀不轨。"

程双宜没脾气："不至于，我是他老师。"

贺明洲又想起来他刚回虞阳那天宋致告诉他的那些事。

那些话，那些事，明显都是非常不尊重女方的。

贺明洲思考片刻，随意问："你不知道贺辞对你……"

"知道。"程双宜说着，又蹙起眉，"我是他老师。"

"哦。"贺明洲也不再勉强，说起其他的，"他要是对你有什么不妥的举动，你和我说，我替你收拾他。"

"他就是个学生，能做什么？"程双宜说着，也没在意，"再说了，他之前碰了一下我的手，被之晴扇了一巴掌，估计都有阴影了。"

贺明洲这下彻底放心："那就好。"

传言未必都属实，程双宜这样的，已经时刻注意和人保持礼貌的距离，但也会被传出那样的谣言。

都怪贺辞。

中午，贺明洲让人把饭送过来。食材都是现订的，直接交到私房菜馆做，做好了以后再让人送到这边的。

贺明洲因为有伤，在吃的方面，遵循医嘱尽量清淡。

程双宜也随他这么吃。

但一顿两顿还行，过了两天，贺明洲就有点不太受得了了。

午餐桌上，贺明洲拿着筷子，对着满桌子的菜看来看去，一筷子也不想夹了。

"怎么办啊，我感觉这些好难吃。"贺明洲往椅子后背上一靠，一出口就是抱怨。

"还好吧，你要养伤，饮食上就注意一点。"程双宜不以为意，她对吃的喝的不是很重视，能吃饱就行。

"这些怎么下得去嘴啊？而且我的脚早就没事了。"贺明洲又叹了口气。

"那你想吃什么?"程双宜也不勉强他。

贺明洲只是不喜欢吃清淡的,换个口味,他就喜欢了。

贺明洲还真的想了想,然后回道:"你会做饭吗?"

程双宜顿时明白:"你想吃点什么?我给你做。"

"真的啊?"贺明洲回答完,立刻又想起别的,他挑眉看向程双宜,"我现在想说什么,你都能立刻猜到。双宜,你说我们是不是越来越亲近了?"

程双宜顿觉尴尬,立刻轻轻咳嗽一声:"别胡说。"

贺明洲笑得很大声。

贺明洲先挑选好自己想吃的菜,然后让人把食材送过来。程双宜穿上围裙,开火做饭。

九年的时间,让人成长不少。程双宜留校以后,偶尔也会自己做饭,一些简单的菜,她照着短视频,都能做出来。

贺明洲点了一个肉末蛋羹,一个排骨汤。程双宜觉得这些不费事,而且也都偏清淡,立刻就开始做了。

贺明洲陪她一起到厨房。

"你那个脚……"程双宜还有点担心。

贺明洲恨不得蹦给她看:"当时医生都说了,晚去一会儿就痊愈了,再说我又不娇气,受点伤就要死要活的。"

程双宜沉默。

她一边清洗着排骨,一边想起以前的事,她想起自己第一次去贺明洲家里。

奇怪的气氛,成为话题中心却并没有露面的"贺明洲母亲",以及她从陶之晴那里得知贺明洲的事。

她顿时好像明白了一些。

贺明洲,他感知不到什么是伤害自己。

所以他才会毫不犹豫地碰伤自己的脚，并且对此不以为意。

他不会爱他自己。

因为原生家庭的影响，他在成长过程中出现认知偏差，并不觉得伤害自己是一件危险的事。

所以，他不会珍惜他自己。

想到这些，程双宜突然产生一丝不忍心，贺明洲为什么要面对这些啊……

"贺明洲。"程双宜开口。

贺明洲没明白程双宜为什么突然叫他的名字："怎么了？"

程双宜把洗好的排骨放在一边，摘下橡胶手套，走过去，主动抱住贺明洲的腰。

贺明洲被搞得有点惊喜："你这是……"

"你要学会心疼你自己，"程双宜继续说，"不要伤害自己，不要觉得这样其实没什么大不了的。这样其实很危险。"

程双宜的语速放缓，带着淡淡的忧伤，抚平了贺明洲躁动的心。

周围的一切仿佛也安静下来，只剩下略微有些沉闷的空气，以及一下接一下，持续不断的心跳声。

这些话说开以后，程双宜和贺明洲的关系又更亲近了一些。

贺明洲对自己的情况其实也很清楚，刚接手 C&H 的时候，他的医生也告诉过他，他应该是有某种心理障碍的。

这和他的母亲确实有很大的关系。

当时贺明洲其实不怎么在意。

在他看来，这不是很大的问题，也并不影响他的日常生活。

但在这一天，他的这些细小的行为被程双宜发现了。

程双宜没有因此而嫌弃他。

她只是极其温柔地劝他"好好爱惜自己"。

很奇怪，程双宜不会因为他的认知障碍而嫌弃他，反而觉得他是受害者,他应该得到保护。

贺明洲心想,人果然不会一直倒霉的。他的原生家庭不好,但老天让他遇到了一个温柔的女孩子。

他太幸运了。

又过了几天,贺明洲脚上的伤连结的痂都脱落了,恢复得很好,他才尝试着把午饭菜单换一下,换成他喜欢的口味,其中也有一些重油盐的菜品。

换完的第一个中午,他依旧邀请程双宜和他一起吃饭。等餐盒全部打开,他仔细地观察程双宜的面部表情。

程双宜没有明显的情绪变化,很显然,她不怎么在意这些。

这让贺明洲略微松了口气。

吃完饭,他对程双宜说:"今天中午的菜你觉得怎么样?"

程双宜认真点评:"大部分还好,就是有些我吃不习惯。"

"哦……"贺明洲做出总结,"就是还不错的意思吗?"

"差不多。"程双宜点点头。

贺明洲高兴起来:"那我们以后别吃清淡的了吧?"

程双宜明白贺明洲真正的意思了。

贺明洲的脚伤不严重,这是医生亲口说的,他们都知道。

贺明洲要饮食清淡,也是医生建议的。

程双宜觉得没什么,想吃什么就吃,又不是太严重的问题。

但贺明洲真的吃了很久的清淡的食物,今天改变饮食清单以后,还问她的意见。

这真是……

这让程双宜有种莫名的害羞。这是一种很奇怪的感觉,没人去刻意要求贺明洲,但贺明洲却在她的"监督"下按要求做。尽管她本人对此还毫不知情。

这太奇怪了。

就好像，她是贺明洲另一种意义上的监护人似的。

大学的周六和周日完全没有课。

程双宜在周五的下午收到了贺明洲的视频通话邀请。

当时她刚从教室出来，手机就响了，周围还有其他同学经过，程双宜顿觉尴尬。

她急忙走到楼梯口，接通电话："你干吗啊？我刚下课。"

贺明洲对着屏幕仔细瞅瞅，然后说："你在楼梯口？"

"对啊。你突然发视频过来，我学生看到了怎么办？"程双宜说着，靠近楼梯扶手，缓慢下楼。

"不好意思。"贺明洲道歉道得很是干脆利落，然后他又说，"我太想你了，所以，我一看到你下课了，就赶紧打给你。"

程双宜被他这话说得有些脸红，她微微移开摄像头，以遮挡住自己发红的脸。

"你就会说好听的话哄我。"程双宜开口。

"能让你高兴，也是我的本事。"贺明洲又继续说起自己的安排，"一会儿过来吗？吴妈今天来看我了，给我带了好多好吃的。哦对了，我还找了部你喜欢的电影……"

贺明洲一口气说了很多话。

程双宜都安静地听着，尽管他们中午才见过面，但贺明洲还是这样，恨不得他们时刻焊在一起。

等贺明洲说完，一段楼梯也走到了尽头，她站在一楼，开始回答贺明洲："好啊，我一会儿就过去。学校门口有小吃摊，你想吃点什么吗？我给你带。"

"不用了。"

贺明洲的声音再次响起，却不是从手机里传出来的。

程双宜扭头，发现贺明洲居然就在她身后。

贺明洲朝她张开双臂："我怎么舍得让你给我带东西？我来接你了，我们一起回去。"

这一刻，所有的爱意变得具象化。

程双宜的心跳加速，她的心湖在一圈又一圈的涟漪的推动下，掀起了汹涌的眼泪。

日积月累，一次又一次，贺明洲总是在每个细节里给予她爱意，终于，这些爱意在这一刻彻底爆发。

她感受到周身都被贺明洲的爱意所充斥，不再是轰轰烈烈的一整座楼的花，而是非常简单的，在教学楼下等她下课，找她喜欢看的电影，和她分享生活中的点点滴滴。

之前她认识贺明洲两个月，却暗恋他九年。这一刻，浪潮回涌，铺天盖地的爱意全是回响。

她和贺明洲的以后也具象化了。

她可以毫无顾忌地畅想未来，也不再会害怕或者疏离；她可以慢慢袒露自己的内心，慢慢告诉贺明洲，她心中有属于他们的以后，属于他们的未来。

程双宜和贺明洲一起回去。

又是一个周末，算下来，贺明洲搬到青池公馆已将近一个星期了。程双宜对这边也基本上熟悉了。

慢热的人，在对环境熟悉以后，就会显得从容很多。

"我们晚上吃柠檬鸡爪。"刚进门，贺明洲就开始说起晚上吃什么。

程双宜回答："我不会做鸡爪。"

"不用。"贺明洲接过程双宜的包，挂在架子上，然后又拉着程双宜往放映室走。

青池公馆这套房子是完全按照年轻人的品位设计的，房间不多，但配备有健身房、放映室，阳台上还有烧烤架，都很适合年轻人玩。

"我找好电影了，我们直接看。"贺明洲把程双宜摁在座位上，紧接着，他又要出去拿其他东西。

贺明洲在对和程双宜相处的事上，总是显得异常热情，今天也不例外。

程双宜有点好奇："什么电影？还有，你去干什么？"

"我去拿吃的，吴妈今天给我送的。"贺明洲回头，说完这些，他又挑了挑眉，还是决定保持最后的神秘感，"至于电影，我不告诉你，我要保留这个悬念。"

程双宜由着他来："去吧！"

贺明洲出去没一会儿就回来了，他把吃的放在前面的茶几上。

放映室不是传统的设计，贺明洲对这里做了小小的改动，有偏大的茶几，后面还有舒适宽阔的沙发，躺在沙发上，或者是盘腿坐下，都非常舒服。

他当初购置这边的房子，没想过请谁过来，他只想在这里过自己的生活。

"吴妈做的都是一些小吃，还有水果。我记得你晚上吃得少，我也是，我们先吃这些，不够的话再点外卖？"贺明洲说。

"不用了，你要是饿，我一会儿给你做点。"程双宜倒是不怎么在意。

"那不行，你都上半天课了，本来就累。"贺明洲说着，坐在程双宜身边，打开投影。

音乐从四处响起，程双宜抬头，集中注意力。

起初是昏暗的色调，伴随着有些阴森的音乐。

程双宜以为是悬疑片，没在意。

但很快，她就意识到这是一部恐怖片。

三分钟过后，程双宜开始害怕了。

她胆子不大的，还有点怕黑。

她其实有点后悔了，她不该那么轻易答应贺明洲的。或者说，她应该提前跟贺明洲说一下，她看不了恐怖片。

可是现在她提出来不想看，会不会很扫兴……

程双宜一边纠结着，一边忍受剧情的推进，以及越来越浓郁的惊悚氛围——

"啪！"

贺明洲开灯，然后把投影关了。

程双宜没明白："你怎么了？"

贺明洲理直气壮："我害怕，不看了。"

程双宜的大脑因为恐怖片变得迟钝，闻言也只是习惯性地由着他："好，我们换个别的吧？"

"看《花园宝宝》。"贺明洲调试新的片子。

…………

程双宜依旧由着他。

二人看了一个多小时的《花园宝宝》，小吃也吃得差不多了。

这时，外面的天色已经暗淡下来。

按照习惯，她该回学校了。

可是，程双宜看一眼外面的天色，刚刚那八分钟的恐怖片影像在她脑海中重现。

一个多小时的《花园宝宝》抵消不了那八分钟的恐怖片。

程双宜有点害怕。

贺明洲也看她，试探性地问："你是不是有点……害怕？"

"嗯。"程双宜有点不好意思，"我之前不怎么看恐怖片的。"

"唉，怪我。"贺明洲认错认得爽快，他想了想，再次提议，"要不你今晚别走了？"

214

程双宜都不知道自己怎么想的,居然真的选择留下了。

难道真的是害怕吗?

她想,其实她有更好的方法来解决这个问题。比如说,让贺明洲送她回学校。

回到房间时,程双宜还在纠结,她今天究竟是怎么了?

难道在她的本能意识里,也希望离贺明洲更近一些吗?

一个人纠结地洗完澡,回到床上,她又忍不住回想起今晚的事,甚至有些难以入眠。

但突然,程双宜想起另一件事——

今晚的恐怖片,最开始是贺明洲选的,他如果看不了恐怖片,怎么会选呢?

所以,他今晚那句理直气壮的"我害怕",是看出她害怕了才说的。

之后程双宜过来这边更频繁了一些,偶尔也会在这边过夜。

贺明洲也慢慢地往青池公馆添置了不少东西。

他们一起,在周末去商场购置家具,给空旷的角落添置物件,又或者将衣柜堆满衣服,往冰箱里塞满食物,在沙发上一起畅谈。

他们一起,逐渐把这里变得很像一个"家"。

虽然贺明洲的房子多,但他经常来这里。他知道,在这里,他可以等到心爱的女孩子推开门,叫他的名字。

他在这里,有精神寄托和归属感。

转眼间,天气转冷,虞阳下了第一场雪。圣诞节之前,贺明洲要回一趟欧洲,他要处理 C&H 的事。

"那边要放假了,我处理一下,尽量过年前回来。"在机场,贺明洲帮程双宜围紧围巾。车在一旁等着,他其实想让程双宜早点回去,外面太冷了。

程双宜看他,还有点不放心:"东西都带了吗?那边温度和我们一样吗?天气怎么样?"

"都没问题。"贺明洲又拢了拢程双宜的围巾,提醒她,"快回去吧。我那边一切都安排好了,你要注意身体,可千万别感冒。"

"二哥!"

另一道熟悉的声音传来,他们扭头,发现是宋致,他也来送行。

见到程双宜,宋致立刻表态:"二哥,赵嘉南被送到国外了,这几年应该都不会回来。"

贺明洲和宋致见面次数多,这消息他肯定不是第一次知道。宋致这话,是特意说给程双宜听的。

程双宜垂眸,这消息对她来说,仅仅是知道了而已。

无论是赵嘉南还是贺辞,在她看来,都是孩子,她不会计较,也没必要计较。

以前她总是缺乏安全感,所以才用疏离冷漠伪装。但这几个月以来,贺明洲用自己的行动,逐渐卸下了她的防御。

她不再怯懦,也逐渐变得勇敢。

"注意安全,早点回来。"程双宜最后也只说了这一句话。

程双宜当天回去,一开始还没有什么大问题,但到了后半夜,她被闹钟吵醒,嗓子就开始发疼。此时,贺明洲应该刚下飞机。

她坐在床上,拿起床头的保温杯喝了口温水,液体滑过喉咙,刀割一样疼。

她又赶紧咳嗽一声,果然,嗓子也哑了。

贺明洲报平安的信息在此刻发送过来。

贺。:我到了。

程双宜想回拨过去一个电话,但自己的嗓子发哑,她想了想,也打字简单回复。

程双宜：嗯。

接着，便没有了下文。程双宜心想，贺明洲应该没看出什么异样。

结果第二天上午，程双宜刚到办公室，根本没见过面的校医就过来了，还给她拿了一个医药箱。

程双宜不明所以："这是……"

"你男朋友让我带给你的。"医生开口。

"啊？"程双宜惊讶。

医生打了个哈欠，继续说："你男朋友是 C&H 的，赞助了我们学校不少项目，其中也包括医疗卫生方面的。要不是他给得太多了，我才不会半夜起来收拾医药箱，以及今天跑大老远给你送过来。"

程双宜并不知道这些，她赶忙收下医药箱："谢谢。"

医生办完事就又打着哈欠离开了。

程双宜坐在自己的座位上，盯着眼前的医药箱，有些发愣。

昨天她在机场受凉，晚上嗓子发炎，贺明洲居然能猜到，还特意让人送了药过来。

真是……

程双宜有些无话可说，她打开手机，想给医药箱拍个照发给贺明洲。可当她点开贺明洲的头像框，她就发现，贺明洲才走了一天，她就开始想他了。

贺明洲离开后的日子，时间过得飞快，紧接着就是放寒假，准备过年。

学校公寓寒假没法住，青池公馆又过于冷清，程双宜回了家。人总要回家过年的。

"小贺工作怎么这么忙啊？"程母感慨道。

程双宜在厨房帮母亲准备年货，她闻言点点头："嗯，他说他年前会回来。"

"你这傻姑娘，人家说什么你都相信，唉。"程母叹了口气。

程双宜刚到家的前三天，母亲还念叨两句。等到第四天，母亲也不怎么念叨了。

小年那天，虞阳的传统是要包饺子，家里醋没了，程双宜下楼买醋，等回来时，家里突然变得一派其乐融融。

贺明洲到了。

程父程母热络地招呼他坐下，摆上水果和茶水，又和他说了两句话。看到程双宜买醋回来，老两口立刻回厨房里，让程双宜过来和贺明洲说话。

程双宜观察了一遍贺明洲，然后问他："你怎么突然来了？也不提前招呼一声。"

贺明洲应该是没多休息就直接过来的，他身上甚至还穿着英式的毛呢大衣。

贺明洲挑眉："想给你一个惊喜。"

说着，他从怀里取出一个四方盒子，盒子上是浅粉色的丝带系成的蝴蝶结。

"给你的，新年礼物。"贺明洲开口。

程双宜一直都知道，贺明洲有喜欢送别人东西的习惯，没想到他现在还保持着。

"这是什么啊？"程双宜解开蝴蝶结，盒子打开，婉转的音乐最先传出来，紧接着，四周的隔板倒下，里面是一个异常精致的八音盒。

是快乐王子，以及亲吻他眼睛的燕子。

这个快乐王子明显比九年前的那个精致许多，能看到快乐王子身上的金片条纹和蓝宝石眼睛。

音乐从底座传来，是程双宜没听过的调子。她扭头，看向贺明洲："这是什么音乐？"

"我找人作的曲子，就叫《知了》。"贺明洲看她，解释了一句，

"你和我说的第一句话,我到现在还记得——蝉的其他名字是什么?是知了。"

程双宜捧着这个新年礼物,很喜欢,很开心。

曲子很好听,有一种清爽透彻的感觉,像是在夏天尝到了冰汽水,而十七岁那年的暗恋成了真。

吃完晚饭,程父程母就催着程双宜赶紧离开。

"我和你爸都多少年没有过二人世界了?你终于有男朋友了,先搬过去住吧?等年三十再带男朋友回家过年。"程母把他们推到程双宜房间里,不忘提醒,"收拾一下换洗衣服啊!"

程双宜扭头看向贺明洲,两人都是一脸无语,然后齐齐笑出声。

不过长辈既然都说出这番话了,程双宜也没办法,拉出行李箱,开始从衣柜里搬自己的衣服。

贺明洲四处看看,然后坐在程双宜的书桌前:"我帮你收拾一下书和电脑吧?"

女孩子的衣服,万一抓到贴身的会让人有点尴尬,以程双宜那个性格,肯定要害羞的,还是收拾办公用品最保险。

"嗯,就第一格的书,先拿汉语国际教育方面的。"程双宜也不和他客气。

贺明洲比了一个"OK"的手势,帮她收拾。

书毕竟不多,贺明洲收拾了一会儿,然后看到书架最上面放着一本《快乐王子》,是九年前程双宜在学校买的书。

想到这本书,贺明洲不由得来了兴趣。

《快乐王子》也算是他和程双宜为数不多的共同回忆。

"以前买的《快乐王子》还在啊?"贺明洲起身,直接从书架上拿下那本书。他个子高,程双宜书架的顶格,对他来说也不过是伸手就能够到的。

"嗯。"程双宜应了一声,她刚把叠好的衣服放进行李箱,然后紧接着,她像是想起了什么,立刻站起来去夺贺明洲手里的书。

"没什么好看的,把书放那儿吧。"

贺明洲挑了挑眉,说实在的,他还是第一回见程双宜主动夺别人手里的东西,不由得也来了兴趣。

贺明洲把《快乐王子》举高一点,程双宜就够不到了。

"里面有什么啊?这么神秘?"贺明洲一手按着程双宜的脑袋,另一只手握着书,大拇指刮着书页,迅速翻着。

"……不是,你不许看!"程双宜真有点急了。

十七岁那年最大的秘密,在这本书里夹着。她本能地想要掩藏自己的秘密,不让任何人知道,尤其这个人还是贺明洲。

贺明洲的醋劲儿上来了。放在以前他压根不敢的,但最近程双宜对他很好,他开始有点飘了。

他都敢查程双宜的岗了!

贺明洲酸唧唧地翻着《快乐王子》,很快,一张便利贴就出现了。啧,还有点眼熟。

让他看看是哪个胆大包天的浑蛋小子——

紧接着贺明洲愣了下,有点……眼熟?

便利贴上写了简单的两行字:

"程双宜,后会有期。"

"贺明洲,未来可期。"

后面那句,是漂亮的瘦金体,是程双宜的字迹,贺明洲不会认错。至于前面那一行……是九年前,他的狗爬字体。

程双宜见贺明洲已经完全打开,便觉得丢脸极了,她想也不想,直接"嘭"的一声,把贺明洲一个人关在屋子里。

贺明洲坐在椅子上摩挲着便利贴。他没想到,九年前的东西,程双宜一直保留着。

这是不是说明，程双宜这么多年，心里其实一直是有他的？

这个认知让贺明洲瞬间"恋爱脑"泛滥，他甚至有点想深入询问一下程双宜了。但他很快又冷静下来，程双宜是内敛的，这么问她，怕是要把程双宜逼到地缝里不见人。

贺明洲想了一下这个场景，还觉得有点可爱。他摇了摇头，把便利贴夹回书里，又把《快乐王子》放回原处。

房间外，程双宜坐在沙发上，一口接一口地喝水。不用看都知道，她现在肯定紧张死了。

贺明洲坐过去，吹了吹自己女朋友的头发。

程双宜一激灵，差点把水洒出去："你、你、你干吗……"

"收拾得怎么样啦？"贺明洲自然地换了话题，虽然逗自己容易害羞的女朋友很有意思，但现在这场合毕竟不合适，有点什么也是徒惹自己的火，什么也做不了，麻烦得很。

"差、差不多了。"程双宜把水杯放下，迅速回房间里，匆匆收拾一下衣服，然后把行李箱合上。

贺明洲也帮她收拾好了书和电脑，他们跟程父程母打了声招呼，然后出发去青池公馆。

青池公馆虽然一直有阿姨在打扫，但少了一些年味，他们又出发去超市采购。

贺明洲不怎么会办年货，但程双宜每年都跟着母亲一起去超市和百货大楼充当苦力，知道办年货都要准备什么，做起来也得心应手。于是她在前面挑选，贺明洲在后面负责装。

过年超市的人很多，他们还在收银台排了一会儿队。收银台两侧，一面放着儿童爱吃的花式糖果，另一面放着……成人用品，比如某品牌。

程双宜看了一眼，觉得有点害羞。她咳嗽了两下，然后又认真想想，她和贺明洲都交往好几个月了，甚至都见过家长了，贺明洲……也一直没有提过那方面的需求。

想到这里,程双宜就觉得"那方面需求"是迟早会被提出来。

要不……提前准备一下?免得到时候闹出大问题。

但对这种事,程双宜到底是害羞的。

她问贺明洲:"我们买了汤圆没有?"

"没吧?我记得你拿的都是饺子。"贺明洲回应。

"那你先付账,我去拿点汤圆,早上吃饺子太咸了。"程双宜顺势说道,然后急匆匆地退出队伍,留贺明洲一个人排队。

贺明洲倒也没在意,以为程双宜真的去买汤圆了。

贺明洲付完账,就扶着推车在门口等,不一会儿,就见程双宜神色不太自然地出来了。

"怎么了,一会儿不见我想得紧?"贺明洲嘴贱一句。

程双宜气得瞪他。

贺明洲笑了两声,不过程双宜都瞪他了,说明没什么大问题,他倒是放下心来。

晚上吃完饭,贺明洲去洗碗,出来时见程双宜在归置今天购买的年货,他立刻过去帮忙,程双宜不让他帮,两个人打情骂俏推搡到沙发上。忽然,一个方盒从程双宜的口袋里滑落,还在沙发上弹跳了两下。

程双宜见状顿时闭上了眼,她今天……真是格外倒霉,总是"社死"。

然后,她听到贺明洲笑了下,似乎捡起了盒子。

贺明洲附在程双宜耳畔,笑道:"原来你不是去买汤圆,而是去买这个了啊?"

程双宜捂脸……

贺明洲继续逗她:"下次别自作主张,普通款的对我来说,有点紧。"

第九章
星空

　　气氛一时暧昧起来，程双宜也不知道，这样尴尬的气氛，到底是怎么用暧昧撕开了口子，周围尽是滚烫的气息。

　　贺明洲用唇齿轻触着程双宜的耳垂，程双宜浑身发软，她感受着一阵又一阵滚烫的气息喷洒在身体上。

　　"等、等一下。"程双宜喘着气，抓着贺明洲结实的臂膀，"去房间里。"

　　"啧。"贺明洲的语气里有点无奈，抱着她，还小声地在她耳畔说话，"要习惯，以后，每一处地方都有可能。"

　　程双宜羞得低头，埋在他的臂弯里。

　　到了房间里，贺明洲明显放得更开了。

　　他的衣服很快也尽数褪下，程双宜眼神迷离，看到贺明洲左边锁骨有一片漂亮的文身。

　　她伸手覆过去："这是……"

　　"是星空，是你。"

　　程双宜没有明白，再加上注意力主要在身体上，她没法分神多想，只隐隐琢磨着，文身没有名字，也没有她的形象，怎么就是她了？

贺明洲在这种事上，精力格外好。他抓着程双宜的小腿不放，没有嘴贱说骚话，只是动情地轻咬着她的脚踝。

……

不知道什么时候结束的，程双宜再次醒来，她贴在贺明洲的胸膛，看着他左边锁骨上的那片"星空"。

星星是她常画的那种，只画外面的五个角，有点歪斜，不太对称，也不太好看。

大抵是他让文身师故意模仿了她画的星星，虽然只是零星的几颗，但足够漂亮。

"是星空，是你。"

这九年，无须多言，他早已把她刻在心上。

次日，程双宜醒来时，已经比较晚了。

她浑身已经被清理干净，换上了干净的珊瑚绒睡裙。房间里开着暖气，窗外白茫茫一片，大概是下雪了。

程双宜脑子停机一秒，随即想到了昨晚的事，脸颊不禁泛起了红晕。她掀开被子，刚准备下床，忽然，一股酸胀的感觉蔓延开来。

程双宜又坐回床上，憋红了脸。饶是她再不喜欢骂人，也忍不住想骂人……

这句脏话还是以前她跟陶之晴学的。

她和陶之晴是两个极端，陶之晴骂人可以完全不重样地持续一个多小时，她却连开口都困难。

她天天跟着陶之晴，也只学会了这一句。

没过一会儿，贺明洲推门而入，他穿着围裙，端着一碗汤圆进来。

"醒啦？"贺明洲的语气里有压不住的惬意，他先把汤圆放在桌子上，然后支起床上桌，把汤圆端上去。

"你昨天不是说早上不喜欢吃太咸的吗？我煮的。"贺明洲提起买汤圆这一茬，程双宜便想起昨天的事，脸更红了。

程双宜只好埋着头，拿起汤勺，刚碰上勺子，她就感觉到贺明洲用炽热的眼神看着自己。

程双宜把头埋得更低，立刻吃了一颗汤圆，含混道："熟了，挺好吃的。"

"哼。"贺明洲轻笑了一下，然后等程双宜又吃下第二颗，他舔了舔嘴唇，"你吃过了，现在该轮到我尝尝了。"

说着，他把汤圆放在床头柜上，床上桌被推到一边，然后卡着程双宜的脸颊，含住她的嘴唇。

程双宜脑子蒙了一瞬，她的手里还拿着汤勺，但依旧下意识地去迎合贺明洲。她感觉到贺明洲毫不客气地撬开她的唇，霸道地攫取着她的气息。等她反应过来时，口中的汤圆早已经化开，他们的唇齿之间，都是甜味儿。

贺明洲不舍地松开她，还不忘开口评价："挺甜的。"

程双宜红着脸瞪他："大早上的，你干吗？"

说着，贺明洲又突然凑近她，气息喷洒在她的耳畔，程双宜一愣，很明显地感受到贺明洲身体的变化。

她有些不确定地问："我们……是不是有点频繁了？我听说这个还是得节制一点儿。"

"哪儿？"贺明洲直接推倒她，掀开她的裙摆，"我都节制九年了，现在还不许放肆一点儿吗？"

"可是……"

"嘘，你现在说话，无论说什么，我都……"

小年过后这几天，他们比较清闲，有更多的时间待在一起。

这种没有节制的生活，止于腊月二十七，陶之晴打电话约程双宜逛街。

"过年总得买新衣服吧？"陶之晴知道程双宜平时不喜欢逛街，因此准备了一箩筐话要劝程双宜。

程双宜当时刚刚中场休息，贺明洲还贴在她另一侧，撕咬着她的耳垂。他们紧贴着，程双宜清晰地感受着贺明洲结实的肌肉，以及那几道疤痕的纹理。

"好！"程双宜艰难地回答陶之晴，简短而迅速，"什么时候？"

陶之晴没想到程双宜这么好约出来，立刻道："下午下午，你在哪儿？我到时候开车去接你。"

"青池公馆。"

程双宜刚回答完，手机就被贺明洲拿走挂掉。

贺明洲哼哼唧唧地抱怨："你下午都不要我了。"

程双宜气得怼他："都要你几天了！"

贺明洲得逞般地笑起来，紧接着，他抱起程双宜："落地窗我很想试试……"

下午，程双宜穿了米白色的高领毛衣掩盖痕迹，至于下身，这几天贺明洲给她按摩双腿内侧，也不算太糟糕，正常走路是没问题的。

贺明洲帮她围了同款的围巾，等陶之晴的车来，他亲自送程双宜出去。

这么多年，陶之晴还是和贺明洲不怎么对付，尤其是现在，对他们双方来说，彼此都是抢走程双宜的罪魁祸首。

陶之晴看到贺明洲，还特意摘下墨镜挑衅："贺明洲你回去吧，我会照顾好双宜的。"

贺明洲在程双宜看不到的地方，鄙夷地瞥了陶之晴一眼。

程双宜坐在副驾驶座上，等陶之晴发动车子，她才缓缓呼了口气："太感谢你了，之晴，我这几天差点……"

程双宜及时打住，这种事还是有点那什么的。

陶之晴也适当地转换话题:"好姐妹聊天不谈臭男人。说说我们,我朋友圈那几个销售发了今年冬季新款大衣,我看有几件衣服好适合你呀,我们一会儿试试……"

陶之晴看中的衣服一般都比较高档,哪怕是过年,那几家店里也没有人挤人的情况。陶之晴立刻拉着程双宜试衣服,还在一旁拍照。

下午,陶之晴发了一条朋友圈。

晴天:姐自己的女人自己宠。

下面配九宫格图片,全都是她硬拉着程双宜试衣服的图片。

然后设置权限:仅部分好友可见。炫耀得明明白白。

贺明洲下午没事,想尝试做饭但没成功,还差点把厨房炸了,他又高价请了个钟点工收拾厨房。

此刻,他闲着没事,就刷到了这条朋友圈。他立刻给程双宜转过去一笔钱,然后想了想,也明白这是陶之晴故意的,于是他又给程双宜打电话。

程双宜的衣服买得差不多了,接下来就是给陶之晴看衣服。她坐在一旁等进了试衣间的陶之晴的时候,贺明洲的电话打来了。

"喂?怎么了?"程双宜问。

"那个,陶之晴朋友圈的第三张图片,那件羽绒服只有粉色的吗?"贺明洲开口,装模作样地分析,"有没有蓝色的啊?我觉得你穿蓝色显白,特别好看。"

"什么朋友圈?"程双宜不明所以,把和贺明洲的通话界面缩小,然后点开微信朋友圈,没有看到陶之晴发的任何一条消息。

"没有吗?"贺明洲拖长了调子,然后把陶之晴的朋友圈截图发过去,"喏,就第三张图,我用红笔圈起来了,你快看看有没有蓝色,我真的好喜欢你穿蓝色。"

讽刺完陶之晴,贺明洲又说起其他的:"我给你账户转了一笔钱,咱们买衣服花自己的钱哈。"

程双宜这下明白了，陶之晴发朋友圈，应该是故意气贺明洲的；而贺明洲打电话过来，也是故意打小报告。

自己的好闺蜜和男朋友因为这种事闹起来，程双宜略感无语。

不过事急从权，程双宜还是先安抚一下贺明洲。

"我的衣服确实都是我花钱买的。"程双宜解释，"因为之晴有这家商城的会员卡，可以打折，我们经常这样互相戏谑，说'养'对方，给对方'花钱'的。"

"这样啊……"

怕贺明洲还要问，程双宜立刻又说："再说了，打折的诱惑谁可以忍啊？这不是钱不钱的事，而是打折本身就很诱人。"

"我知道了。"

挂断贺明洲的电话，等陶之晴买完衣服，程双宜才把刚刚的事当作笑话讲给陶之晴听。陶之晴听了，立刻拼命地给贺明洲泼脏水，说他一个男人太小心眼。

程双宜笑而不语，这两个都是她很亲近的人，她对他们都很了解，所以怎么都不会闹矛盾。

晚上，程双宜回家，贺明洲咳嗽了一声，然后拿出一沓厚厚的会员卡，是虞阳市大大小小几乎所有商城的会员卡。

贺明洲压着嘴角的得意："怎么样，这回你不用蹭别人的会员卡了吧？"

程双宜无语，贺明洲到底懂不懂女生一起逛街的乐趣啊？

次日，贺明洲的注意力稍微转移了一些，不再专注于某一件事。

他也要和程双宜一起逛街。

程双宜点点头，表示理解："确实，也得给你买新年衣服。"

于是第二天，贺明洲规划了一整天的行程。

他先带程双宜去吃早饭，虞阳新开了一家粤式早茶，菜品和食材都异常吸引人。原本在寒假这种人流量大的时候，位置并不好安排，但贺明洲可以轻松地订到座位，还是相当不错的二楼临湖雅间。

然后，沿着望江路，贺明洲开车载着她来到九年前去过的庄园。不过这次不是来玩，临近年关需要走动关系，贺明洲就把人都约到这边，一起聚聚。

这次贺明洲约的，更多的是他在虞阳的核心人脉，甚至连宋致都不在其中。

快到的时候，贺明洲才和程双宜说："不用紧张，这次聚会可以带家属的。"

说完这句，他又给程双宜举个例子："顾然律所的顾律，你记得吧？他老婆孩子都会过来。"

说到这个顾律，程双宜还真有点印象。

她立刻问："这个顾律，是不是我们那一届，一中的，总是考全市第一名的那个顾然？"

"嗯，就是他。"贺明洲还小小八卦了一下，"那什么，他不是升高三的时候缺考吗，就是去找他的'白月光'了。包括他后来学法律，也都是为了他这个'白月光'。"

程双宜继续问："那现在呢？"

"现在？他们的孩子都上幼儿园了吧。"贺明洲粗略地算了一下，他见过顾然的孩子，是个女孩儿，长得挺好看，随妈妈，智商遗传顾然，特别聪明。

听到这样圆满的故事，程双宜忍不住舒心起来。

人真是奇怪，她和贺明洲九年才修成正果，她觉得挺平淡的，但听到别人的故事，她就会觉得特别有趣。

贺明洲的核心伙伴不算多，每个人都带上家属，也没坐满一张桌子。程双宜一边是贺明洲，另一边就是顾然的那位"白月光"，以及他们的女儿。

程双宜高二的时候,在虞阳一中的官方公众号上见过这位"白月光"。当时虞阳一中举办运动会,特意请了摄影师拍宣传海报,海报上就是顾然和他的这位"白月光"。

当时程双宜是和陶之晴一起看的,她们看到海报后都"哇"了一声。海报上的女孩很漂亮,只穿着简单的校服,扎着高马尾,就能把一众青春靓丽的学生都比下去。

如今见到真人,程双宜不免多看了她好几眼。很漂亮、很干净,像是独自在深夜绽放的纯白昙花。怪不得能让虞阳市状元放弃考试。

"白月光"本人摸了摸脸,还带着几分少女的感觉,她低头问旁边的女儿:"双双,妈妈脸上有什么东西吗?"

小朋友摇摇头:"没有噢。"

说完这句,小朋友又看看旁边的程双宜,然后凑近妈妈压低声音:"妈妈,那个姐姐是不是看你长得好看啊?"

程双宜就坐在一旁,听到小孩子说这话,也觉得十分可爱。

她立刻向"白月光"解释:"小孩说得对,你真的很漂亮。"

"白月光"看着她,也认真地回应:"你也很漂亮。"

那边顾然听到她们的对话,立刻招呼:"双双,跟你贺叔叔问好。"

小朋友眨了眨眼睛:"贺叔叔好。"

一桌子的人都笑起来。

而贺叔叔本人——贺明洲——脸色难看极了,小女孩喊程双宜"姐姐",顾然却要她喊自己"叔叔",差着辈分,顾然这厮绝对是故意坑他的!

因为这个压根算不上插曲的插曲,贺明洲显得不太开心。

回去时,他还跟程双宜讨论:"你说,顾然怎么这样?"

程双宜不太明白,就问他:"哪样?"

"他女儿叫你姐姐，但叫我叔叔，他是不是故意的？存心把我叫老了，他是不是存了什么坏心思？"

程双宜觉得，应该不至于。

虞阳每一届的好学生就那么几个，尤其像顾然这种，在一中那边是极其有名的存在，程双宜多少也听说过对方的事。

她没听说过人家性格上有瑕疵。

这次把他们的辈分叫乱，大概是闹着玩的。

于是程双宜决定安慰一下贺明洲："不至于，顾然以前在我们圈子里还是很有名的，我没听说他人品有问题。"

"怎么，你高中时见过他？"贺明洲抓住重点，顿时警惕起来。

"见过啊！"程双宜不以为意，"以前学校搞竞赛，或者什么比赛，我们打过照面。不过……"

程双宜想到别的什么。

贺明洲立刻问："不过什么？"

程双宜叹口气："不过，我当时是想看他的'白月光'，也就是他现在的妻子。唉，结果人家就在一中上了一个学期的课，然后就转学了，没有见着。"

"你想看人家老婆？"贺明洲又问。

"是啊……不是。"程双宜终于感觉到有什么不对劲的地方了，她抬头看向贺明洲。

她发现贺明洲满脸的不可置信，好像她刚刚的话有多么离谱。

程双宜认真地对他说："那个女孩子很漂亮，就像'白月光'。我和之晴，我们当时都很惊讶怎么会有这么漂亮的女生，就是好奇，怎么了？"

"哦……"贺明洲听到这话，彻底放心了，他又迅速找其他话补救，"当时我对这些又不感兴趣，我当时就觉得吧，只有你让我感觉高不可攀。"

"……你别胡说。"

程双宜被这话说得脸颊微红,迅速转移话题说起别的:"顾然那个女儿好聪明啊,也好可爱。"

贺明洲也顺势接话:"我们以后……"

"还是算了。"程双宜叹了口气,"我刚刚打听了一下,顾然一家都是自己所在市的高考状元,基因上就赢了。"

提到成绩,贺明洲有些尴尬。程双宜还好,高考还能考上虞阳大学这种老牌名校,而他的成绩就非常糟糕了。

于是贺明洲也换了话题:"我们还要逛街,你还想买点什么?"

"给你买衣服啊!"程双宜回答得认真,"说起来,我还没有认真给你买过什么东西。"

贺明洲笑着,心里已经盘算好给程双宜买什么衣服了,一会儿他也要发朋友圈炫耀。

认真说起来,这还是贺明洲第一次和程双宜一起逛街。往常他们约会,都是约定好地方,吃饭、看电影或者去会所玩,都是些轻松的项目。两人还是第一次逛街。

不过很快,贺明洲就发现了逛街的乐趣。

"那条裙子不错,搭配圆头的小皮鞋肯定好看,要卡其色的毛衣,毛衣颜色要能压得住裙子才好看……"

贺明洲指挥着销售,要她们配好他要的套装,然后一套套地让程双宜试。他看着觉得好看,就立刻买下来,还要拍照。

销售自然是喜欢极了这种客户,每从一家店出来,销售看贺明洲的眼神就像在看财神爷。

最后程双宜试衣服试得筋疲力尽,她靠着贺明洲问:"我好像记得,我们本来是打算给你买衣服来着……"

贺明洲一手发着朋友圈,另一手拎着大包小包,不以为意:"差不多嘛。"

"到底是过年,也得给你添一点东西。"程双宜说。

贺明洲对过年其实没什么概念,从小,他就没有见过一家团圆这种情景。这是他第一次有人陪着,也是第一次,有人愿意这么配合他,让他有过年的感觉。

他看了看程双宜,然后凑近:"谁说我没有添东西,我不是多了个女朋友吗?"

程双宜容易害羞,听到这话,耳尖立刻红了起来。

"那不一样。"程双宜看向别处,尴尬地转移话题,"给你买……和我衣服颜色差不多的,到时候我们出去……"

贺明洲立刻明白了:"别人就觉得我们这是情侣装?"

程双宜微不可闻地"嗯"了一声,耳尖的红蔓延到了脸颊。

她确实是有点想和贺明洲穿相似的衣服,感觉像穿情侣装。她想要明明白白地告诉其他人,贺明洲属于她,这种想法有些幼稚。

贺明洲喜欢极了她容易脸红害羞的性格,没忍住,立刻伸手捏了捏她的脸。

程双宜恼羞成怒地瞪他。

贺明洲大笑起来。

除夕那天,贺明洲准备了新年贺礼,然后跟程双宜一起回家。

程父程母正在准备年夜饭,见贺明洲来了,立刻热络地迎上来,拉着他的手说个不停。春晚是晚上八点开始,在这之前,说着说着,不免就说到贺明洲和程双宜两人的事情上。

"明洲啊,你们准备什么时候办事啊?"程母最先问。

办事是举办婚礼的隐晦说法。

贺明洲看了一眼程双宜,程双宜正在剥砂糖橘,弄得指甲发黄。

他立刻从程双宜手里把橘子拿过来,主动帮她剥。

"只要双宜同意,我什么时候都可以。"贺明洲开口,这是实话。

程母倒也没顺着问女儿的意思，她继续看向贺明洲："我们双宜脸皮薄的，你等她，怕是永远等不到她开口了。"

说到这里，程母识趣地点到为止："我厨房里还炖着鱼汤呢，你们先在这儿玩，我和她爸去做饭。"

客厅里只剩下程双宜和贺明洲。

程双宜觉得尴尬，把橘子掰成一瓣一瓣的，然后一口一口地吃，试图让自己的嘴忙一点，不"主动"说无法开口的话。

贺明洲抢了她两瓣橘子，一并塞进嘴里："真甜。"

接着，他又去剥橘子。

程双宜因为他这个举动，稍微不那么紧张了。

然后她就听到贺明洲开口："怎么样？我们什么时候也领证，订婚，结婚……话说我还没见过你穿婚纱呢，那天我们逛街，你连白色的衣服都很少试穿。"

程双宜原本还有点紧张，但贺明洲问得随意，她又不紧张了。她摇头："白色的不耐脏，夏天的还有点透，我在学校里不方便。"

贺明洲听进去了。他也明白，程双宜在接受结婚这件事。只是正如程母所说，她脸皮薄，这种事永远不会明说。

晚上的时候，全家都在看春晚，贺明洲打了个电话，说的是法语。他在联系欧洲那边的设计师。

"……我以后的妻子，典型的东方美人，你给她设计一套婚纱。"

"要求？"

贺明洲闻言，往沙发上看一眼，程双宜冬天常穿高领毛衣，夏天也从来不穿不过膝的裙子。传统、保守，总是下意识地把自己保护到最好。

这是她二十六年来的生活方式。贺明洲清楚、尊重，也喜欢。

他笑了下，继续说："婚纱偏中式传统服饰风格，要隆重，不需要通过显露身材来体现女性美。东方美人，美的是眼睛，端庄的是气质。"

新年第一天,贺明洲就嚷着要给程双宜量尺寸。

他们昨晚一起守了岁,完事后直接在程家休息了。一大早,程父程母出门拜年,这才给了贺明洲"为非作歹"的机会。

贺明洲一大早就醒了,一直在床上和程双宜说话,也不管程双宜醒了没有,他一直在说。

程双宜被他惹得烦了,也只是嘤咛两声,然后翻身继续闭眼休息。

贺明洲又说了两句,突然手机响了,他立刻关掉声音,起床,去阳台接电话。

"喂?是贺吗?"

对面响起一道略微生硬的说中文的女声。

"我是。"贺明洲压低声音,回答着,又再次回头,看到程双宜还没有醒来。

贺明洲心里有些动容,说话也轻缓起来:"怎么了?"

"噢,是这样的。"对面的女声继续,"贺,你定做的那件婚纱,要达到你口头的那些要求吗?"

"嗯,尽量保守一点。"贺明洲还是强调。

"可是……"对面的声音有些为难,"我们的婚纱没有您要求的那样的啊……"

"所以我才要求定制。"贺明洲直接打断。

他透过阳台,看到程双宜似乎翻了个身。

贺明洲懒得再废话:"就这样,节后我会让我助理和你们联系,你们不必再打电话过来,我不会改变我的想法。"

说完,贺明洲挂断电话。

他回到房间里,看到程双宜似乎有醒来的迹象。

"起来吧?"贺明洲用商量的语气开口,接着,他就要动手给程双宜穿衣服。

房间里早早开着空调,很暖和,程双宜刚出被窝也不会着凉。他给程双宜扣上内衣扣子,然后套毛衣。高领毛衣领口都很紧,穿完毛衣,程双宜就不困了。

"现在几点了啊?"程双宜问。

贺明洲看了一眼时间:"快九点了,刚刚老六他们给我打电话,问要不要出来聚聚,你去不去?"

"老六?"程双宜脑子转了一圈,很快想起来。之前在宋致的会所里,她好像听贺明洲介绍过,印象却不深。

"嗯。"贺明洲解释一句,"都是我以前那些兄弟,都带着女伴,今天过年第一天,应该就是拜年。"

程双宜点点头:"那我也去看看吧,你的朋友,我也见一见。再说了,总窝在家里有点闷。"

"嗯,有什么不喜欢的直接和我说,你没必要将就。"

贺明洲还记得他带程双宜去宋致的场子,当时程双宜其实并不开心,但她把那份郁闷埋在心里,什么也不说。

他那时候真怕她闷出什么毛病来。

现在就好多了,程双宜有什么想法都会告诉他。

贺明洲今天见的这些兄弟,多数是和他年龄相当,家世背景也差不多的富二代。

这些富二代正是被安排联姻或者是反抗联姻的年纪,这次"兄弟聚会"只是一个幌子,大部分都带了自己认定要过一辈子的人。

程双宜跟着贺明洲,他们依旧是最后到的。

宋致给他们留了位置,看到他们,立刻招呼:"二哥,二哥,这边!"

贺明洲带着程双宜过去。

落座时,程双宜四下扫了一眼。这几年在学校,别的本事没学到,唯独这个认人的本事，她是功力见长。

老六是今天组局的人，坐在东边的位置，和之前在宋致会所里见到时相比，看着稳重不少，头发也是黑色，只是脸上带着一点横肉，看上去有些凶。

这个老六对贺明洲谄媚地笑着，身边还有各色各样的模特或者网红，身材都很性感。

看到这个场面，贺明洲略微有点不满意。他抓着程双宜的手，挠了挠她的手心，拉回她的注意力。

"看什么呢？"贺明洲问，每一个音节都带着酸味儿。

程双宜如实交代："看你这些朋友啊！我总得认认人。"

"你和他们不算一类人，不想认也没事儿。"贺明洲想了想，又说，"上次顾然的那个局，你想认识可以认识那些，都算高知，和你差不多。"

程双宜看他，有点不满意："我哪儿那么清高了？"

贺明洲顿了半秒，然后"扑哧"一声笑出来。

对，她要是真清高，哪儿看得上他？

程双宜可是他在学生时代主动搭话都不一定能得到回应的人。

程双宜听到动静后问他："你笑了？"

"嗯。"贺明洲立刻贴上程双宜的肩膀，轻轻晃着她的手臂，"我就是突然觉得，我挺幸运的。"

他喜欢了一个不属于他这个世界的女孩，并且挣扎着从泥潭里跳出来，摘到了星星。

程双宜有点想不明白贺明洲为什么突然说这个，只当他是触景生情，又或者是想起独属于他和他兄弟之间的记忆，索性也不继续问下去。

贺明洲过来以后，聚会差不多就开始了。

老六带着他的联姻对象，据说是某个房地产老总的独生女，他们年前已经订婚；其余的富二代，说是带能和自己过一辈子的人，但实际上，要么带着家世相当的联姻对象，要么就干脆自己一个人过来。

利字当头，这群富二代比谁都清楚。

贺明洲待了一会儿，听老六和底下那几个小的聊天，他那个未婚妻就在旁边，时不时拍他一把，提醒老六什么该说，什么不该说。

老六周围围着不少莺莺燕燕，未婚妻还在这儿，他对此似乎也并不在意。

贺明洲忽然觉得挺没意思的。

他以前跟这群人玩儿没多想，现在才察觉到，这群人一点主见都没有，只知道跟人瞎起哄。

他又看向一旁，程双宜在吃东西，她就是认了一圈人，记住脸，也没有要结交的意思。

贺明洲想，对程双宜来说，今天这一桌子人，恐怕还没有顾然那一个"白月光"有意思。

他记得，那天程双宜和那个"白月光"说了好久的话。

"我们走吧？"等程双宜吃得差不多了，贺明洲开口问她。

程双宜看着他，目光里带着疑惑。

其他人听到贺明洲要离开，都纷纷出言阻止。

"二哥，这就走了啊？"

"我们兄弟难得聚一次，这就走了？"

"二哥你不讲义气，心里没兄弟们……"

…………

贺明洲找了个借口："下午还有跨国视频会议，生意上的事，走不开。"

听到他这么说，其他人也不好多说什么了。他们这里，能扛得动家业，不靠联姻来体现价值的，就只有一个贺明洲。

他们原先还不觉得有什么差距，可现在，贺明洲身边有丝毫不牵扯利益的女孩，足以独当一面，这差距就体现出来了。

贺明洲不需要联姻来巩固地位，他的地位都是自己挣来的，所以他可以带着自己最喜欢的女孩子，不用顾忌什么。

老六做的东，闻言立刻起身，送贺明洲出去。

回来后，老六还感慨了一句："二哥身边那个女孩我以前见过，二哥刚认识她没多久，就给她出头。"

其他人立刻热络地聊起贺明洲以前的事，下意识忽略这番话里的深层含义。

"什么时候啊？"另一个人问。

老六说："差不多九年前吧，我还在职校那会儿，二哥是隔壁二中的。有一回，我在那边的一个哥们儿让我过去帮他们打一场篮球。"

老六的未婚妻在一旁撇嘴："你还会打篮球？"

"那可不，哥也年轻过。"老六接着说，"我们当时是帮文科班的，他们高中有那个分科，跟咱们职校不一样。后来伤着一个理科班的男生。二哥就过来警告我们，说我们别乱插手二中的事。"

又有人问："这和二哥身边那个女孩有什么关系啊？"

"咋没关系？"老六一笑，脸上的横肉都显得不凶了，"当时我听沐采薇说的，二哥以前从来不管这些事的，但因为那个女孩，他就插手了。那个女孩觉得文科班请咱们过去打，这不公平。所以二哥就听了这话，不让我们参与二中的事。"

"沐采薇是谁啊？"又有人问。

"以前二哥身边一女的，二哥对她还没有对宋致亲呢！远不如今天这个女孩。"

一群人都大笑起来。

对他们而言，已经糊涂地度过了这么多年，不如一直糊涂下去。清醒了，会痛苦。

贺明洲和程双宜回了青池公馆。

路上程双宜给父母发了消息，说他们回去了。

回到家里，贺明洲就找来了软尺，说要给程双宜量三围尺寸。

程双宜觉得有点害羞，她放不开，穿了贴身的美体衣，以为可以遮挡一两下。结果没弄两下，贺明洲就不对劲了。

最后两人还是滚到一起。

贺明洲在她耳畔小声开口："你这真是……给我看得没心思做其他事。"

程双宜觉得他不正经，大白天自制力差还怨别人了！

等结束之后，已经天黑，程双宜趴在贺明洲的胸口。她尤其喜欢贺明洲胸前的文身。

贺明洲顺着程双宜的长发，一路顺着直到她的脊背，他慢慢摩挲着，像在撸猫。

想到中午的事，贺明洲突然开口："双宜，我有个问题想问你。"

程双宜正用手指描摹他胸口的星星轮廓，闻言抬头："什么？"

"双宜。"贺明洲又叫了一遍她的名字，然后咳嗽两声，"那什么，你之前，怎么喜欢上我的啊？"

贺明洲的声音算不上大，但胜在二人的距离非常近，程双宜听得清晰。

程双宜听到这话，顿了一下。

怎么喜欢上贺明洲的，她一直以为，这个秘密会被她一直隐瞒下去，又或者父母、朋友，甚至同事，看出她的不对劲，然后询问她。

但她从来没想到，有一天，第一次问这个问题的人，竟然是贺明洲。

她对贺明洲的喜欢，瞒了九年，到最后，还是贺明洲自己打开了这个秘密。

贺明洲见她许久不说话，立刻道："你不想说也没事的，我就是问问……"

"高二升高三,那天是立夏。"程双宜骤然开口。

这个时间点有点早,贺明洲回想起那个时候,发现他当时大概还不认得程双宜。

于是他立刻反问:"什么?那个时候我们还不认识吧?"

"嗯,但我认识你。"有些话一旦开了口,就收不住了。

程双宜把从来没有对别人说过的事,第一次和贺明洲说起:"那时候我还不寄宿,那天放学留校,等结束以后,已经有些晚了,公交车都停了,我一个人从学校门口走到地铁站。我们学校南门,你也知道的,挨着职校,什么乱七八糟的店都有。有几个职校的男生跟在我后面,我当时就挺害怕的。"

说到这里,贺明洲伸手,抱紧她,想把她揉进怀里。

程双宜继续说:"然后你出现了,跟在我后面,在叠一把黑色的伞,慢慢跟着我,那几个职校的就不敢再跟着我了。我特别安全地到了地铁站。

"当时,我觉得你是我的英雄。"

贺明洲仔细回忆了一下,高中时,他的状态和那群富二代差不多,一直是糊涂的、混沌的,直到高三他接触到了积极向上的程双宜,才稍微好转。

程双宜说的事情,他不太记得,但他也清楚,这是他会做的事。

那一段时间,他的母亲被接到欧洲治病,吴妈也回了乡下。身边从小陪着他的亲人被接走,尽管这个亲人不太正常,但对他来说,依旧是不小的打击。

他晚自习不想在学校,也不想回家,经常在学校南门的那条街上晃悠。

他碰上流浪狗、流浪猫会喂东西,碰上收保护费的职校渣滓会动手收拾人……他漫无目的地去找一些自认为正确的事做,试图让自己觉得,其实也没有那么糟糕,最起码他还有善良和怜悯,最起码他还不是无可救药。

现在他无比庆幸，自己在人生低谷时，保持着还算善良的心，才让他遇到此生最不敢奢望的救赎。

第十章
永远

过了年,贺明洲就开始处理各种事宜,等开春,挑个好日子,就能和程双宜领证了。

因此,贺明洲最近心情都格外好。

陶之晴是程双宜领证之后才知道这事的,她堵在民政局门口,等程双宜出来,立刻一把鼻涕一把泪地哭喊,看上去伤心透了。

程双宜等她哭喊了五分钟,立刻拍拍她的脸:"演得有点多了哈。"

陶之晴这才收起哭喊,但也叹了口气,说起自己的遗憾。

"你说你们领证也不提前跟我说一下,早知道应该给你办个单身派对。"遗憾完这些,陶之晴也不得不面对现实,"我好好的大白菜被猪拱了。"

贺明洲就在一旁,原本正在专心欣赏自己的结婚证,闻言语气不善:"你说谁是猪呢?"

陶之晴不以为意:"谁回答我谁就是猪喽!"

"嘿,我这个暴脾气……"

眼看他们要吵起来,程双宜立刻阻止:"停。我们中午吃什么?"

"那家粤菜馆出了新菜式,现在还早,去吃个早茶完全来得及,还能当午饭……"贺明洲如常介绍,语气里不免还有点得意:他先回答,程双宜一定会选他!

"嗯。"程双宜接着看向陶之晴,"我们两个去吃早茶吧?"

贺明洲:?

程双宜拉他到一边,认真开口:"我得和之晴沟通一下,你先回家,回去时我给你打包。"

贺明洲还拿着结婚证,不明白为什么自己刚到手的老婆就这么跟人走了。

他呼了口气,拨了个电话:"喂?兄弟,帮个忙……"

程双宜确实是想和陶之晴说说话。

无论是过去还是现在,陶之晴对贺明洲一直都颇有微词,但他们又因为自己,不得不经常见面。这种矛盾不能一直存在,不然她会很为难。她得做些思想工作。

到了餐厅,点完餐,还没等程双宜开口,陶之晴先说起事来。

"我不会原谅贺明洲的,你别劝了。"陶之晴神色悲切,看着挺像那么一回事,"夺妻之仇,不共戴天!"

程双宜一窒,怎么还愈演愈烈了?而且什么夺妻之仇?陶之晴越说越离谱了。

程双宜想了想,决定跟陶之晴说实话:"其实,我很早就喜欢他了。"

"有多早?"陶之晴嗤之以鼻,"有我们认识的时间早吗?再说了,贺明洲高中时候那个死样子,谁会喜欢他?你高中时候多优秀啊!眼里看不到他才比较正常吧?"

程双宜也没想到陶之晴的意见会这么大。但她还是选择继续说实话:"那当然没有。我在和他完全不认识的时候,就喜欢他了。"

陶之晴更是一脸疑惑。

程双宜挪了挪椅子,和陶之晴紧挨着,说出了自己的心里话:"高二升高三的那个夏天，我开始喜欢他。我觉得他很好，当时还怕你觉得我自不量力，一直没敢和你说。"

听到竟然这么早，陶之晴噎了一下，但语气还是不忿："你这是情人眼里出西施！你成绩好，长得好看，是他配不上你，你被他忽悠了！"

"哪会啊？"程双宜说不过她，语气带上妥协，"从小到大，这么多年了，他是我第一个喜欢的人，也是唯一一个。"

听到这句话，陶之晴明白了程双宜的坚持，而且这么多年，程双宜确实也没和其他人谈恋爱。

于是，陶之晴不再勉强，但她还是放出话来："双宜，以后他要是对你不好，你一定要跟我说！"

程双宜点头，知道陶之晴这就算松口了："嗯。"

程双宜以为，对于陶之晴，还有一段时间的思想工作要做，但没想到，没过几天，陶之晴就忙了起来——工作上的事。陶之晴刚和男朋友分手，她玩腻了，自己提的分手，她从不会为情所困。

和陶之晴匆匆通过电话以后，程双宜正疑惑着，一抬头，就看到贺明洲似笑非笑地看着她，带着一股嘚瑟的劲儿。

程双宜一下就知道怎么回事了。

程双宜看他一眼，也不说话，不埋怨他，没过一会儿，贺明洲自己就招了。

"……我们要结婚，婚礼什么的，都要一个个忙，哪儿有空照顾她啊？"贺明洲拉起程双宜的手，贴在自己脸上。

程双宜稍微偏了偏脸。

程双宜知道是这个道理，但还是有点怪他自作主张。总不能让他一直这样下去。

想到这些，程双宜抽出手，推开逐渐往自己身上贴的贺明洲，准备起身去卧室:"你起开。"

"我去之晴那儿住两天。"程双宜决定不再惯着贺明洲,让他再这么瞒着自己做决定。

"啊?"贺明洲拖长了音调,有点不可思议。

但意外的是,他并没有真的阻拦。

以他们两个各方面的差距,贺明洲如果真的想拦她,是绝对可以拦得住的,但他没有。

程双宜这就有点搞不懂贺明洲想干什么了。

他好像很介意她和陶之晴的关系,但又没有真正阻止。

程双宜进卧室收拾行李的时候,贺明洲靠在门框上,抱着双臂,有点悠闲,看起来并不紧张。

等程双宜收拾好东西,贺明洲才缓缓开口。

"去吧,你和之晴也是这么多年的好朋友了,我总不能拦着。趁我们还没有办婚礼,你多陪陪她。"

程双宜扭头,看向贺明洲。

不知道是不是她的错觉,她从贺明洲的语气里听出了几分委屈。

程双宜是吃软不吃硬的,她闻言走近,靠近贺明洲以后,又摸了摸他的肩膀:"我就晚上在那儿。"

"嗯。"贺明洲继续装,"婚礼的事,我一个人操心就行了,你好好玩。"

于是程双宜又说:"我过两天就回来,和你一起策划。"

贺明洲又"嗯"了一声,语气明显轻快不少。

程双宜放下心来,扭头,又把行李箱打开,把一些衣服拿出来,只带够这两天的。

其实陶之晴最近也忙,程双宜过去,不过也就是故意气气贺明洲。

现在,好像没有气到贺明洲,她反而还心疼起他来。

贺明洲见状勾了勾嘴角。

程双宜故意跟他置气，他看得出来。但他向后退一步，程双宜就心软了。

贺明洲这又进又退的，确实把程双宜拿捏住了。

程双宜在陶之晴那儿住了两天，就有些放心不下，匆匆和陶之晴解释说要回去。

贺明洲开车来接她，临走时，贺明洲还故意抛给陶之晴一个得意的眼神。

陶之晴气得对贺明洲比中指，贺明洲一踩油门，立刻开车走了。

程双宜跟着贺明洲回去时，有些惴惴不安，她试探性地问贺明洲："你……想不想我回去？"

"那肯定是想的。"贺明洲回答得干脆。

程双宜又有点不懂了，既然舍不得，当时她说要去找陶之晴的时候，贺明洲……也没说拦着。

这个疑惑持续到他们到家。

贺明洲帮她拉开车门。她刚下车，他便压低了声音和她说话："但我总不能让你永远不交朋友吧。再说了……"

说到这里，他又拖长了音调。

程双宜耐心地等着他，等他取下行李箱，大踏步进家门，然后收拾她的换洗衣服，但贺明洲一直没有说下一句。

程双宜有点按捺不住，正准备离开，忽然听到贺明洲开口——

"再说了，这九年，她一直在你身边，这是事实，我比不了。"

程双宜一愣。

她也清楚，这九年是贺明洲最大的心结。同样的，也是她的心结。

但也没办法，这个事实是他们谁都没法抹去的。

程双宜要做的，就是尽量减少贺明洲想起这个客观存在的次数。

"晚上想吃什么？我去点外卖。"程双宜就像没有听见，立刻转身，问了贺明洲其他问题。

贺明洲看她，像是认真想了想，回应："想吃点辣的。"

程双宜点点头："嗯。我去看看湘菜。"

这件事解决以后，贺明洲和程双宜终于能一起专注地策划婚礼。

因为家人和朋友都在虞阳，贺明洲的意思，自然也是在这边办。但他还有点小私心，他想带程双宜去欧洲度蜜月，度过属于他们的二人世界。

贺明洲把这个提议告诉了程母。

程母最了解女儿，立刻道："你要是有什么想法，直接和她说，比什么都有用。"

贺明洲仔细回忆一下，发现确实如此。对待程双宜，打直球比任何方法都有用。

旁敲侧击什么的，反而让她没有什么安全感。

于是当晚，贺明洲就把自己的想法告诉了程双宜。程双宜迟疑了一下，然后打开电脑去看自己的课程安排。

贺明洲能主动和她说这些，她其实比较高兴。在她这里，实心实意的点滴，比轰轰烈烈的假意更有用。

"……唔，我这学期的课不是必修的，向系里申请一下，可以全部调整到上半学期，到时候办完婚礼可以直接去欧洲……"程双宜的话还没说完，立刻被贺明洲从背后抱住。

贺明洲亲着她的脖颈，说话有点含混不清。

原本程双宜还想费心听听，仔细竖着耳朵，但很快，她就察觉到贺明洲身体上的反应。这是她很熟悉的，只要她表现出一点对贺明洲好的感觉，贺明洲就一副把持不住的样子。

程双宜立刻提醒："明天还要早起，你稍微轻点……"

剩下的话，程双宜还没来得及说出口，就被暧昧淹没。

婚礼从年后开始准备，但真正定下的时候，已经到了五月份。

程双宜几乎没课了，她给学校打了报告请假，专心准备婚礼。请柬、流程策划、宾客事宜……每一项都要经过自己的手，她才觉得安心，觉得踏实。

大致流程确定以后，程双宜又去看婚礼日期。

盯着万年历，五月中下旬，最宜嫁娶的日期，恰好是……立夏。

这个日子，程双宜不由得多看了两眼。这个日子，好似带着一股宿命般的理所当然。

贺明洲见状问她："那要不就立夏这天？"

程双宜迟疑了一下，然后点头。

到今年立夏，十年了。她喜欢贺明洲，已经十年了。

她十七岁那年心动，二十七岁和他结婚。她大概是个很幸运的人，可以和自己十七岁时喜欢的人结婚。

想到这里，程双宜又觉得，命运对她大概真的很好，她忍不住翘起嘴角。

贺明洲问她："你怎么了？"

程双宜摇摇头，如实回答："没事，就是突然觉得我挺幸运的。"

贺明洲挑眉看她："怎么说？"

"我十七岁时喜欢你，二十七岁得偿所愿。"程双宜开口。

贺明洲想了想，说道："这么说，好像我也是？"

程双宜看他，想起了以前高中时的事，她立刻摇摇头："哪儿啊？我记得你高中的时候受欢迎极了，你自己也经常……算了，你那时候，我是真的不敢接近的。"

贺明洲沉默一瞬，显然是也想起了自己高中那段浑浑噩噩的时光。

"噢，对了。"程双宜看向贺明洲，又故意问他，"婚礼老同学也是要请的吧？你那个最好的朋友要不要请？这么多年，我和沐采薇还算有联系。"

贺明洲陷入诡异的沉默。

当初沐采薇冒名顶替程双宜的事,他一直记得,这件事还是他自己查出来的。

得知自己认错人的那一瞬间,他才真正地从那段浑浑噩噩的日子里清醒过来。

他知道,是因为自己不上心,才错过了真正写便利贴的人。尽管兜兜转转,命运还是让他能重新选择程双宜,但这件事对程双宜来说是最不公平的。

她是受过委屈的。

贺明洲抬头,看向程双宜:"不请了,她那个人人品不太行,冒名顶替在我心里是个疙瘩。"

程双宜看他,目光里写着"你还挺了解她"的意思。

这无疑是带着醋意的。

贺明洲合上正在写的请柬,语气认真起来:"不是。我当时得知便利贴的真相以后,就迅速和她绝交了。但因为她是个女孩子,我没把话说得太难听,就随便找了个借口搪塞过去……"

说到这里,程双宜打断他:"什么借口?"

贺明洲又打开请柬,轻咳一下,声音逐渐降低:"那什么,就说我是理科生,她是文科生,我们不合适。"

程双宜一愣,这倒是和沐采薇说的一样。

后来沐采薇不相信,哭哭啼啼地追问,贺明洲告诉了她真相。

其实程双宜无比清楚这件事,但她就是想听贺明洲亲口说一次。

她是带着醋意的,当时也有一点点埋怨贺明洲,他怎么不调查清楚就选择了沐采薇呢?

但现在听到贺明洲主动承认,她心里还是升起一股复杂的感觉。

尤其那段时间贺明洲过得其实也并不好,他恐怕也没有精力去做深度调查。

不过这都是当时的情绪了。当时程双宜从沐采薇那儿得知真相以后并不好受，但她还要高考，再大的委屈也无法宣泄出来。

后来，时间倒是让她慢慢消化了这份委屈。

"那，你被沐采薇吸引了吗？"程双宜迟疑了一下，又问。

问完她又补充："别骗我。"

"没有。"贺明洲呼了口气，半靠回沙发上，这一点他是十分确定的。

当时他认错沐采薇以后，以为自己是欣赏她的，但实际上……贺明洲摇摇头，没有冲动。

他在面对程双宜时，总是小心的，仔细观察着她的面部微表情，又或者每一个眼神的含义。他小心翼翼的，总是怕她受委屈或者受伤。注意到她的一些小动作，他又会忍不住轻笑她可爱。

这种感觉，他只在程双宜身上体会过。

起初，他还以为，这是他第一次面对脆弱的乖学生兼同桌，出于本能的特殊照顾。

后来他被她吸引，心神不宁，总是忍不住想偏头看她。她总在学习，整日埋在书里，又或者帮助同学解决问题，和陶之晴聊天。

他的心情跟着她的情绪起伏。

想到这里，贺明洲又说："当时，我如果能再认真一点就好了。"

这样他一定可以找到便利贴真正的主人，也会发现程双宜其实也偷偷喜欢他。

两人也……不会分开九年。

婚礼即将如期举行，陶之晴是程双宜的伴娘，伴郎是贺明洲找的人。

朋友、同学、亲人……都收到了请柬。

程双宜和陶之晴在工作室里试婚纱。婚纱是五月份才到的，据贺明洲说，是纯手工定制的，还是他自己特意跟设计师交代设计的。程双宜原本还有些紧张，但看到婚纱以后她就不紧张了。

这件婚纱设计得很典雅。

陶之晴也看着婚纱："别说，这衣服真的很适合你。"

程双宜听出她话里的意思，也认可般地点点头："这样的安全。"

说完，她就去试婚纱了。

婚纱的领口是旗袍领设计，蕾丝里面还包裹着一层真丝布料打底；半袖，没有暴露的设计，保守但又恰到好处；腰部和胸口的板型都很正，腰带部分是捆丝带式设计，也包裹着布料，一点肌肤都没有刻意显露出来；裙撑层层叠叠的很蓬松。

程双宜穿着婚纱出来，工作人员跟在她身后帮她整理。

陶之晴愣了一下，然后满意地点点头："还行，贺明洲这次的眼光还不错。"

陶之晴和贺明洲不对付，她都这么说了，说明这婚纱是真的好看。程双宜也放下心来。

婚礼当天，酒店大厅被贺明洲重新设计过。他弄了台电动南瓜车，让人远程操控，因为程双宜的裙撑太重了，所以干脆直接把程双宜从门口接到他身边。

然后司仪念祝词，贺明洲给程双宜戴戒指。

随着气氛达到高潮，台上播放起他们高中时的视频——

这个视频还是虞阳二中提供的，程双宜以前是学习部部长，贺明洲是不良少年，他们的视频不少，还都是在国旗下演讲的。只不过程双宜是好学生代表，贺明洲都是念检讨。

宾客们讨论着这两个曾经截然不同的新人，都觉得很有意思。

程父程母拿着酒杯，一杯接一杯地敬酒。程双宜换了中式礼服出来，和贺明洲一起跟上。

见过了亲戚、老师、朋友，贺明洲一直拉着程双宜的手，小心又谨慎。

高中时的政教处主任冯建业也来了，程双宜是他手下最好的一个学习部部长。

冯建业喝了酒，拍了拍贺明洲："你小子，拐走了我们学校最优秀的学生。"

贺明洲挑了挑眉，他高中就不怕老师，现在不客气地回了一句："最优秀？那你当初还罚她跑圈？"

冯建业思考了一会儿，明显不服气："你胡说什么？我怎么可能罚双宜这孩子跑圈？"

程双宜在一旁听得想笑。

当初因为宋致午休时来给贺明洲送东西，班里闹了不愉快。冯建业新学期要杀鸡儆猴立威风，就罚她去操场跑步。

这不算什么大事，当时跑不跑的，冯建业也不会站在操场数，就是做做样子。要不是贺明洲专门提起，程双宜都要忘记了。

但她也没想到贺明洲一直记得。

等两人走远了，程双宜小声开口："你还记得这件事啊？"

"嗯。"贺明洲帮她捋了捋头发，小声说，"遇到你之后，其实你的每件事我都记得。"

程双宜被温暖得呆了一瞬。她重新勾了勾嘴角，和贺明洲继续敬酒。

贺明洲这边，来的大部分宾客都是朋友、哥们儿，亲戚只有从欧洲那边过来的一个舅舅。

他的父亲没有过来。

不过贺明洲都不在意，程双宜就也不管了，假装贺明洲没有爸爸。

贺明洲的舅舅打量了一遍程双宜，然后笑道："明洲，你这个妻子很好，能让你定下心来，你也要好好对待人家。"

贺明洲回敬了杯酒："这是肯定的。"

说完一饮而尽。

程双宜酒量不怎么样,几乎都是贺明洲在喝。但敬完满场宾客,贺明洲也有了好几分醉意,他和程双宜去楼上套间休息。

"双宜。"

"嗯。"

喝醉后的贺明洲更喜欢遵循本能,他虽然面上看着无恙,但总喜欢这样无意义地喊她的名字。

程双宜想了想,这个游戏,好像她喝醉时也玩过——她当时喝醉了,也一直喊贺明洲的名字,还要求他必须回答。

想到这些,程双宜对贺明洲就多了很多耐心。

程双宜正准备去让前台送醒酒汤过来,紧接着,贺明洲又贴过来,附在她耳畔开口。

"双宜,你能再给我讲一遍你喜欢上我的故事吗?"

婚礼之后,距蜜月期正式开启还有几天,贺明洲提议,不如他们再回一次学校看看。

一直挂在嘴边的母校,其实总也没机会回去。人们长大后,总是在忙各种各样的事儿。

虞阳的夏天来得早,过完立夏,便真的有了夏天的感觉,零星的蝉鸣响在树梢上,阳光穿过枝叶,碎在地面上。

贺明洲买了两支雪糕,是十年前吃过的牌子,他和程双宜一人一支。

熟悉的操场、教室,还有校服。

他们先去教学楼看何四树。

何四树当初被赶鸭子上架,没办法了才做的语文教研组组长,原本他们以为何四树早就不干了,可等他们到达何四树的办公室,发现这么多年,何四树竟然坚持下来了。

"……我都快退休了,我给咱们学校提过很多次意见,让他们赶紧物色下一任,结果到现在也没个消息。"何四树看上去满是忧愁。

程双宜就劝他:"老师,能者多劳,这说明你能力强嘛。你看这几年,咱们学校的语文成绩是不是一直在省里名列前茅?"

何四树憋了一句:"这福气给你,你要不要?"

安静了两秒,办公室里的人都忍不住"哈哈"大笑起来。

何四树也不忘瞪一眼贺明洲:"你还笑,当初要不是因为你小子,我怎么会被'能者多劳'?"

贺明洲压下笑意,认真地和何四树说:"怎么就怪我了?你当初干了什么事,用不用帮你回忆一下?"

何四树闻言尴尬地咳嗽一声。

从何四树的办公室出来,贺明洲一手搭在程双宜肩膀上。他们经过以前17班教室门口时,学生应该都去上体育课了,教室里没人,座位上都是高高摞起的书,还有水杯。

贺明洲看了一眼,立刻拉着程双宜:"你看他们的杯子……"

程双宜看去——

那个靠窗的位置,曾经他们的座位上,放着一粉一蓝两个差不多款式的杯子。

贺明洲开口:"这是情侣杯吧?"

程双宜回答:"有可能吧,也有可能是拼团买的杯子。"

贺明洲往前又走了几步:"说实在的,我们那时候也没有用过什么情侣款的东西。"

程双宜心想,那时候,他们也并不是情侣,只是普通的同桌。

"我们要不现在补一个吧?"

程双宜满心疑问。

没等程双宜反应过来,贺明洲立刻拉着她下楼。他下楼的速度一直很快,这次也不例外,程双宜差点踩空,他又慢下来。

他们一起去了小卖部,贺明洲拉着她在货架上挑选。

货架上有各式各样的水杯,也有刚刚在教室里看到的那款,不仅有粉色、蓝色，还有黄色、紫色、绿色。

很显然那不是情侣杯。

贺明洲咳嗽一声，说起别的："那什么，我们不买水杯了吧？"

程双宜都依着他。

贺明洲又去隔壁买了两杯奶茶，他那杯全糖，程双宜这杯是三分糖。"520"刚过去没多久，第二杯半价的活动还有，他们都觉得占了好大的便宜。

程双宜看他，问："你是不是喜欢甜的？"

贺明洲点头："嗯。以前我给你那杯是我喜欢的，所以我以为你也会喜欢。我当时没多想，就只想把最甜的一杯送给你……"

后来，他们都知道，程双宜以为贺明洲真的牙不好，所以把他送的那杯奶茶给扔了。

想到这里，程双宜不免有些尴尬，生硬地说起别的："那什么，我们去隔壁看看？"

虞阳二中和职校是紧挨着的，程双宜站在熟悉的围栏下，不免触景生情。

这是贺明洲第一次陪她去给班上同学出气的地方，她当时还不知天高地厚地要翻墙。

贺明洲也有点感慨："你记得当初你想翻墙吗？"

冷不丁被人提起，程双宜还有点不好意思，她微微点点头："我以前没翻过，以为挺容易的。"

贺明洲轻笑一声，把奶茶递给她："拿着。"

程双宜照做。紧接着，贺明洲绕到她身后，伸手掐着她的腰往上一抬——

程双宜被轻松举到栏杆上。她迅速抓住栏杆，往前攀着，本能地跨在栏杆上，然后翻过去，又慢慢蹭着水泥墙根滑下去。

贺明洲见状，往后助跑两步，他翻墙的动作很熟练，直挺地跃起，攀着铁栏杆，单手支着，一跃而过，直接落地。

程双宜把奶茶给他，问了个他们两个都没想到的问题："话说，我们为什么要翻墙啊？"

贺明洲"哈哈"大笑两声，然后压低声音凑近："你就当……我带你体验一把坏学生的日常？"

说完这句，贺明洲又突然掐起她的下巴，往上一抬，轻啄一口她的嘴唇。

程双宜红着脸瞪他："你干吗？这是在学校……"

"我们坏学生不仅翻墙，还会……"贺明洲挑眉看她。

程双宜又气又恼。但听贺明洲那话，程双宜也忍不住幻想，假如她和贺明洲十年前就在一起了，大概会是这样。他肯定要撺掇自己翻墙，在外校没人的地方接吻找刺激。

想到这些，程双宜的脸就更红了。

他们在职校喝完了奶茶，把垃圾丢在垃圾桶里，然后又翻墙回去。

然而运气不是很好，他们刚翻完，不远处忽然传来门卫大爷的声音："你们两个干吗的？翻墙到二中想干什么？"

贺明洲见状，立刻拉起程双宜的手，头也不回地拼命往前跑。

后面还传来门卫的呼喊："你们还敢跑？知不知道坦白从宽、抗拒从严？你们社会人士来我们学校想干什么？"

程双宜只觉得贺明洲跑得很快，带她穿过东花坛的小树林，踏过教学楼，往前一直跑，耳边是呼呼的风，他们好像可以一直这样跑到世界尽头。

最后他们停在操场。

程双宜拍着胸口喘息："你跑得好快啊……"

贺明洲一挑眉："做戏做全套。"

程双宜忽然愣了下，紧接着，她才知道贺明洲是故意的。

因为他们错过了很多，所以，贺明洲今天带她回学校，更像是一种无声的弥补——

他们去找以前的班主任承认恋情，去翻墙，去监控死角接吻，去买第二杯半价的奶茶，去逃离在学校的"不允许"。

他们弥补了十年前错过的遗憾。

贺明洲知道这些，他在用自己的方式弥补。

程双宜不由得伸手，帮贺明洲整理额边纷乱的头发。

"贺明洲，"程双宜问他："如果我们十年前就在一起了，是不是就像今天这样谈恋爱？"

"对啊！"贺明洲点头，然后拉着程双宜一起去篮球场。

他们高三时的体育委员许胜，从体校毕业后直接回虞阳二中执教，做了体育老师。

"二哥，双宜。"许胜正在篮球场，远远地，喊了他们的名字。

程双宜抬头看了一眼许胜，然后又回头，看向贺明洲："这个也是你准备的？"

许胜站在篮球场上，穿着篮球背心，除了他，还有好几个男老师，大有一起打篮球的意思。

而他们还没开始，大抵是在等什么人。

今天的惊喜太多，所以程双宜也大胆起来，主动问起贺明洲，这是不是他的安排。

贺明洲"嗯"了一声，语气带着不以为意："我们做同桌的第一天，我应该跟着你去篮球场，代表理科班出战的。"

程双宜愣了一下。

贺明洲说的是最开始，他们刚做同桌，陶之晴让她回班里叫人，结果她亲眼看到贺明洲被沐采薇叫走。

这件事也是陶之晴和贺明洲不对付的原因之一。

贺明洲想了想，又说："其实，当初如果你跟我说一下，我肯定也会跟着你去篮球场的。"

"你当时什么都不用做,只要出现,就胜过千言万语。"

许胜还在叫人:"二哥,快点,就等你了。"

贺明洲却站在原地,坚持要把仪式走完:"双宜,你让我去和许胜他们打篮球吗?"

程双宜下意识地回应:"当然可以。"

听到这句,贺明洲才往篮球场跑去。程双宜看着他的背影,突然也明白了。

打篮球是他们第一次错过。贺明洲坚持要把这个程序走完,好像还在刚刚的"早恋"剧本里,他和人打篮球,也要经过她的同意。

时空好像错乱了,好像十年前,他们还都是学生的时候,就已经在一起了。

程双宜站在场边观看,以贺明洲刚刚翻墙时展现的弹跳力,她知道他打篮球肯定不会太差,但真正看到又是另一回事。

篮球在贺明洲手里格外听话,他运球、跃起、绕过阻碍、做假动作,腿部肌肉紧绷,再次跃起抛球……三分进篮。哪怕是面对一群专业的体育老师,贺明洲依旧游刃有余。

临近中午,细碎的阳光洒在篮球场,蝉鸣声阵阵,周围有学生们起哄和加油,程双宜仿佛进入了贺明洲刚刚塑造的时空里。

——好像他们十年前就在一起。

程双宜的暗恋,不再只有知了知道。

番 外
三餐与四季

1. 关于早饭

程双宜以前考研那阵子,时间紧、任务重,学习压力大,养成了许多不太好的习惯,比如偶尔很忙的时候会不吃早饭。

贺明洲是偶然发现的。

那是一个周末的上午,贺明洲起晚了一些,他打着哈欠来到餐厅,正准备给自己冲一杯咖啡。

但很快,他看到了餐桌上的小笼包——

已经凉了,塑料袋上凝结着细小的水珠,应该是放了很久。

贺明洲走过去,袋子里还有六个。他记得,这些包子是在楼下买的,一笼八个。个头不大,程双宜有时候能全部吃完。

但现在……

贺明洲把剩下的包子吃了,然后打开手机问双宜的去向。

贺(已婚版):今天不是周末?

很久,程双宜都没有动静。

贺明洲仔细想想,他昨晚似乎没有听程双宜提到过今天会忙什么事。

有点疑惑，贺明洲去找了陶之晴。

他用小号找的，微信大号被陶之晴拉黑了。

hmz：你知道双宜去哪儿了吗？

hmz：早饭都没吃完，她就直接出去了。

因为是周末，陶之晴也不用去公司，比较清闲，她的消息很快发送过来。

晴天：？

晴天：你这个号我居然没有拉黑？

晴天：你不知道现在是什么时候吗？

贺明洲看了一眼时间，然后敲字回答。

hmz：现在是上午十点钟，怎么了？

陶之晴显然被他无语到了，打了半个屏幕的省略号，然后才回复他。

晴天：现在是六月份，大学毕业生论文答辩，你说她在忙什么？

晴天：不说了，拉黑了。

hmz：？

消息已发出，但被对方拒绝接收。

贺明洲无声地骂了一句"妒忌狂"，然后切回大号。程双宜还没有回消息。

等着也是无聊，贺明洲干脆出门，在学校门口又买了一份小笼包，然后拎着进学校。

贺明洲来过文学院很多次，有时是来学校接程双宜，有时是他和程双宜晚上吃多了，来到虞阳大学这边散步。

程双宜还会告诉他，以前她在虞阳大学读书时候的趣事。

想到这些，贺明洲忍不住勾了勾嘴角。

不过转念想到程双宜早上没吃多少东西，他又笑不出来了。

心情跌宕起伏，贺明洲都觉得自己够够的。

这么想着，他来到文学院，随便找一名学生问路："请问一下，今天是不是毕业生答辩?"

对方点点头,然后没等贺明洲继续问,立刻说道:"是的啊,他们把二楼教室全占了,我今天上课还得爬到四楼,累死了。"

安慰了这学生两句,贺明洲去楼梯口。

他靠在楼梯扶手上,时不时看一眼时间,思考着在教室里,程双宜作为老师,怎么对学生的论文提出问题,然后又怎么听学生答辩,那些学生会不会紧张……

接二连三的场景在贺明洲脑子里上演,他在等待的时候,居然也不觉得无聊。

一阵铃声响起,学生们鱼贯而出,因为电梯承载量有限,走楼梯的学生也有很多。

贺明洲站在楼梯口很是显眼。

一来,他的气质太不像学生,沉稳中带着锋利,不像大学生那样人畜无害;二来,贺明洲自从记事起,即使是在欧洲读书时最苦的那几年,身上的衣服也没便宜过,再配合他的长相,自然在一众学生里格外出众。

贺明洲其实还好,他从小被围观到大的,对这种场景也不怎么在意。

但是,他想到了程双宜。

如果此刻在这里的是程双宜,她一定会觉得尴尬。

贺明洲其实也觉得有点奇怪,单从程双宜的外表来看,又漂亮又有气质,出门在外,应该和他一样,容易被围观并且应该习惯被人围观了,怎么程双宜还那么容易害羞呢?

心里想得多,时间就过得快。贺明洲一个晃神的工夫,学生们就走得差不多了,他的手机在此刻终于振动了一下。

他迅速打开。

是程双宜。

宝贝:忘记和你说了。

宝贝:今天学生毕业论文答辩,我过来看一下学生。

贺明洲勾一下嘴角，继续发消息。

贺（已婚版）：没事，我在楼梯这边等你。

没过一会儿，程双宜出现在楼梯口："你怎么来了啊？"

贺明洲拎着包子晃了下，然后"啧"了一声："我看你早上没吃多少东西，饿不饿？不过这包子也别吃了，又凉了，我一会儿带你去吃大餐。"

"好啊！"程双宜说着，又勾了勾塑料袋子，还是有点馋的，"我能先吃点包子吗？我有点饿。"

"出门给你买热的，这个别吃了。"

"不吃多浪费，我又不是小孩子，吃点凉的没事。"

贺明洲只能依着她。

程双宜接过包子就开始狼吞虎咽，两口一个。等二人走出文学院，程双宜就把包子吃完了。

贺明洲有点惊讶："真饿了啊？"

"嗯。"程双宜把塑料袋扔进垃圾桶，说起自己的经历，"主要是有点怕。"

"怕什么？"贺明洲问。

"怕低血糖。"程双宜说起自己以前的事，"我考研那会儿，有时候早上时间紧，来不及吃早饭，过了十点钟，就开始低血糖，还是挺严重的那种。有一次，我靠墙背书时差点栽下去。"

这是贺明洲第一次听程双宜说她不好的记忆，他迅速搂上程双宜的肩膀，低头问她："那你现在怎么样？有什么不舒服的地方吗？要不我们还是别出去吃什么大餐了，在家点，我让他们送过来……"

"我没事。"程双宜赶紧解释，"我现在身体比以前好多了，再说了，我刚吃过东西，浑身都挺有劲儿。而且我现在不可能栽下，我身边还有你陪着呢。"

说到最后，程双宜的声音渐渐小了。

她还是觉得说这种话挺不好意思的。

但贺明洲却听得很开心,他挑挑眉,又搂紧了程双宜:"对啊,还有我呢,怕什么,只不过……"

贺明洲拖长音调。

程双宜配合他:"不过什么?"

贺明洲贴近程双宜的耳朵,故意用狠一点的语气开口:"不过,你每天都要吃早饭,无论多忙。不然……"

说到这里,他又换了一种比较无奈的语气开口:"不然,我只能请个假,带上早餐来学校找你,亲眼看着你把早餐全部吃完。"

程双宜微微有些发窘。

贺明洲又摇摇头:"毕竟我比较没本事,对自己的宝贝,这是我最狠的方法了。"

2. 关于夜宵

晚上这个时间是很奇怪的,有人饿得能吞下一整个饭店,有人却随便吃点就饱了。

贺明洲和程双宜,就是这两种极端。

这是贺明洲发现的——

每一次,他晚上带程双宜出去吃饭,无论菜品多么丰盛或者美味,程双宜总是吃两口就说自己饱了。

贺明洲起初没有在意,以为程双宜身体纤瘦,吃得少是正常的。

但是很快他又发现,程双宜的午饭和早饭都是正常的量。

他是不愿意对程双宜藏事的,立刻去询问程双宜:"双宜,我能问你个问题吗?"

程双宜回答:"你问。"

贺明洲说:"你平时晚上饿不饿?"

"不饿。"程双宜回答,"我晚上吃得少,这是从小的习惯。"

"哦……"贺明洲应了一声,突然觉得,自己问这个也挺没有意思的。

"我刚刚是不是够无聊的?"贺明洲问。

"嗯,有点。"程双宜回答,"只有一点点,但是……"

她说到这里时,又拖长音调。

这让贺明洲略感紧张:"怎么了?"

程双宜看着他,缓缓回答:"但是还好吧,我也想问一问你,你晚上怎么吃得那么多啊?"

贺明洲反应一瞬,顿时明白,程双宜这是故意和他说这种话。

于是他也振振有词:"还好吧,主要是我……"

他骤然靠近程双宜,压低声音,显得有些暧昧:"我晚上运动量比较大,你也知道的。"

因为这次讨论,程双宜更加觉得,她最好不要随便和贺明洲开玩笑,好学生是玩不过坏学生的。

但是紧接着,在吃消夜方面,程双宜再次迎来了挑战。

贺明洲刚认识了一个生意伙伴,南方人,对方也是个比较有本事的富二代,和贺明洲很谈得来。

在某个下午,对方发出邀请函,诚挚邀请贺明洲带着自己的妻子一起吃夜宵。

程双宜其实觉得很无所谓,晚上出去吃饭可以呀,反正最后吃进去多少,也是由她自己决定。

贺明洲却有些闷闷不乐。

程双宜刚穿好裙子,从衣帽间出来,就被贺明洲从背后抱住。

"跟着我,你受苦了。"贺明洲语气闷闷的。

程双宜一窘,不知道的还以为她今晚不是去吃夜宵,而是要去挖野菜。

"这有什么啊？"程双宜安慰他，"人家肯定也带家属的，让我跟着你一起过去，说明人家对你很重视嘛。至于我，这个你不用担心，我都多大个人了，自己吃多少心里还没数吗？"

贺明洲这才同意。

正如程双宜所料，对方确实抱着交朋友的心思来的，只不过对方未婚，带上了自己的妈妈。

贺明洲跟人谈生意，程双宜就去陪着对方的妈妈聊天。

程双宜的长相是温婉的，身上又带着很浓的书卷气，这两者结合在一起，自然是非常讨长辈们喜欢。

包括对方的妈妈。

"哟，囡囡今年多大了？好年轻哦，就结婚啦？"

"嗯，结婚一段时间了。"

"这么漂亮哦，你是不是老师呀？教哪个科目的啊？"

"在大学教书，教的大学语文。"

"真有本事啊……"对方感慨完，又说起别的，"说实话啊，我之前见过你先生，我想过很多次他老婆什么样，都没想到是你这样的，又漂亮又有文化，哈哈！"

这话程双宜听过很多次，她也早就习惯了，甚至还能反过来开个玩笑："对啊，我们高中就是同学，老师还让我管他学习呢！"

"怪不得，你们真是有缘分啊……"

程双宜陪着对方聊天，对方聊着聊着，就想给程双宜投喂食物。

程双宜也不好意思拒绝，只能照单全吃。

果不其然，等结束后，程双宜吃撑了。

贺明洲的车里常年备着健胃消食片，她吃了两粒，发现还是很撑。

"怎么办啊？"程双宜微微靠在副驾驶座椅上，她真的觉得有点难受，说话声音都细微起来。

贺明洲问她："除了撑，你还有没有别的地方难受？"

"还有一点，"程双宜如实回答，"我现在一点困意都没有。"

"啊？"贺明洲惊讶。

程双宜又详细描述了一下："就是，我平常一个人睡觉的话，十点半可能就睡着了。但是现在，我很清醒，一点困意都没有。"

贺明洲问："那你现在想去干什么？"

"感觉浑身有很多力气……"程双宜想了想，回答，"不如我们一起去健身房吧？或者明天你有工作的话，你先去睡觉，我一个人把今晚吃的这些消耗掉。"

贺明洲咬牙切齿："我和你一起去。"

青池公馆，他们的家里也有单独的健身房，程双宜很少过来，最多会在学校运动会前夕临时突击一下，来这边跑跑步。平时她绝对不会多运动一下。

认真算下来，这还是她第一次主动要求来健身房。

贺明洲说什么也要和她一起。

两个人一起折腾到后半夜，程双宜终于累了困了，贺明洲才抱着她去洗澡，然后上床睡觉。

经此一事，贺明洲深知夜宵带来的危害，他坚决把这个不良习惯改掉，再也不自讨苦吃了。

3. 关于冬季

贺明洲其实是比较讨厌冬天的。

但他不是讨厌干冷的空气，也不是讨厌枯败的树枝，他讨厌的，是天气变冷，他要离开一段时间。

这让他觉得自己像候鸟，没有可以长久依存的鸟窝。

圣诞节逐渐临近，C&H照旧要他去欧洲开会，贺明洲申请了线上参与，然后被驳回。

贺明洲等程双宜回来以后,立刻哼哼唧唧地过去抱怨:"怎么办?我不想离开你。"

"你才出差几天啊?"程双宜回到家里,先打开电脑。

临近期末,她也挺忙的,不仅要给学生出试卷,还要保证学生们能全部合格。这些工作,还比较考验一个老师的综合能力,所以程双宜这几天也是相当忙。

于是她对贺明洲就免不了多了一点应付:"没事啊,一共就去一个星期,很快就会回来的。"

程双宜说着,坐在吧台椅上,准备继续想一些不难的题目,凑够一张期末试卷。

贺明洲从背后抱住她,黑硬的发丝刺在脖颈,程双宜觉得发痒。

"哎呀,你干吗?"程双宜稍微偏了偏头,示意贺明洲赶紧放开。

贺明洲搂得更紧,整个上半身快要贴在程双宜的后背上。

他继续抱怨:"你都不关心我,我一个人出去那么久,我怕……"

说到这里,贺明洲自己也编不下去了。

怕什么?他能怕点什么?他只是想撒娇,又不是真的娇。

程双宜顺着他的话往下说:"所以你怕什么?你都多大了,还怕这个怕那个,你自己信不信?"

贺明洲突然开始耍赖:"我不管,我就是怕!"

程双宜对他简直无语:"好好好,你先起来,你头发扎到我脖子了。"

贺明洲这才松开:"你不早说,让我看看你脖子怎么样了?"

程双宜冬天经常穿高领毛衣,今天穿了半高领的,贺明洲扒开一点,发现确实被他蹭出一些红色印记。

贺明洲自觉理亏,选择跳过这个话题。

他把吧台椅搬过来,坐在程双宜身边:"你这是……又给学生送分啊?"

"唉。"程双宜也比较发愁。

大学语文属于公共课，专业课压力大的学生很少会专门复习这一科。

她作为老师，自然是要想尽办法让学生们不挂科。

"学生们啊……"说到这里，贺明洲突然想起另一件事。

"双宜。"

"嗯？"程双宜应声，和贺明洲聊天不费神，她可以一边出试卷，一边和贺明洲说话。

贺明洲问出他之前一直想问的另一个问题："我还能再问你一个问题吗？"

"什么啊？你问吧。"程双宜回答。

贺明洲说："就是，我发现你的一个问题。"

"什么？"

"你之前喜欢我的时候，为什么不主动找我呢？我觉得哈，高中那时候，你能给我一个好脸色，我估计都能高兴好几天。"

程双宜不解："哪有那么夸张啊。"

"怎么没有？"贺明洲挑眉，靠近她，"你可能真的不明白，你当时对我，哪怕多看一眼，都是恩赐。"

这话说得太肉麻，程双宜将信将疑。

不过，她也知道贺明洲没必要骗她。

于是，程双宜想了想，替他想到理由解释："距离我们高中认识的时间太久了，你的记忆应该出错了。而且那个时候，你身边有沐采薇。"

说完这句，程双宜发觉，自己居然还是有点忍不住感到酸涩。

她放下原本摁在键盘上的手，心里却放不下。

可只是一瞬，她就觉得自己是真的有些小心眼了。

明明都过去那么久了，贺明洲也再三表示过他当初是认错人。一切好像都应该随着时间被抚平。

除了她。

程双宜在心底告诉自己，算了，就这样吧，都结婚了怎么还喜欢天天翻旧账。

她集中一下注意力，然后决定继续给学生出试卷。

但很快，她的手被握住。

吧台椅是旋转款式的，贺明洲单手握住她的手，旋转了一下椅子，使程双宜不得不面对着他。

贺明洲把程双宜的双手贴在自己的脸上。

"不高兴啊？"贺明洲直接问。

"不……"程双宜想回答不是的，但话到嘴边，她又改口，"嗯，有点。我觉得你骗我。"

贺明洲哼笑一声，用她的手在自己脸上摩挲："骗你什么？你自己认真回忆一下，以前我们每次交谈的时候，我是不是基本上都仰视你了。"

程双宜不想回答。

贺明洲还在说："我跟你说过半句重话没有？"

"我不想想了。"程双宜终于忍不住拒绝，"我一想到你以前的事，就会想起你和沐……算了，你就当我小心眼吧。可是，已经发生过的事，我没法让自己忽略这些。"

贺明洲叹了口气，认真解开她的心结："你这哪里是小心眼儿呢。"

程双宜看他，眼睛里其实已经有了微微涩意，但她不知道贺明洲接下来要说什么。

"你这是太在意我了，太喜欢我了，才会这么在意以前的事。"贺明洲哄起她来有一套，"当然了，最大的错在于我，我当时如果再用心一点就好了，我肯定能找到便利贴真正的主人。"

提起以前的事，说再多也还是遗憾。

贺明洲最后悔，他本来就因为当年的事理亏，现在又是他提起来的，又惹得程双宜伤心。

在这种情绪的驱使下,贺明洲也不敢再抱怨自己独自去欧洲开会的事情了。

他没想到,过了一会儿,程双宜主动问他:"你什么时候出发啊?"

"什么出发?"

贺明洲还没反应过来。在他看来,刚刚程双宜没提起,可能就不会再管他的事了。

程双宜说:"学校今年刚出了一个规定,出试卷的老师可以不用监考,我可能这两天出完试卷就算放寒假了。你要是真的怕自己一个人,我跟你一起去。"

贺明洲顿时开心了,他直接抱起程双宜,转了好几个圈:"这也太厉害了。"

这是第一次,贺明洲觉得冬天不算太讨厌。

4. 关于吃醋

寒假来临,今年虞阳大学和省体育局一起承办了一次冰雪运动会。学校对此很重视,为此,还特意挑选了几位年轻且形象好的老师当门面。

其中,自然也包括程双宜。

"……就先这样啊,你们几个老师私下里也学点滑冰啊、滑雪啊,别到时候什么项目都不会。"

从会议室出来,程双宜就打开手机,一边往电梯走,一边给贺明洲发消息,讲她的事。

程双宜:你会滑雪、滑冰吗?

程双宜:我们学校承办了一个大型活动,要我们准备。

"你是程老师吗?"

程双宜还没说完,忽然,有人打断她的聊天。

她抬头,发现是体育学院的一个男老师。

其实两人算不上认识,只是刚刚在会议室见过,程双宜只依稀记得他是体育学院的老师。

"你是?"

程双宜收起手机,和别人聊天拿着手机不礼貌。

"我是体育学院的,我姓林。"林曜回答。

程双宜点点头,表示自己知道了:"你好,林老师,请问你有什么事吗?"

"哦,我想问一下,程老师你要怎么练滑雪滑冰呢?"林曜又问。

程双宜如实回答:"还没想好……"

她原本想说,她没想好,但她回去会和自己家属一起想办法。

但她一句话还没说完,林曜就又急匆匆开口。

林曜:"是吗?那太好了。"

林曜的反应让程双宜一时没有明白:"什么?"

"哦,没什么。"林曜压住嘴角的笑意,解释起来,"我刚刚在我们学校附近发现了一个滑雪场,最短一个月,双人套餐有优惠,我想着……程老师你有空吗?"

程双宜问:"那个,其他老师有空吗?"

林曜倒是回答得很实在:"没有,我先问的程老师。"

正说着,电梯到了,程双宜先走进电梯,林曜也跟上。

程双宜觉得有点麻烦。

她比较低调,她结婚的消息,最多也只有文学院内部的人知道。

这个林老师是体育学院的,平时他们八竿子打不着,估计是不知道。不然他也不会找她这个已婚的女老师当训练搭子。

程双宜觉得自己要先拒绝:"恐怕不太行。"

林曜又追问:"为什么啊?"

程双宜也有些苦恼,今天不知道怎么回事,开完会也没人和她一起走,现在电梯里,居然只有他们两个人。

这种情况下，说点什么，都显得格外尴尬。

程双宜呼口气，缓慢开口："因为我要和我家先生一起去。"

说完这句，"叮"的一声，电梯门打开，一楼到了。

恰好此时，电梯门口站着贺明洲。

贺明洲看到程双宜，立刻开口："你消息发一半，我以为出什么事了，特意过来看看。"

"哦，没事，是我忘了。"程双宜先安抚好贺明洲，走出电梯后，再扭头看向林曜，"林老师，你再去问问其他老师吧。我先走了，再见。"

走出教学楼，贺明洲才酸溜溜地开口："程老师，刚刚那是谁啊？"

她就知道贺明洲一定会整这出。

贺明洲还在继续说："人家跟你说了什么呀？怎么把我的聊天框都晾在那儿不管了呢？

"也是，人家看着比我年轻，又是体育老师吧？你跟人家聊天也正常，我都一把年纪了，每天忙活家里家外的，人都老了……"

"贺明洲！"程双宜一个头两个大，立刻说，"电梯打开的前一秒，我跟人家说，我结婚了。"

贺明洲下一刻丝滑地转变话题："……但我知道，就算我真的老了，你也不会嫌弃我。"

"好了，不说这个，你也先别作。"程双宜强行把话题掰回来，"我们继续刚刚微信里没有结束的话题。

"我们学校要办一个大型运动会，需要我学习一下滑雪或者滑冰，要求我们对这些冰雪项目有基础了解。"程双宜开口。

"这样啊。"贺明洲也迅速转变回正经状态，"我之前都学过，我是没问题，就是场地……"

程双宜问："场地怎么了？"

贺明洲故作苦恼："就是说啊，你们这个运动会我也关注了，也投资了不少，是最近开的，但是我没有给你准备私人场地啊。尤其是滑雪场，这个占地大，还得提前报备一下。"

程双宜："真的不用那么隆重，简单一点就好了，我在哪里训练都行的。"

最后，训练的场地定在贺明洲追加投资的一个滑雪场，离虞阳大学不远，开车十分钟左右就到了。

一路上，程双宜还有点紧张："我运动天赋很差，能不能行啊？如果今天我们试完，我完全不合适的话，我就向学校申请一下，不参加了吧？"

"别害怕嘛，还有我。"贺明洲一边开车，一边认真回答她，"我觉得这些冰雪项目还挺好上手的，有我当你的私教，你还怕学不会吗？再说了，我们今天就是试试，如果实在学不会，或者不想学，我们再说，怎么样？"

贺明洲对程双宜，向来是以鼓励为主的，不至于让程双宜未战先怯。

他们是错开上班高峰期出发的，因此一路通畅，一会儿的工夫，车子就到了滑雪场。

贺明洲带着程双宜刚进去，就有一个年纪和他们差不多的男人走过来。

"二哥，你来了。这是嫂子吧，真漂亮，一看就是文化人。"来的男人笑容谄媚。

贺明洲"嗯"了一声，然后回答："你嫂子想玩一下滑雪，我想着你这个场地离得挺近的，就先过来看看。"

"得嘞。我们这儿场地足够大，设备也齐全，合格证书都一大摞，教练也都是个顶个的好……"

贺明洲打断对方："不用教练了，我带你嫂子过去就行。"

对方给他们准备了全新的滑雪板、护目镜以及其他各项装备。

刚拿好东西，在休息室，程双宜又看到了一个熟人——

林曜。

林曜正在跟人争执什么，但一扭头，突然看到了程双宜，就不再争执了。他还不好意思地笑了笑。

休息室的人多，地方也大，程双宜其实没听到他在说什么。

但紧接着，林曜就往这边过来。

程双宜顿时有点紧张，贺明洲刚刚有事出去了，说回来时再带她去穿滑雪服，让她先在这里等着。

她没想到在这里还能碰见林曜，并且对方还向她走过来了。

等对方靠近，程双宜才礼貌地打个招呼："好巧啊，林老师。"

"对啊，真的是好巧。"林曜挺自来熟的，直接坐在程双宜身边，说起话来，"程老师，没想到你也在这个滑雪场练习啊！我之前和你说的就是这个场地，没想到居然这么巧。哦对了，程老师，你一个人吗？"

"不是，我先生刚刚出去了。"程双宜回话。

"哦……"林曜拖长音调，四处看看。他记得程双宜的丈夫，毕竟那个长相还是很出众的，在人群里一眼就能看到。

但四周没有程双宜的丈夫。

林曜和程双宜攀谈着，想要更进一步："真是看不出来，我看程老师你这么年轻，还以为你单身呢，没想到你都结婚了。"

这话让程双宜觉得没法回答，从小到大，她身边的大多数人交谈起来都是斯文礼貌的，很少有人这么直白地说起人家的私事。

但程双宜毕竟不是小孩子，她都这个年纪了，自然也知道怎么客气应对："还好吧，我都不小了，不如你们这批新来的老师年轻。"

"哪会？"林曜这个时候又认真起来，"我第一次见程老师，以为你和我们一样，都是新来的老师呢。"

"哈哈。"程双宜干笑两声,四处观察着,心里在想贺明洲怎么还不过来。

这边,林曜又继续问:"程老师,你和你对象是怎么认识的啊?是相亲吗?"

这让程双宜有点意外:"你怎么这样觉得啊?"

林曜说:"因为你们看起来都是比较理性的人。我之前看一些情感博主说过,偏理性的人,是不太会谈恋爱的。"

程双宜心里呵呵两声,她其实有点不高兴。

偏理性,不太会谈恋爱,这不是摆明了说他们两个看起来没有激情吗?

程双宜虽然偶尔会冷落一下贺明洲,但她觉得,他们不至于"不会谈恋爱"。

"你猜错了,林老师。"程双宜继续说,"我和我对象高中就认识了。"

说完这句,程双宜觉得还不够狠,于是又补充:"我们高中还是同桌。"

"这样啊……"林曜挠了挠头。

程双宜就算生气,看起来也是温和的,因此林曜居然丝毫不觉得尴尬。

只沉寂一秒,林曜就又开口问:"那你们感情一定很好了?毕竟……"

林曜说着自己的见解:"这里的滑雪场费用还挺贵的,你对象居然愿意陪着你一起过来,花两份钱……"

"这倒是不劳烦这位老师操心了。"

贺明洲的声音骤然传来,他快步走到程双宜面前,抚上她的肩膀,站在一旁,居高临下地看着对方。

"这个滑雪场有我的投资,我爱带多少人过来就带多少人。"贺明洲一笑，气势温和却透着不容置喙，"至于上一句话，这位老师你说得挺对，我和我对象感情确实非常好，她做什么我都愿意陪着她，不劳烦你替我操心。"

说完这句，贺明洲带着程双宜离开。

贺明洲边走边说："这个场地太小了，刚刚陶之晴给我打电话，说她在山顶庄园，那边的场地更大，还有温泉酒店，我们去那边吧？"

听到陶之晴，程双宜立刻被吸引："之晴也在那边吗？"

贺明洲点头："嗯，她在那边等你一起泡温泉。"

程双宜已经很久没见到陶之晴了，确实非常想她，闻言立刻点点头，跟着贺明洲一起离开。

等到了外面，贺明洲才叹了口气。

程双宜敏感地看他："怎么了？"

贺明洲如实交代："刚刚我骗你了。"

刚刚他们说话的内容还挺多的，程双宜继续问："你说的哪句话骗我了？还是说，每一句话都是骗我的？"

"这倒不是。"贺明洲回答，"山顶庄园的滑雪场是真的，温泉酒店也是真的……"

程双宜疑惑："那还有什么？"

贺明洲说："陶之晴是假的，她没给我打电话，她把我所有联系方式都拉黑了，根本不可能给我打电话。"

"这样啊……"程双宜倒是挺无所谓的，"这个没关系啊，我虽然很久没见之晴了，但过年肯定有机会再见。现在的话，我也不是一定得见到她才能滑雪。"

"那就好。"贺明洲明显松了口气。

二人一起上车，贺明洲才说起自己的一些真实想法。

"其实刚刚，我心里挺没底的。"贺明洲说。

程双宜不解地看他:"没底?你是怕什么吗?"

"嗯。"贺明洲开口,"我看到你们学校那个老师过去,我就有点紧张,但后来我发现他说话的内容不咋样,稍微有点放心。但我还是害怕,所以才想着带你换个场地。"

"嗯,其实不用怕,我告诉过他很多次,我已经结婚了。"程双宜回答。

"还有第二点,也是最害怕的。"贺明洲又说,"我怕我贸然改变行程,你不同意,所以我又搬出了陶之晴。"

程双宜顿时明白了。

她慢慢开口:"其实,我们在一起相处很久了,这些问题,都是因为你太尊重我才导致的。"

贺明洲没有发动汽车,只是系好安全带,偏头看她。

程双宜继续说:"我是比较高兴的,因为你会尊重我的想法。但是,我也有一点不高兴。"

贺明洲紧张起来:"什么?"

程双宜回答:"我们都不够勇敢,害怕自己不是对方心中的第一位。

"我希望我们从此以后——"

说到这里,程双宜主动握住贺明洲的手。

"我们都要再勇敢一些,做对方的第一个选择。"

后记
他们的故事

这个故事很简单，一个循规蹈矩的女孩子，被一个所谓的坏男生无意间保护过一次，所以她动心了。

多简单，一句话可以概括一个女孩子的青春。

但是，当我动笔的时候，我知道，这不能用一句话概括。他们从我码第一个字的时候，就已经变得鲜活，他们的一生不应该如此潦草。

《知了》诞生于我学生时代的末端，但故事却发生在学生时代。

我在写这个故事的时候，以为自己可能会写得不太好，或许还会卡文，毕竟我的高中时代已经过去四五年了。但实际上，我在动笔时，总能想起我的高中：塑胶跑道上发烫的阳光，有五十块奖励的征文比赛，运动会上的《运动员进行曲》，比比谁熬得更晚的晚自习……这些记忆还很鲜活，一下子涌入我的脑海中。我知道了，我要把这些全部展现出来，写给角色们，写给我自己。

很巧的是，正式开始在存稿箱写《知了》的时候，是在夏天；而今年开始修订，也是在夏天。

夏天，其实让我想起了很多事。我的 IP 在河南，这里的高中没有暑假，所以很多印象深刻的事，都在夏天发生。

比如，我也在转身走进教室的时候撞到过人，我也被班长要求过手写座位表，我也被教务处主任不分青红皂白地罚跑圈……我相信，这些事，在高中都极其有可能发生。这是我们每一个人共有的青春记忆。

有关这些，当时或许只是感觉烦躁，但现在回忆起来，却又有些忍俊不禁，觉得很有趣。把一切交给时间，再苦涩的酒，也会发酵出甘醇的甜。

开始写后记的时候，我在朋友圈看到了我高中学校的军训宣传片。于是，很自然地，我又想起了《知了》，想起了程双宜和贺明洲。想到他们大约和我一样，也会在一个闲暇的午后，在朋友圈刷到自己高中学校的军训宣传片，去感受他们的青春。

我这才发现，程双宜和贺明洲，他们真的"活"了。

他们活在另一个世界里，随着年龄增长，一步步地读书、升学、恋爱……

他们有自己完整的一生。

他们以文字为载体，向我们展示了他们生命中的些许片段。

是他们亲自讲述了他们的故事。

玫瑰几何

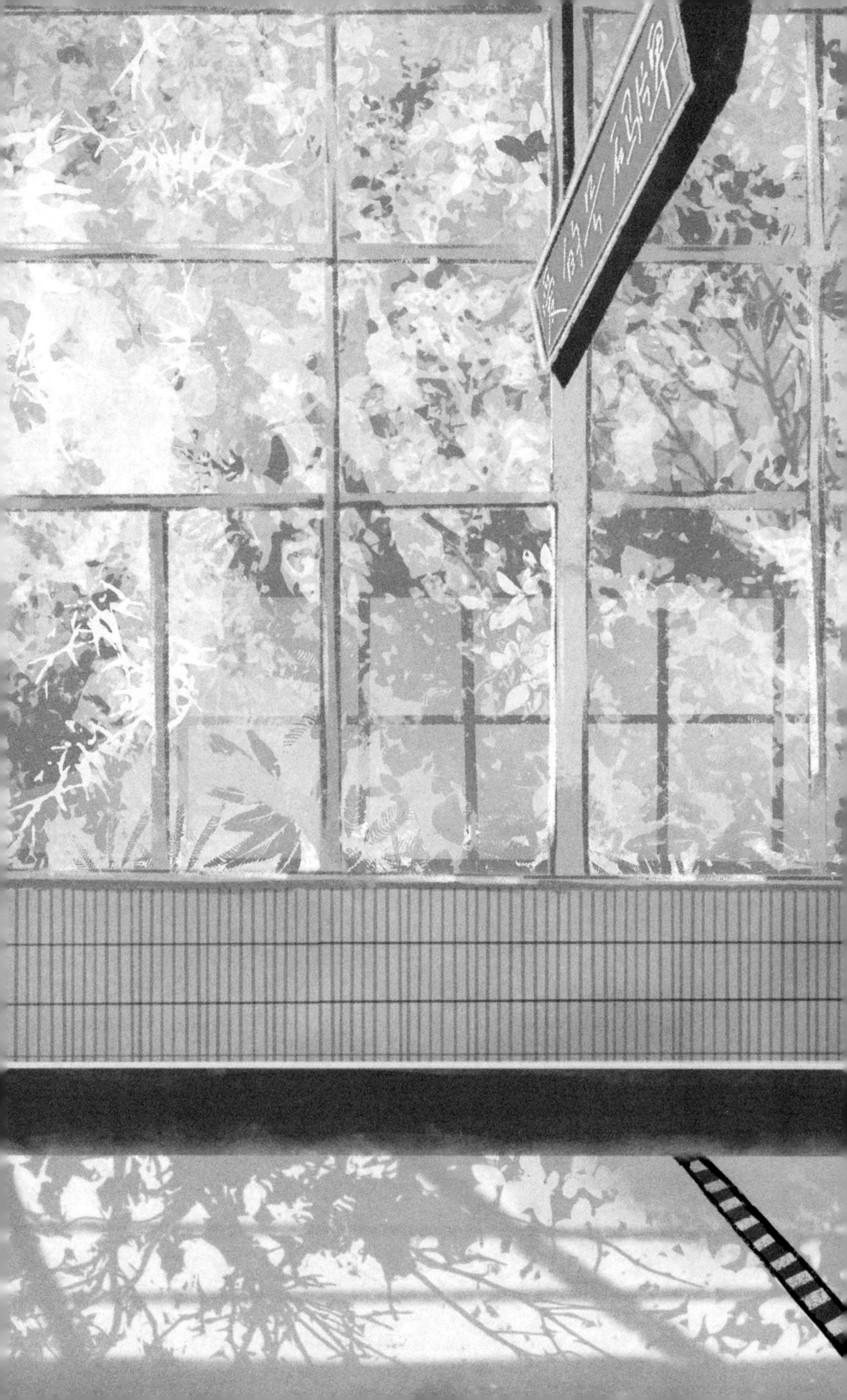

偷了